LAURO

LUISA FORRELLAD

SIEMPRE EN CAPILLA

Círculo de Lectores

Cubierta, Yzquierdo

Círculo de Lectores, S.A.
Valencia, 344 Barcelona
3 4 5 6 7 8 9 2 8 0 9

Depósito legal B. 24364-1982
Compuesto en Garamond 11
Impreso y encuadernado por
Printer, industria gráfica sa
Sant Vicenç dels Horts 1982
Printed in Spain
ISBN 84-226-1442-1

Edición no abreviada
Licencia editorial para Círculo de Lectores
por cortesía de Ediciones Destino

Escribo esto para quitármelo de la mente y dejarlo olvidado en el papel. Prefiero cerrar el recuerdo a las horas de angustia.

DR. LEONARD BARKER

Jasper, Alexander y un servidor éramos socios. Yo llamaba a nuestra asociación el«trío milagroso» por la sencilla razón de que realizábamos milagros. El primero, desde luego, consistió en obtener los tres un título de doctor después del examen oral en el Colegio de Médicos teniendo por examinador al profesor Mackintosh, excelentísimo y honorable señor que había destrozado el sistema nervioso de treinta y dos candidatos. Cierto es que también nosotros sufrimos una violenta crisis: Jasper llegó a los cuarenta grados de fiebre, Alexander se vio obligado a inyectarse una dosis de morfina para poder dormir y yo me desmayé en un lavabo del *South London Hospital.* A cuantos conocieron al excelentísimo y honorable profesor Mackintosh, no será necesario decirles que salir bien del examen oral equivalía a ser un verdadero genio. Y he aquí que tres genios lívidos, ojerosos y calenturientos, celebraban su resonante triunfo derrumbados sobre el lecho de una discreta pensión, durmiendo como troncos.

Ya teníamos profesión. Nos faltaba el lugar donde

ejercer, dinero para hallar el lugar, tiempo para reunir el dinero y paciencia para procurar el tiempo. En esas estábamos cuando se nos presentó una oportunidad barata y, desde luego, mala. La aprovechamos sin más. Se trataba de un helado consultorio sito en determinada ciudad de determinado condado inglés. Su antiguo dueño había optado por pasar a mejor vida, no sin razón; la clientela que nos legaba constituía la barriada llamada de Spick, que pasó a la posteridad por la variedad de sus epidemias. Para vergüenza de la Sanidad, hasta transcurridos muchísimos años no se consiguió extirpar enteramente aquel feo tumor de la ciudad. Allí verificamos el segundo milagro manteniéndonos cuerdos. Nos instalamos con el sano propósito de trabajar. Alexander, doctorado en química, se puso a las órdenes de Jasper, que llevaba a cabo trabajos experimentales además de ejercer la medicina general. Yo actuaba casi exclusivamente de cirujano, y de continuo me proponía empezar en seguida una investigación acerca de la regeneración de los huesos. Deseábamos perfeccionarnos cada uno en su especialidad para unir nuestras fuerzas y revolucionar la medicina con nuevos sistemas y descubrimientos... Pero el diablo debió de castigar esta buena intención. Dispuestos y preparados para luchar contra elementos poderosos, nos asaltaron a traición los elementos frágiles: la *Liga Femenina Amiga de Animales y Plantas* nos creó el primer problema denunciándonos como «torturadores de conejillos de Indias». Era más duro combatir la ignorancia que la difteria. Alexander, que amaba a los animales con fanatismo, al conocer la noticia se fue a dormir, con una buena dosis de bromuro y una bolsa de hielo en la cabeza. Jasper, inflamable como la dinamita, estalló; inició una acción judicial por difamación, contra las damas denunciantes, alegando que en nuestro laboratorio, ¡qué diablos!, no había conejillos de Indias. Irrumpió la presidenta de la *Liga* cargada con una jaula donde se movían cuatro simpáticos bichos que conocíamos bien. «¿Y esto qué es, señores míos? —profirió exaltada—. ¡Lo hallé en su laboratorio, doctor!». Jasper no se inmutó. «Son *ratas*, señora mía», respondió fríamente. La presidenta sufrió un colapso nervioso. Entonces intervine yo demandándola por violación de domicilio. El juez se divertía. Pero no podía acabar todo aquí. El hecho de que las denunciantes incurrieran en un lapsus de nombres, no quitaba que las ratas blancas fueran animales lo mismo que los conejillos de Indias y no teníamos permiso para realizar trabajos experimentales con ellos. Explicamos que eran ratas libres, que lejos de ser martirizadas, tenían todas nombre y apellido y se ponían firmes a una orden de Alexander. Fue comprobado: era verdad. A pesar de todo, no pudimos disimular el hecho de que estuvieran enjauladas y una de ellas con disentería. Hubo multa. Lo que no hubo fue dinero con que pagarla, pero vendimos un busto en bronce que ni siquiera servía para adornar el consultorio, y todo acabó aquí. Hoy tenemos dinero como para comprar toda la producción de bustos en bronce y tenemos también permiso para practicar la vivisección. Nada de esto nos sirve. Después de treinta años de pobreza, uno se habitúa a ella. En cuanto a la vivisección, nos falta valor. Alexander sigue amaestrando a los animales y poseemos una legión de ratas blancas inteligentes y disciplinadas que mueven las orejas cuando pasamos lista.

Si prosiguiera enumerando las ridículas dificultades que entorpecieron nuestros comienzos, el manuscrito de mis memorias adquiriría un matiz de humorada. Llegó a constituir un infortunio para nosotros el ser poseedores del suspirado título de doctor... En aquella época adquirían un prestigio sin límites los curanderos. La gente acomodada no acudía a nuestro consultorio; preferían confiar sus males al distinguido doctor Pressburger, que poseía una clínica en el lugar más céntrico, rimbombante y ruidoso de la ciudad a costa de la tranquilidad de los enfermos que se alojaban en ella. Sólo vivíamos de los ingresos que nos proporcionaba nuestra clientela, y recaudábamos a razón de algunos chelines y muchísimos peniques por día, descontando los honorarios, que quedarían pendientes hasta el Juicio Final.

Ni Jasper ni Alexander ni yo proveníamos de familias acomodadas. Al primero le pagó los estudios un zapatero tío suyo que había ganado dinero y perdido a un hijo de su misma edad. Su madre y su padrastro vivían en Londonderry, y apenas se trataban. Alexander, como expósito, no tenía apellidos. Fue recogido por unos modestos irlandeses sumamente católicos y por fin se llamó O'Donnell. Pero el azar se recreaba dejándolo solo y le arrebató a los nuevos padres casi inmediatamente. Fue químico gracias a una beca y a una poderosa voluntad. Yo, nacido en un pueblecito cerca de Colchester, había soportado el bochorno de ver trabajar a mi padre y a mi hermano para pagar mis matrículas y mis libros. Eran gente sumamente buena y no esperaban recompensa, pero a mí me carcomía la inquietud. Una vez me escribieron para decirme que mi padre sufría una erisipela y fui al pueblo inmediatamente. Deseaba demostrarles que tenían en mí un puntal. Curé la erisipela, se pusieron contentos con mi talento... y tuvieron que ayudarme a pagar el viaje de regreso.

Un día, nuestro querido colega el doctor Pressburger se fue de pesca al lago Mirror. En su ausencia llamaron a Jasper. Se trataba de una familia burguesona cuya hijita sufría ronquera y tenía que cantar en el festival benéfico de no sé qué. «Ha de tener clara la voz esta misma tarde», puntualizó el padre. Jasper le exploró la garganta atentamente y luego diagnosticó: difteria. La incredulidad descompuso el rostro paterno. «¡Eso no puede ser! ¡Haré que la visite el doctor Pressburger!» Ni la natural desesperación de aquel hombre pudo disculpar el sentido de sus palabras.

Así fue como nuestro querido colega el doctor Pressburger tuvo que interrumpir su pesca en el lago Mirror.

A Jasper le dolió profundamente no llevar aquel caso. El estudio de la difteria crupal le subyugaba desde que Kleb había descubierto la bacteria productora y Loeffler la había aislado y cultivado. Estos hechos ocurridos precisamente cuando nosotros iniciábamos los estudios de Bacteriología, y, además, los nuevos horizontes que Pasteur había abierto con su descubrimiento de la inmunización, habían dado a Jasper una inquietud que le llevaba a trabajar febrilmente buscando lo que casi en la misma época preocupaba a Emil von Behring, en Alemania: las propiedades terapéuticas del suero sanguíneo de animales vacunados contra la difteria. ¿A cuántos cerebros atraía el estudio de la terrible *úlcera pestilencial de Egipto,* descrita ya así por Areteo en tiempo de los romanos? Para orgullo del mundo científico, Dios otorgó el premio del éxito a muchos de estos esforzados caballeros de la Humanidad.

Cuando la enfermedad adquiría carácter epidémico, causaba verdadero pavor ver por millares a los niños atacados. Yo registré en una misma familia cuatro defunciones en el intervalo de treinta y seis horas.

De aquel tiempo voy a llenar estas páginas. Si te cansas, lector, puedes dejar de leer. ¡Ojalá del mismo modo yo hubiera podido cerrar el libro de los acontecimientos!

Corría el año mil ochocientos noventa y tantos. Septiembre... Frío...

Llegué a casa aterido. Me abrió la puerta la vieja Honora, a pesar de que solía marcharse siempre antes de las nueve.

—Buenas noches, doctor.

—Es tarde, Honora; ¿qué hace aquí aún?

—No hay nadie en la casa y aguardaba a que uno de ustedes llegara.

—Podía haberse marchado, mujer; tengo la llave.

—Usted sí, doctor, pero yo no sabía que llegaría el primero.

—¿Dónde ha ido Alexander?

—A casa de los Nelson. Jennie tiene paperas, y para que se deje poner las cataplasmas, el doctor le ha llevado un conejo blanco.

Entré en el cuartito, que olía a parque zoológico, y vi la jaula de *Idle* vacía. Alexander, con el pretexto de las cataplasmas, había regalado el hermoso animal para librarle de una inoculación de prueba. Como de costumbre, Jasper se vería obligado a comprar otro conejo más feo, más arisco y, a ser posible, aburrido de la vida.

Fui hacia el laboratorio; curioseando el trabajo de Alexander pegué un ojo al microscopio. A través de la lente vi un cúmulo de leucocitos teñidos de azul que hacían resaltar el rojo de la fucsina coloreando el bacilo de la tuberculosis. La materia que se hallaba en examen pertenecía a un adolescente del arrabal de Spick, uno de tantos en que había de apoyarse la generación del mañana. Por fortuna interrumpió mi pensamiento el ruido de la puerta de la calle. En seguida entró Jasper en el laboratorio. Extremadamente alto, rubio, de ojos claros, con fuertes mandíbulas y fuertes brazos. A Alexander y a mí nos doblaba el grueso de la muñeca. Echó una mirada a la estancia y frunció las cejas.

—¿Y Alexander? —dijo a modo de saludo.

—¿Qué ocurre? —le pregunté.

—¿No está en casa?

—No. ¿Qué hay?

—Oyeme. Len, verás... es que..., en fin, aguarda. Abrió la puerta y dijo a alguien que esperaba fuera:

—Entra.

Me levanté intrigado. El acompañante de Jasper apareció en el umbral campechanamente. Al verle disimulé mi sorpresa y volví a sentarme; no valía la pena hacerle tantos honores. Iba mal vestido, con una chaquetilla larga descolorida y una gorra de marinero. No llevaba pantalones, cosa que no me escandalizó por la sencilla razón de que se trataba de un mico.

—¿Qué le pasa?

—Lo he comprado.

El mico subió a mi rodilla bruscamente y casi me asusté. Jasper le reprendió al instante:

—¡Baja, *Doroteo*! —Ante mi sonrojo se apresuró a añadir:— Lo siento, Len, pero se llama *Doroteo.*

Se produjo un silencio que yo interrumpí:

—Tenemos que cambiarle el nombre antes de que llegue Alexander.

—De acuerdo.

Procurábamos siempre no escandalizarle. Era ferviente católico y soportaba en silencio nuestras irreverencias cuando no las cometíamos a propósito.

—Podríamos llamarle *Kiki.* ¿Qué te parece, Len?

—Bien.

Pero en lo íntimo nos confesábamos que «*Doroteo* le sentaba mejor.

Después de unos instantes de meditación, observé:

—¿No hubiera sido mejor, digo yo, comprar en lugar de *Kiki* dos jeringas de veinte centímetros cúbicos?

—Oyeme, Len... verás, en realidad, lo que se dice comprarlo...

—No te entiendo.

—Mi intención...

—¡Jasper!

—¡Esta vez no! ¡Te aseguro que no!

Hacía año y medio, había robado un gato de dos

meses de edad, en una droguería de la calle de Durham. Según dijo, primero lo había pedido a su dueño y éste se negó a entregárselo si no le abonaba por él un penique. Jasper, naturalmente, no se avino al trato y se fue. Al volver la esquina vio que el gatito iba detrás de él; lo llamó, lo cogió, se lo metió en el bolsillo y lo trajo a casa sin remordimiento alguno. Según declaró, apenas notaba en la conciencia el peso de un penique.

Ahora, con *Doroteo* parecía más abrumado.

—Resulta —murmuró— que me lo han entregado a cuenta de mis honorarios.

—¡En fin! Alexander se pondrá contento con él.

—De Alexander precisamente quería hablarte, Len. Tú sabes cómo es. A veces, con eso de los animales se pone difícil y...

—¡No habrás aceptado al mico para someterlo al ensayo de tu suero antidiftérico!

La cara de Jasper se ensombreció.

—Para eso precisamente, Len.

Nos miramos unos instantes en silencio. Yo sabía que le dolía tener que tomar aquella resolución. *Doroteo* estaba sentado sobre su hombro y tenía hundidas las nerviosas manitas en su cabello rubio, hurgando con gran interés.

—*Kiki* —le dijo—, estate quieto, por favor; no hay nada donde miras.

Me incliné sobre el microscopio y miré el portaobjetos por no tener cosa mejor que hacer.

—¿Qué, Len? —oí después de un largo silencio.

—Nada. El sacrificio del mico no será en vano.

Doroteo dejó en paz la rojiza cabeza de Jasper, dio un salto y se colgó de la percha, dio otro salto y se me agarró a la nuca; estremecido empecé a bracear; volqué una redoma y rompí un tubo en ensayo. El mico gruñía de placer. Jasper me libró de él.

—Voy a encerrarlo en una jaula.

Doroteo le torció el lazo de la corbata poniendo en evidencia los zurcidos de la camisa.

—¡Estate quieto...! Dime, Len: ¿qué te parece si le dijera a Alexander que lo recogí porque está enfermo?

No tuve tiempo de opinar. Los pasos del aludido resonaron en el gabinete, se abrió la puerta y apareció.

—¡Hola! —dijo.

Venía cansado. Sobre su frente se desplomaba un mechón negro y lacio. La niebla le dejaba húmedo y caído el cabello; y como agravante, siempre se dejaba olvidado el sombrero. Físicamente era bastante vulgar. Estatura mediana y complexión corriente. No sé a punto fijo si era guapo o feo; esto era lo de menos. Había algo en sus ojos que inspiraba honda confianza. Era sufrido, apacible y bueno, extraordinariamente parecido a un San Roque de yeso que tenía en la cabecera de su lecho. Vio al mico casi instantáneamente y la expresión de su rostro se avivó.

—¿Quién es? —preguntó.

Jasper y yo cruzamos una mirada rápida.

—Está enfermo. Me lo dio Robin para que se lo cuidara.

—¡Chiquito! —exclamó Alexander acercándose a él—. ¿Qué te ocurre?

Jasper impidió que lo cogiera y dijo muy vivamente:

—¡No lo toques! Escucha, procura no encariñarte con él... Tal vez se muera.

—No parece enfermo.

—Lo está.

—¿Qué tiene?

—No lo sé a punto fijo.

Doroteo alargó el cuello por encima del brazo de Jasper y pegó un ojo al microscopio, como yo había hecho antes. No sé si los micos, en general, pueden soltar una carcajada. Aquél, en particular, lo hizo. Le vimos los dientes hasta los colmillos y chasqueó la lengua como si ya saboreara el montón de microbios que acababa de ver. Alexander le observó con atención y frunció las espesas cejas.

—Este mico no está enfermo, Jasper. Lo has traído para el ensayo de tu suero.

Hubo un silencio tan prolongado que temí verme en la obligación de romperlo yo. Aguardé la explosión de Alexander; sus sermones, sus reprobaciones, sus protestas... nada de eso vino. Bajó la cabeza; miró a *Doroteo*, le frotó el hocico con el dedo y murmuró:

—Sé valiente, chiquito.

Caminó hasta la ventana y se quedó inmóvil contemplando la niebla a través de los cristales.

Una inquietud me oprimió. Me acerqué a él y le pregunté suavemente:

—¿Qué te ocurre, Alexander?

—A mí nada —y de un modo casi imperceptible añadió—: pero deberíais visitar en seguida a Jennie. No tiene paperas. Es difteria.

La pequeña contaba cinco años de edad. Era el único amor de Alexander. Se conocieron en la farmacia de James Coote. El fue a comprar un escalpelo de filo de botón y ocurrió que mientras el farmacéutico se volvía loco buscándolo en la trastienda, entró Jennie tímidamente y creyendo que Alexander era el dueño, le pidió aceite de ricino para curar a un perro. En seguida rompió en llanto. El sentimiento de la niña impresionó a Alexander y fue apresuradamente a visitar al can. Este tenía una pata rota. Alexander lo vendó y le puso un cabestrillo mientras Jennie le contemplaba admirada. Cuando hubo terminado, la niña le dio un sonoro beso. «Te quiero mucho», le dijo. Alexander jamás olvidó aquel momento. De vez en cuando habíamos visto a la pequeña en casa. El la invitaba a visitar sus ratas blancas, sus conejos y palomos. Los dos limpiaban las jaulas y sostenían largas charlas sobre la alimentación de *Lady Grey*, que empollaba un huevo. Jasper y yo nos habíamos enamorado también de la niña, pero ella mostraba tal predilección por Alexander, que nos sentíamos despechados.

Al oír la noticia de su enfermedad, sufrimos una profunda impresión. Jasper, en silencio, cogió su maletín y se fue con paso rápido. Alexander tomó de la mano a *Doroteo* y lo condujo al cuarto de los animales. Permaneció allí mucho tiempo. Por la puerta entreabierta le vi sentado ante las jaulas de *Goddess* y *Pepper*. Ambos conejos estaban vacunados contra la difteria y, según Jasper, su suero sanguíneo debía convertirse en un antitóxico.

Me dejé caer pesadamente en el sillón de mi mesa de trabajo y releí por centésima vez las brillantes declaraciones de Roux y Yersin sobre el *Bacterium difteriae*. Luego me enfrasqué en los apuntes de Jasper, donde desarrollaba interesantes teorías reveladoras de una inteligencia muy superior a la mía. En realidad era muchacho de gran talento y poseía la energía de los que nunca se detienen. Muy duro, irritable, insufrible a veces, conseguía sobrecogernos a Alexander y a mí aunque él nunca se daba cuenta. Su amistad era sincera y respetaba nuestro modo de ser, divergente del suyo en muchos conceptos. No obstante, gozaba exteriorizando su desprecio por la sensibilidad y el misticismo de Alexander. «¡Debiste hacerte confesor y meterte a cultivar almas en vez de microbios!», le decía muy a menudo. A mí no me soportaba la vulgaridad y no se cansaba de repetirme: «Sólo tus manos, Len; tus manos valen un tesoro; lo demás es puro accesorio.» Verdaderamente, llevaba razón. Sólo conseguía sentirme superior a él cuando me ayudaba a operar. Entonces le dominaba por completo. Pero es que cuando yo manejaba el bisturí lo dominaba todo, incluso la Muerte. Dios me había dado una agilidad poco común y se valía de ella para mantener en este valle de lágrimas a todos aquellos que, a pesar de sus terribles males, aún no debían comparecer ante su Divina Presencia.

Jasper regresó tarde de casa de Jennie. En cuanto se oyó la puerta de la calle, Alexander salió a recibirle ansiosamente.

—¡Los Nelson son pobres en todo! —le oí vociferar—. ¡Incluso en sentido común! ¡No saben lo que es difteria, no lo saben!

Entró en el laboratorio montado en cólera.

—¡Y no tienen aún bastante suciedad en sus malditos catres, que han de ponerle a Jennie unturas de...! ¡Santo Dios! ¡De ajo!

Alexander se frotó los ojos con fatiga y murmuró:

—Les aconseja la señora Richardson, que vive en la madriguera de al lado y respeta a los piojos porque succionan la *sangre mala* de la cabeza. ¿No sería mejor llevar a Jennie a alguna otra parte?

—De momento, no. He conseguido mejorar la situación. La madre está asustada y dispuesta a obedecer. De todas formas, Alexander, procura ir a menudo por allá. Les gustas más que yo y tal vez logres eclipsar el prestigio de esta dama protectora de piojos. Jennie ha preguntado por ti y por *Ostrich*... a propósito: ¿quién es *Ostrich*?

—El hijito de *Duchess.*

Jasper no insistió.

Nos dirigimos a la cocina en busca de la cena que Honora nos había preparado.

—Se halla en el período inicial; empieza a ser visible en su amígdala el depósito opalino.

El depósito opalino que había de adquirir el carácter de las falsas membranas asfixiantes...

Saqué del armario una fuente con ronchas de merluza mojadas en una salsa indefinida. Nunca podíamos averiguar qué musa culinaria inspiraba a Honora.

—Me preparo una ensalada de cohombro —advertí—. Al que le apetezca, que haga el favor de avisarme ahora que estoy a tiempo de aumentar la cantidad.

Ninguno de los dos dijo nada. Ni siquiera tuvieron la cortesía de escucharme. Jasper se sentó a la mesa y olió desmayado el intento de rosbif que no había quedado bien perdigado.

—A veces Honora no sabe lo que se pesca —gruñó—. Deberías casarte, Len. Nos hace falta una mujer y tú serías capaz de soportarla.

Descabecé el cohombro con extraordinario empuje.

Alexander llevaba trasteando en el armario tanto tiempo que me llamó la atención.

—¿Qué es lo que buscas?

—El salero —me notificó.

—¿Y qué es esto que tienes en la mano?

—El salero.

—Tal vez Jennie mejorará mañana —le dije sin convicción.

La cena desarrollóse con toda normalidad, pero terminó sin armonía a causa de la ensalada de cohombro.

El producto del hurto que Jasper había cometido en la droguería de la calle de Durham, hacía un año y medio, se llamaba *Penique*. Era en la actualidad un gato gordo de aspecto bonachón y andar cachazudo. Excesivamente chato, poseía unos ojos vivos y nítidos como cristales amarillos. Dudo que otro gato igualara su belleza. Era completamente blanco y él mismo cuidaba de su aseo. A las horas de visita se abstenía de cruzar el consultorio; le repugnaba que nuestra clientela le acariciara. La mayoría de las tardes las pasaba en el laboratorio, sumido en profundas meditaciones, al lado de Alexander. Simpatizaban mucho los dos, pero me atrevería a decir que era el único animal por el cual Alexander no se desvivía; rareza debida sin duda a que *Penique* era el mimado de Jasper y éste le azuzaba contra las ratas de Alexander desde que *Sir Mouse* le había roído las páginas de una Patología de Augusto Nelaton.

Estaba yo atareado vendando los dedos de un afilador de cuchillos que había tenido la desgracia de comprobar su habilidad consigo mismo, cuando oí que *Penique* raspaba la puerta a uña desnuda para introducirse en el consultorio. Sin duda se sentía solo. Alexander estaba en casa de Jennie actuando de enfermero y Jasper llevaba trazas de no regresar hasta muy tarde. Abrí la puerta y el gato entró.

—*Miau* —me dijo.

Le contesté que lo sentía mucho, pero que me era imposible interrumpir mi trabajo para darle de comer. Se encaramó en un sillón aburridamente y miró al afilador con sorda antipatía. El afilador le miró a su vez y pensó: «¡Tú gordo y lucido y yo en ayunas!»

Concluí el vendaje y le dije que volviera al día siguiente.

En el gabinete, que habíamos convertido en sala de espera, aguardaban seis o siete personas más. Miré la hora: las cuatro y diez. A las cinco en punto debía acudir a la clínica de nuestro querido colega el doctor Pressburger para practicar una sangría. No era raro que me llamara de vez en cuando. Conocía la agilidad de mis manos; me había visto operar extraordinariamente bien, encaramado en una escalera cuando el primer ascensor instalado en la ciudad se paró a la mitad del recorrido llevando a Jem Marlowe enganchado por un pie. Mi rapidez y sangre fría habían sido un verdadero prodigio y él lo había reconocido. Por eso y además porque a menudo le urgía tomar el tren de las cinco para regresar a su finca de «My Well», me encargaba algún trabajillo. Han practicado sangrías con éxito incluso las amas de casa, pero esta vez el cliente debía de ser distinguido y yo sería presentado como el cirujano especializado. A mí, sinceramente y dejando aparte el amor propio, no me iban mal las tramoyas de nuestro querido colega. En aquella ocasión, por ejemplo, me permitiría comprar dos jeringas de veinte centímetros cúbicos.

Entró el siguiente; tenía un panadizo. Le bañé el dedo, le apliqué una compresa y le despedí. Entró otro: una torcedura en el tobillo. Otro: granos. Otro: roña. Faltaban dos más. Miré el reloj: las cinco menos cinco. El penúltimo sólo venía a recoger una receta, aunque había tenido la paciencia de esperar a que le tocara el turno. Jasper ya me había advertido que la hallaría sobre su mesa. Pero no estaba sobre su mesa. La busqué en la mía, en la de Alexander, en los bolsillos de todas las blusas blancas, alcé los tinteros, los libros, los ficheros... Quedamos en que el hombre volvería por ella cuando estuviera Jasper.

La última persona de la sala me llamó poderosamente la atención. Se trataba de una joven bien vestida, de aspecto decente y rostro lindísimo. Iba sola. Permanecía en un rincón del gabinete, visiblemente nerviosa, y cuando la invité a entrar al consultorio, su tez se coloreó como una amapola. Llevaba en la cabeza algo muy parecido a un sombrero y sus faldas recogidas en un galimatías de pliegues se le abollaban por detrás dándole el airoso aspecto de una grulla. Sobre su pecho brillaba un crucifijo.

—El doctor Leonard Barker, por favor.

—Yo mismo, señorita.

Me miró atónita. Su sonrojo fue en aumento. Se

produjo un silencio embarazoso. Sólo *Penique* parecía tranquilo, lamiéndose ceremoniosamente.

—Siéntese, se lo ruego —exclamé por fin.

Bajó los ojos y obedeció. A mi vez me senté detrás del escritorio.

—¿En qué puedo servirla, señorita?

La joven permaneció mirando sus manos sin decir nada, incapaz de vencer el intenso rubor. Inesperadamente rompió a llorar. Me puse en pie anonadado. *Penique* alzó la cabeza. No supe qué hacer. En la vida siempre hay una situación que le coge a uno desprevenido. Le supliqué que se calmara, pero fue en vano. Siguió escondiendo la cara entre las manos, hundida en el sillón. El hipo sacudía las cintas que adornaban su tocado. Me acerqué a ella y con sumo miramiento le puse la mano en el hombro como si fuera su padre. Al instante cesaron los sollozos. Sus ojos anegados me miraron.

—Cuénteme sin ningún reparo lo que le sucede, señorita.

—Yo... yo creía... es decir, me dijeron que el doctor Barker era un señor entrado en años...

Se produjo una pausa.

—Comprendo —dije. Después agregué—: Debió de haber una confusión; anteriormente hubo aquí el anciano doctor Barier... De todas maneras, señorita, los médicos no somos jóvenes ni viejos, sino sólo eso: médicos.

Se secó los ojos.

—Claro —dijo—. Lamento haber sido tan ridícula, doctor. Pero es que... Llevo muchos días sin saber lo que me sucede. Es... es la cabeza..., mejor dicho, sufro insomnio. Me paso las noches en vela y luego, durante el día, me siento abatida, cansada... Tal vez si usted pudiera recetarme algún calmante, algo que me permitiera dormir... Sólo para eso he venido a molestarle.

—¿No le ocurre nada más? Me refiero a si ha experimentado, por ejemplo...

—Nada, absolutamente nada. Mi vida es normal, completamente normal, doctor.

—¿Desde cuándo observa esos desvelos?

—Pues, hace sólo unos días... cuatro o cinco.

—Poco tiempo. No hay motivo de alarma. Si usted misma afirma que su vida se desarrolla con toda normalidad, no creo que pueda tenerse en consideración esta pequeña anomalía.

Soportó mi tono poco amable con suma humildad. Yendo al escritorio, añadí:

—Le recetaré unas píldoras que tomará al acostarse. Si dentro de unos días nota algún trastorno de orden mayor, le haré entonces un reconocimiento.

Se sonrojó de nuevo. Extendí la receta casi bruscamente. Cuando se la entregué, se puso en pie y abrió nerviosamente un bolso tan extravagante y femenino como su sombrero.

—¿Cuáles son sus honorarios, doctor? Prefiero abonárselos ahora...

—Tres chelines por consulta.

Cumplimos los requisitos de despedida, le abrí la puerta y salió apresuradamente arrastrando la masa de pliegues de su falda.

No volví a saber de ella en la vida. De este modo ignoré lo que me habría confiado si yo hubiera tenido treinta años más. No supe si admirarla o condenarla.

Debió de encerrarse perpetuamente en su extremado pudor, después de haber dudado del mío.

De pronto me di cuenta de que eran más de las cinco y media.

—¡Honora! ¡Mi abrigo y mi sombrero!

El paciente a quien debía practicar la sangría era nada menos que el dignísimo señor Timmis. ¿Tú le conoces? A ti, a ti que me lees te lo pregunto: ¿Conoces al dignísimo señor Timmis? Pues estás en la misma situación en que me encontraba yo. De todos modos le saludé ceremoniosamente y le vi tan gordo y rojo que en seguida procedí a los preparativos para regularizar su excesiva tensión sanguínea. El hombre estaba acostado y tenía a su lado a dos enfermeras limpias y almidonadas de pies a cabeza, blancas como dos Angeles de la Guarda. Una de ellas no dejaba de mirarme ni un solo momento. Hacía esto siempre que me veía en la clínica, y yo había acabado acostumbrándome. Lo raro es que no era fea.

Me senté al lado del señor Timmis, y mientras le ataba alrededor del brazo un tubo de caucho, me notificó que no era impresionable. Con el pulgar tenté la mediana cefálica y cogí la lanceta. Antes de pinchar, el señor Timmis se desmayó.

—Preparen una inyección de cafeína —dije sin interrumpir mi trabajo.

Empujé la lanceta a través de la piel, seguro, firme, consciente de que la enfermera seguía mirándome.

De súbito me quedé de una pieza. La punción estaba hecha y no salía ni una sola gota de sangre.

—Tal vez la lámina es poco puntiaguda —exclamó mi admiradora.

—No es eso. La extremada obesidad del señor Timmis hace imperceptible el vaso. Hay que denudarlo.

Se oyó un crujido de tocas almidonadas. Los dos Angeles de la Guarda habían chocado en su afán de prepararme el instrumental necesario.

En un cortísimo espacio de tiempo denudé el vaso. Lamenté que nuestro querido colega el doctor Pressburger se perdiera aquella ocasión de verme jugar tan limpiamente con el bisturí y las pinzas.

La vena apareció en todo su esplendor. Practiqué una incisión breve, rápida, atrevidamente transversal... Suspendí el aliento: ¡había cortado el vaso por completo! Nadie dijo nada porque nadie más que yo se había dado cuenta. Proseguí como si todo se desarrollara normalmente. Cuando hube de poner fin a la emisión sanguínea, mi frente se empapó en sudor. De no ser un cirujano privilegiado, no imagino cómo hubiera acabado la inocente sangría.

Concluí. Tenía la camisa pegada a la piel.

El señor Timmis reaccionó con la cafeína. Se mostró sonriente y agradecido. Su rostro estaba más pálido; el mío también.

La linda enfermera me acompañó hasta la puerta de la calle. Estaba entusiasmada con mi trabajo.

—¡Estuvo usted admirable, doctor Barker!

La luz del farol de la entrada me proporcionó una intensa visión de ojos azules. Estuve tentado de preguntarle si sabía cocinar el rosbif. Pero el Angel de la Guarda auténtico debió de interceder en aquel momento, y me fui sin haber cometido más error que el de cortarle una vena al dignísimo señor Timmis.

Alexander me alcanzó al cruzar el puente de Cragget.

—¿Vas a casa, Len?

—¡Hola, Alexander! ¿Qué hace Jennie?

—Se queja de que no vayas a verla.

—¿Es posible que se acuerde de mí? Mañana iré.

—Yo la encuentro mal, Jasper le ha raspado la garganta esta tarde, pero no se consigue mucho con eso.

Anduvimos en silencio una manzana entera. El rostro pacífico de Alexander estaba velado por una sombra.

Caía una fina llovizna y nuestros abrigos empezaban a empaparse. Ambos tiritábamos de frío y apretábamos el paso pensando en la estufa del laboratorio.

—Hay difteria en casa de Howells —dijo de pronto Alexander—. Han llamado a Jasper mientras estaba visitando a Jennie.

—Viven al lado, ¿verdad?

—No. En la otra calle. Jennie y el niño afectado no han tenido contacto alguno.

Me quedé pensativo. Tres casos espontáneos en una misma semana.

—Cada año hay epidemia —comenté.

Cruzamos la calle sin asfaltar salpicándonos de barro.

—Has hecho bien en ponerte los pantalones viejos, Len.

—No son los viejos.

Llegamos a casa. Eran alrededor de las ocho. Jasper trabajaba en el cuarto de los animales. Al oírnos, asomó la cabeza y preguntó a Alexander:

—¿Cómo has dejado a Jennie?

—Respira algo mejor, pero el pulso parece debilitarse.

Nos acomodamos alrededor de la estufa dispuestos a no hacer nada.

—Dime, Jasper —exclamó Alexander—, ¿has inoculado al mico?

El aludido desvió la conversación instantáneamente notificándonos que la pequeña cantante del festival benéfico había muerto. Nos quedamos en silencio durante un largo espacio de tiempo.

—¿Cuándo? —pregunté al fin.

—Hace tres horas. A las cinco en punto nuestro querido colega le practicó la traqueotomía y la niña murió en la intervención.

Me erguí.

—¿Estabas allí, Jasper?

—Actué de primer ayudante.

—Le dio cloroformo, ¿eh?

—No puede hacerlo de otro modo.

—No quiere hacerlo; es comodidad. ¿Cómo operó?

—Bien. Yo no lo habría hecho mejor —hizo una pausa y añadió—: Pero tú, sí.

Cogí una espátula cualquiera y la miré como si encerrara un extraordinario interés. Sin apartar los ojos de ella dije lentamente:

—¿Sabes dónde me hallaba yo a aquella hora?

—En su clínica. Te pasó recado esta tarde. Una sangría urgente. El no podía entretenerse y el señor Timmis necesitaba un cirujano. ¿Por qué no se te ocurrió cortarle la vena, Len?

—Ya lo hice.

Mi tono grave y sincero le desconcertó. Se quedó mirándome fijamente. Alexander también.

—Estoy hablando en serio; hice la punción transversal y quedó seccionada.

—¡Has ido demasiado lejos! —exclamaron a una.

Fue absolutamente inútil jurarles que no lo había hecho adrede. Uno y otro se negaban a aceptar un desvío involuntario de mi bisturí.

—¿Preferís creerme un bárbaro? —grité.

Ante mi exasperación, cambiaron de actitud y no aceptaron ni lo de la vena cortada.

Un fuerte chubasco remojaba los tejados y las calles.

En el comedor hacía un frío de mil demonios y ninguno de los tres se resignó a quedarse en él para cenar. Improvisamos bocadillos de jamón y nos sentamos alrededor de la estufa.

No habíamos dado el primer bocado cuando la campanilla de la puerta empezó a repicar con frenética insistencia. Nos miramos preguntándonos para quién sería el caso urgente. Para mí. La señora Lewes llevaba nueve años de matrimonio y en aquel momento había decidido dar su primer fruto.

Regresé de madrugada con la absoluta certeza de haber proporcionado por mi cuenta un nuevo miembro a la Humanidad. Ni el padre ni la madre habían sido más responsables que yo.

Iba mojado como un pez, pero ya no sentía frío. El gabinete estaba alumbrado; Jasper y Alexander me habían dejado un quinqué sobre la consola y una esquela que decía: «No olvides apagarlo. Buenas noches.»

Fui a la cocina y calenté leche. No me apetecía,

pero le debía algo a mi estómago. La leche no la usábamos más que para *Penique* desde que Alexander descubrió que la «complicaban» y nos detalló las sustancias empleadas. Con un químico en casa, teníamos la suerte de saber los fraudes del vino, de la manteca, del azúcar y de mil artículos más. De este modo nos quedaba la alternativa de comprarlo todo al doble de precio o comerlo todo con asco.

Después pasé a mi escritorio y procedí al registro del recién nacido. Una vez hecho esto, volví junto a la consola, quité la esquela del quinqué y puse otra: «Ya lo he apagado. Buenos días.»

Bostezando subí la escalera, entré en mi habitación, me desnudé, me metí en la cama... Volví a levantarme, busqué las zapatillas, me puse una bata, salí del cuarto, bajé la escalera, fui hasta el quinqué y soplé.

Jasper tenía en observación a *Doroteo*. Quería inocularle el suero antitóxico tan pronto como fuera posible y llegué a temer que se precipitara. Lo había ensayado en seis ratas. Tres de ellas se habían curado. Las restantes habían muerto. Jasper lo atribuía a una neutralización deficiente de la toxina por falta de comprobaciones. Ahora preparaba otro suero, inoculando la difteria a los conejos en pequeñas dosis que aumentaba de modo gradual, vigilando continuamente el poder que adquiría. Esto le retenía en el laboratorio durante el día entero. Yo hacía sus visitas matutinas.

El recorrido era largo y fastidioso. No había ningún caso de importancia, salvo una fea herida de arma blanca que le habían propinado al guapetón del barrio. En los arrabales de Spick se cultivaba la riña a cuchillo, la embriaguez y muchos otros vicios de diversas categorías que tarde o temprano requerían nuestra intervención. Una vez, un cliente me confesó que no sólo había faltado contra cada uno de los Diez Mandamientos, sino que había cometido pecados que el reverendo Mushins no tenía calificados en ninguna Tabla.

Subí a un piso viejo y negro. Habían pasado recado de que fuéramos. La enferma era una muchacha morena, de cabello muy rizado, de labios prominentes y frente estrecha. Sus rollizos contornos, púberes aún, señalaban trece o catorce años. ¿Qué dolor la aquejaba? No podía respirar cuando estaba tendida. Sentía pinchazos en el costado. La ausculté. La examiné detenidamente. Nada en el corazón. Nada en los pulmones. ¿Le ocurría siempre aquello? Muchas noches, pero nunca tan fuerte como la pasada. ¿Le temblaban a menudo las manos? Cada vez que lloraba. ¿Por qué lloraba? ¿Emociones fuertes? Muchos disgustos. ¿De qué índole? Amorosos. ¿Pero es que...? ¿Es que...? Sí, sí, tenía marido y un hijo. Sólo faltaba el pormenor de la boda.

Contracciones nerviosas. Le receté un granulado y mucha cama.

Antes de ir a comer fui a ver a Jennie. No había estado nunca en su casa, pero Alexander me dio las indicaciones: calle de Rhode, no recordaba el número; en la esquina había un bar, a mano derecha una relojería, más allá un prestamista y luego vería el portalón estrecho y la puerta decorada con una maraña de garabatos infantiles hechos con yeso y carbón. Aquél era el hogar de los Nelson. No me fue difícil encontrarlo. Me abrió la madre de Jennie. No la había visto hasta entonces y me pareció una de tantas criaturas que han venido al mundo sin saber a punto fijo por qué y para qué. No pude definir si era joven o vieja. Llevaba escrita en la cara la ignorancia, la miseria y muchas otras cosas. En cuanto me vio, me confundió con Alexander, y aunque la saqué de su error, siguió equivocándome el nombre.

Jennie apenas manifestó interés por mí. Estaba amodorrada, quieta, respirando ruidosamente, con el labio superior elevado y el inferior caído, ávida de aire. La reconocí con gran atención. No parecía falta de resistencia orgánica, pero me dio miedo la intensidad de la infección. Las membranas venenosas que Jasper desprendió se reproducían rápidamente.

La dejé, preocupado.

—¿Crees que será necesario practicarle la traqueotomía? —me preguntó Alexander cuando llegué a casa.

—Mañana se sabrá.

—No me gustaría, Len. Es demasiado duro.

—Podemos probar antes la intubación.

Por la tarde se presentó en el consultorio un hombre muy humilde con un niño en brazos, arropado hasta la nariz.

—Está resfriado, doctor.

—No debió traerlo. Yo habría ido.

—Es que vivimos en las afueras, y como están las calles tan enlodadas...

Le agradecí la intención, pero aún me escandalicé más. La cabecita del niño estaba ardiente y empezó a toser de un modo peculiar, como si ladrara un perrito.

—Parece que le duele la garganta, doctor. No quiere tomar la leche.

Le dije que volviera inmediatamente a su casa y le acostara. Le pregunté si había más niños pequeños en su hogar. Otro de cuatro años. Dormían en el mismo cuarto, mejor dicho, en la misma cama. ¡Debían separarles! No había sitio. ¡Cuidado, cuidado con todo, con los vasos, las cucharas, las ropas, los juguetes, cuanto perteneciera al enfermo! ¿Por qué? ¡Porque estaba contaminado, infectado, lleno de microbios! Su esposa lo lavaba bien. ¡No era suficiente! ¡Hervirlo todo! ¡Hervirlo y quemar lo inútil! ¿Hervirlo? ¿Quemarlo?

No sabía lo que era difteria. No lo sabía nadie y sin embargo todos veían morir a millares de niños cada año.

Jasper y Alexander llevaban tres días encerrados en el laboratorio. Yo, durante la mañana, recorría calle tras calle, sustituyendo a Jasper.

Más casos de difteria. Más advertencias de higiene y desinfección. Más estupor entre aquella gente imbécil.

Por las tardes, en la consulta, inspeccionaba lenguas, ponía el termómetro, auscultaba pechos, curaba costras, corizas, sarna y toda suerte de enfermedades que trae consigo la suciedad. Conozco a distancia la indigencia humana. Desprende un olor característico que quedará en aquel gabinete por todos los siglos.

En el quinto día de la enfermedad, Jennie seguía

resistiendo, sin haber sido necesaria la intervención. Alexander salió del laboratorio expresamente para ir a verla. Le aconsejé que se afeitara y se echara atrás la maraña de cabellos que le caía sobre los ojos. Estaba agotado y nervioso. Sólo una fuerza de voluntad superior a la de muchos hombres le había mantenido en su puesto, soportando los experimentos de Jasper con *Doroteo.* Yo no sé si a aquellos que aman a los animales les servirá de consuelo saber que en aquellos días sufrió más, mucho más, Alexander que el mico.

Dieron las tres y Honora abrió al primer cliente. La tarea empezaba de nuevo. Uno tras otro fueron llegando con una parsimonia más crónica que sus males. Ninguno nuevo. Las mismas caras cotidianas.

Ya habían transcurrido más de dos horas cuando entró el último. Era un ser tímido que venía de vez en cuando a quejarse de dolor de muelas. No me daba más trabajo que el de facilitarle la dirección de un dentista.

—Long Roadway, 48.

—¿Cómo dice, doctor?

—Otra vez el incisivo superior, ¿eh?

—¿Cómo dice, doctor?

—¡Que si le duele el diente de arriba!

—Yo venía solamente para ver si estaba en casa el doctor Jasper Sidney.

No se trataba del mismo ser tímido. Le había confundido.

—En efecto, el doctor Jasper Sidney está en casa, pero en ese momento no puede interrumpir su trabajo. Tal vez yo mismo...

—Usted mismo me indicó que pidiera por él. Vengo por una receta que...

¡Vaya, por Dios! ¡Quién se acordaba ya de la receta!

—Espere, espere un momento, que voy a ver...

Revolví en las papeleras desesperadamente. Llamé a Honora.

—¡Le juro que no la he tocado, doctor! Todos, todos los papeles desparramados los pongo debajo de este cenicero. Nunca tiro ninguno; ¡se lo juro por mi madre! ¡Se lo juro por la luz de mis ojos!

Me paré ante la puerta del laboratorio.

—Oyeme, Jasper, lamento darte la lata... ¿me oyes? Vienen por aquella receta que no sé qué del agua de cal y el aceite de almendras dulces. No la encuentro. ¿La tienes tú?

No obtuve contestación. Abrí la puerta y me asomé. No estaba allí. Fui al cuarto de los animales.

—Oyeme, Jasper, lamento darte la lata, pero...

Me callé en seco. Jasper permanecía sentado sin hacer nada, inmóvil, lívido, fijos los ojos ante sí. *Doroteo* yacía estirado en su jergón. Su pequeño rostro de animal era ya una horrible máscara de la muerte.

—¡Jasper! —susurré estremeciéndome.

Lentamente volvió la cabeza hacia mí.

—Murió a los seis minutos, Len. Es decir... —me mostró una jeringa hipodérmica vacía—, le mató esto.

Sentí que las rodillas me temblaban y tuve que sentarme.

—¡No puede ser... —susurré—; no puede ser que hayas fracasado, Jasper! Las proporciones de la toxina no debían...

—¡Todo estaba comprobado! ¿Lo oyes? ¡Esta vez todo estaba bien!

Se levantó y empezó a pasear arriba y abajo frenéticamente, asustando a las ratas y a los conejos.

—¡Cinco días y cinco noches neutralizando y rebajando la toxicidad, para obtener este resultado! ¡Y sabía que me pasaría esto, Len! ¡Lo sabía! Por ello aguardé a que Alexander se fuera. No podía abusar más de su tolerancia. En todo llevaba razón. No tengo derecho a torturar a esos pobres diablos. ¡Mueren sin motivo, inútilmente!

—¡Cállate, Jasper!

—¡Inútilmente, Len! —Me cogió por los brazos; sus mandíbulas crujían—: Oyeme, óyeme bien: son incapaces de reaccionar como seres humanos. La diferencia fundamental entre la fisiología del animal y la del hombre puede anular por completo el valor de un experimento. ¡Ahora no sé nada! ¡No lo sabré hasta que...!

Me soltó, se volvió en redondo, se quitó la blusa blanca y se fue por el gabinete. Le vi descolgar el abrigo y encasquetarse el sombrero. Inmediatamente oí la puerta de la calle. No sé adónde iba. Tal vez de lecho en lecho buscando quien se dejara inyectar un remedio nuevo sin más garantía que la fe.

Lentamente me dirigí al consultorio. Me hallé de manos a boca con el individuo de la receta y aún no sabía qué decirle. Parecía asustado. Debió de oír las voces que dio Jasper.

—¿Para qué era esa receta?

—No lo sé, doctor. Vengo a buscarla por encargo del suizo de las vagonetas.

Ni por asomo supe quién era el suizo de las vagonetas. Ni siquiera sabía dónde había vagonetas en la ciudad. Era imposible extender otra receta sin saber exactamente de qué se trataba. Tendría que volver mañana.

—Buenas tardes, y perdone la molestia, doctor.

Me puse a coagular con la lámpara de alcohol una capa de materia que quería examinar. Transcurrieron las horas en el mayor silencio. Honora me dio las buenas noches y se fue recomendándome que antes de acostarme abriera la puerta del patio posterior, para comodidad de *Penique* y satisfacción de los amantes de la pulcritud.

Alrededor de las ocho y media sonó la campanilla. Antes de abrir la puerta oí los sollozos de una mujer. Descorrí el cerrojo y experimenté un sobresalto. Era la madre de Jennie. No sé qué me dijo; era imposible entenderla:

—El ahogo... aprisa... está aguardando...

Corrí al consultorio, cogí el instrumental, me puse el abrigo, cerré todas las llaves del alumbrado y me lancé tras la mujer, que se iba calle abajo a toda prisa, tapándose con una manteleta deshilachada. La niebla era densa y no circulaba nadie.

La calle de Rhode no estaba lejos. Por la noche me pareció más estrecha y deshonesta. Una ventana parpadeaba como un ojo soñoliento, reflejando la luz de una vela, y más allá lucía la pálida cara del reloj anuncio. Busqué los escaparates del prestamista para saber que nuestra carrera tocaba a su fin, pero antes de verlos, la mujer se detuvo. Habíamos llegado. A aquella hora, los escaparates estaban cerrados.

—Llora otra vez —cuchicheó la angustiada madre pegando el oído a la puerta.

En efecto, se oía el llanto ronco de la niña. Abrió y entramos a toda prisa. Bajamos los escalones a tientas. No había luz alguna. Traspusimos una estancia tropezando con todos los muebles y entramos en la habitación. Alexander nos aguardaba impaciente y en cuanto nos vio, exclamó:

—¿Y Jasper? Quisiera que también la viera.

—No estaba en casa. ¿Qué ocurre?

Me acerqué a la enfermita, la cual dejó de llorar y me miró con ojos desorbitados. Tenía contraído el rostro y erguía la cabecita buscando el aire que a duras penas absorbía.

—¡Hijita! ¡Pobrecita Jennie! —gritó la mujer arrojándose al camastro de la niña.

La aparté y la convencí para que se fuera a la otra pieza. El estado de Jennie era gravísimo. La asfixia se había iniciado y su vida corría peligro.

—No perdamos un momento —dije—. Vamos a practicarle la intubación.

Empezamos a actuar rápidamente. Pedí bujías a la madre. Reunió dos velas y las corté en seis pedazos para multiplicar las llamas.

Alexander cogió una manta del lecho, envolvió con ella a la enfermita y la colocó entre sus rodillas. Me senté frente a él teniendo al alcance de la mano todos los instrumentos. Traté de abrir la boca de la niña, pero se resistió tenazmente. Su cuerpecito se retorcía con desesperación, y solamente Alexander consiguió apaciguarla. Pude introducir el abrebocas y se oyó un chillido ronco. Busqué la epiglotis y la deprimí contra la base de la lengua. Cogí la pinza provista del tubo metálico, desvié el dedo hacia la comisura para dar paso al tubo y con destreza lo conduje hacia el fondo de la laringe. Las piernas de la niña temblaban entre las de Alexander. Su piel adquiría progresivamente el color cianótico de los asfícticos. Me arrepentí de no haber usado el bisturí. Los segundos se hacían apremiantes y faltaba la introducción del tubo en la abertura de la glotis para que el aire pudiera llegar libremente a sus pulmones. Un sudor frío me cubría. Aguardaba un movimiento inspiratorio que me permitiera actuar.

—¡Pronto, pequeña, respira, respira!

Alexander me miraba fijamente, pálido, desencajado, apretando con su cabeza la de la niña sobre su hombro.

—¡Respira, Jennie, por Dios!

Los ojitos se desorbitaban. De repente hizo un movimiento convulsivo, se oyó un silbido metálico, mis manos movieron la pinza... Me pareció como si la niña se escurriera entre los brazos de Alexander; cayó fláccida. Cesaron todos los latidos.

Alexander y yo nos miramos atónitos. Permanecimos en una inmovilidad y un mutismo absolutos mucho tiempo.

De pronto, se puso en pie, colocó el cuerpecito en el camastro y procedió a la extracción del tubo metálico con sumo cuidado, como si la niña viviera todavía.

—Len —dijo con voz desconocida—, ahí en el bar de la esquina está el padre de Jennie. Pregunta por Henry Nelson.

Abrió la puerta, dejó que yo pasara y llamó:

—¡Señora Nelson!

Salí rápidamente cruzándome con la mujer que atendía a la llamada.

La niebla me rodeaba y daba irrealidad al momento. Llegué a la esquina de pronto, sin que hubiera tenido tiempo de preparar las palabras que debía dirigir al padre de Jennie. Hasta entonces había ignorado que existiera y no me cabía en la cabeza haberle de conocer en aquellas circunstancias. Me paré ante las vidrieras del bar, incapaz de entrar, oyendo el castañeteo de mis dientes. Miré a través de los cristales, pero no vi nada porque estaban empañados. Súbitamente abrí la puerta y entré. No había mucha concurrencia. En una mesa jugaban a las cartas; en otra, una mujer de aspecto bajo hacía mimos a su compañero borracho. Cerca del mostrador, un hombre sin afeitar, ojeroso, de semblante pálido, miraba fijamente el vaso de ron que una vieja teñida de rubio le servía. Sin titubear me acerqué a él.

—Perdón... —murmuré.

El hombre se puso en pie de un salto como si tuviera los nervios deshechos. Me miró con tan terrible recelo que parecía adivinar lo que iba a comunicarle.

—Perdón —repetí—; soy el doctor Leonard Baker y... —me callé, con la garganta seca.

—¿Y...? —repitió él con voz ronca.

—Mire usted, debería ir inmediatamente a su casa, señor Nelson, su... su...

El hombre me interrumpió:

—Yo no me llamo así. Sufre usted un error.

Me quedé desconcertado.

—Ah... entonces... —miré alrededor, incapaz de identificar ya a Nelson—. ¿Sabe usted si es alguno... si hay alguien aquí que se llame Henry Nelson?

El hombre se me acercó tanto que percibí el olor a ron que despedía su aliento.

—¡Conque doctor! ¡Conozco el truco, amigo!

Sus palabras sin sentido me llamaron la atención. Le miré atentamente y, a pesar de todo, no me pareció embriagado. La vieja del pelo teñido intervino visiblemente nerviosa:

—¡Déjale, Martino! Mire usted, doctor, el hombre que busca es aquél.

Me volví hacia donde señalaba: Nelson era el borracho compañero de la mujerzuela. Entre dientes, pedí un jarro de agua fría a la vieja.

Entretanto, el sujeto que olía a ron me miraba de soslayo. En la boca tenía un tallo de albahaca que movía frenéticamente.

—No tema —le dije con suavidad—, soy médico, tal como le he dicho. Nada tengo que ver con la policía.

Cogí el jarro y me fui hacia Nelson.

Alexander nos aguardaba en pie, con el abrigo puesto y el maletín en la mano.

La madre, sentada en una banqueta, miraba fijamente la pared. Sus mejillas estaban mojadas. A su lado, secándose los ojos y sonándose, había otra mujer que al ver entrar a Nelson exclamó impulsivamente:

—¡Tú debías haber muerto, borracho!

Pensé que llevaba razón.

Nelson, sin hacerle el menor caso, dijo a Alexander de un modo pastoso:

—Me acaban de decir...

—Sí —interrumpió éste—; intentamos practicarle la intubación laríngea, pero murió en la intervención.

El hombre lanzó un bostezo y farfulló:

—Muchos médicos, muchos médicos... total, para nada. Ya te lo dije, Mary, chiflados, todos chiflados... Ahora vendrá la cuenta.

Alexander cuchicheó:

—Concluimos, Len. Ya podemos irnos.

Anduvimos a lo largo de la calle de Rhode en silencio, arrebujados en los abrigos. En medio de la niebla apareció la esfera del reloj anuncio. Marcaba las diez y cuarto. La humedad se metía en los huesos y la temperatura era glacial. Me detuve ante el bar de la esquina.

—Vamos a tomar un café caliente, Alexander. Entremos.

Comprendí que no me había escuchado. Sus párpados estaban bajos y las aletas de su nariz temblaban. El cabello negro le caía sobre la frente, pesado, mustio como si formara parte de su abatimiento moral.

—Digo que un café caliente.

Me miró.

—No, Len. Entra tú. Yo me llegaré a la funeraria.

—¿A esta hora?

—Alfie no cierra nunca. He de advertirle que ponga el ataúd de cinc.

Y sin más, dio media vuelta, cruzó la calle y desapareció en la niebla. Escuché sus pasos hasta que se perdieron. Iba a pagar el entierro de Jennie.

Entré en el bar. Los jugadores de cartas ya no estaban. No había un alma; ni siquiera la vieja teñida de rubio que atendía al mostrador. Hasta muy tarde no solían animarse los antros como aquél. El ambiente olía a aceite hirviente y a buñuelos. Recordé que no había comido nada desde el mediodía. Me tenté el bolsillo. Sólo llevaba tres peniques. Me senté en una banqueta y esperé.

Jennie habría muerto igualmente. La traqueotomía tampoco la hubiera salvado. Era ya tarde para todo... Tarde y, sin embargo, el momento oportuno no lo sabía nadie. Me pasé una mano por la frente y dejé de darle vueltas al asunto.

Me extrañó que no saliera nadie. En el fondo del bar había una puerta abierta. La pieza interior estaba iluminada y, a juzgar por el olor, debía de ser la cocina. No se oía ningún ruido hacia aquel lado, pero decidí levantarme y llamar. Me asomé y fruncí el ceño. En el suelo había una sartén, una chorretada de aceite y una infinidad de buñuelos esparcidos. Di voces preguntando si ocurría algo y, como no contestara nadie, entré en el cuarto. Un mantel a cuadros azules colgaba sobre una mesa, como si alguien hubiera tirado bruscamente de él. Por debajo, de cara al suelo, asomaba una cabeza de pelo teñido y desgreñado. Corrí hacia la vieja, me arrodillé y la volví boca arriba. Sus ojos vidriosos me hicieron estremecer. He visto la muerte en las más violentas formas, pero confieso que al descubrir un cuchillo clavado en el cuerpo de la mujer, sufrí una viva impresión. Volví a dejarla como estaba. Me levanté sin tocar nada más: era lo mejor.

Nunca me había hallado tan de lleno ante un caso de asesinato. Estuve unos instantes tratando de sobreponerme. No se me ocurría decidir un plan de acción inmediato, pero temía olvidarme de realizar algo que fuera de mi obligación. Me quité el sombrero.

El fogón chisporroteó de pronto y me sobresalté. Lo miré con fijeza, como si en él residiera un punto vital. Me agaché y con el dedo toqué la sartén del suelo. Estaba caliente, casi quemante. Llevaría poquísimos minutos fuera del fogón.

Y fue en aquel preciso instante cuando mis ojos dieron con un tallo de albahaca que yacía junto al aceite derramado.

Subí apresuradamente los escalones del Departamento de Policía y choqué con un hombre que bajaba. Era el inspector jefe en persona.

—¡Pero si es el doctor Barker! ¡Qué sorpresa verle a estas horas, doctor! ¡No, no me diga que viene por mí! ¡Válgame Dios! ¿A qué hora iré a cenar esta noche?

—En el bar de la calle de Rhode se ha cometido un asesinato —dije en seguida—. Debería mandar a alguien inmediatamente, señor Wyatt. He dejado la casa y el cadáver a la buena de Dios. No hay nadie allí.

—¡Cielos! ¡Qué exaltado viene, doctor! Venga, entre en mi despacho y cuénteme más despacio. ¡Hopper! Vaya con Mayer a la calle de Rhode. ¿Qué bar es ése, doctor? ¿El de Edna Basehart?

—El de la esquina. Da también a la calle de... no, no recuerdo ahora el nombre de la otra calle. Hay una relojería cerca. Eran las diez menos cuarto cuando entré.

—Bien, bien, ya hay bastante, doctor. Ya lo oye, Hopper, el bar de Edna Basehart. Hay un cadáver en la casa, según anuncia el doctor Barker. Por favor, doctor, entre y siéntese. Tal vez hallaremos por aquí una copa de...

—No, no, gracias, inspector. No quiero tomar nada. Deseo acabar pronto. Llevo una noche pésima. ¡Y me meto a descubrir cadáveres!

—Váyase lo uno por lo otro, doctor. Yo no he podido cenar por atender a un enfermo. O'Sullivan y su riñón. Le han llevado al quirófano desde aquí. Le ha dado el ataque mientras buscaba unos datos muy urgentes y, encima de asistirle, he tenido que quedarme a buscarlos yo. En fin, vayamos al asunto, doctor Barker. Empiece usted por el principio. Dice que eran las diez y cuarto cuando entró. ¿Dónde? ¿En el bar?

—Sí. Iba a tomar un café... Es decir, venía de atender un caso urgente en la misma calle, en el número...

—Bueno, bueno, adelante; siga usted. No es necesario que justifique sus pasos, doctor.

—Gracias. No había nadie en el bar ni en el mostrador. Aguardé unos minutos y luego llamé. Como nadie contestara, me asomé a la cocina y vi a la vieja tendida debajo de la mesa.

—¿Qué vieja?

—La dueña.

—¡Vaya! Conque por fin dio con sus huesos en el infierno, ¿eh? ¿La conocía, doctor?

—En absoluto. No la había visto en la vida.

—En esta ciudad existen cientos de personas decentes que tienen sobrado motivo para haberla matado. ¿Sabe en qué traficaba? No, no lo sabe ni tiene usted la deshonestidad de imaginarlo. Bien, bien... ¿Cómo la mataron?

—Con un cuchillo de la cocina.

—¡Bien, bien!

Me ofreció un cigarro puro, es decir, me lo colocó entre labio y labio. Parecía enormemente satisfecho de la vida. Se pasó la mano por el áspero bigote y exclamó:

—Pura fórmula, doctor, pero dígame: ¿cómo sabía usted que era *la dueña* si *no* la había visto en la vida...? ¿Deducción?

Ofendido en mi interior repliqué:

—Precisamente. Y además, señor Wyatt, omití detallarle que quince minutos antes había estado ya en el bar. Vi a esa mujer con aires de dueña sirviendo ron a un sujeto... ¡Aguarde!

Y atropelladamente le conté todo lo referente al hombre ojeroso que mascaba albahaca.

—¡...Y en el suelo de la cocina había una ramita, inspector!

Wyatt me escuchaba con suma atención.

—Es un dato muy valioso —dijo echando una bocanada de humo—, y denota sagacidad por parte de usted.

Me enorgullecí sin querer.

—De todas formas —prosiguió—, este hecho sólo prueba que el individuo de las ojeras estuvo en la cocina, no que fuera él quien matase a la vieja Basehart.

—Claro —balbucí—. Era la única posibilidad que no se me había ocurrido.

—A pesar de todo, doctor, será conveniente que me detalle usted sus rasgos físicos. ¿Los recuerda?

—Delgado, muy pálido, cejas en punta, ojos oblicuos, boca curvada...

Wyatt sonrió benévolamente.

—¡Me está describiendo a Mefistófeles, doctor!

Enrojecí. Pero era cierto, el hombre se parecía a Mefistófeles.

—¿Se fijó en su estatura?

—Más bien alto, como yo.

—¿Edad, más o menos?

—Unos treinta años, como yo.

—¿Traje?

—Oscuro y deslucido.

Pensé: «como yo».

—Me temo que hallaremos una serie de sospechosos con esas características, doctor.

—¡Espere! La vieja mencionó su nombre. Le llamó... vamos a ver... le llamó... ¿cómo le llamó? Era un nombre latino, poco corriente... así como *Mateo... Ma... Ma...*

Sólo se me ocurría *Mateo* y estaba seguro que no era ése. Me puse nervioso. Restregué el ala del sombrero. Noté que Wyatt me observaba con atención. Aguardaba pacientemente como si escuchara a un chiquillo. De súbito, me asaltó el temor de que me creyera el asesino.

—¡Martino! —exclamé por fin.

El inspector se quitó la pipa de la boca instantáneamente. Hubo una pausa larga. Luego murmuró:

—¿Ha dicho usted *Martino*?

Asentí. Su ancha boca se abrió en una sonrisa.

—Tal vez le perdonaré el que me haya fastidiado una cena, doctor Barker. Aguarde usted un momento, tenga la bondad.

Se levantó y desapareció por una puertecita lateral. Aguardé a que regresara, con una impaciencia indigna de mí. El retrato de su esposa me vigilaba desde el escritorio, rígida, emballenada. Parecía un soldado.

Por fin regresó Wyatt trayendo varios papeles y unos retratos que puso ante mí.

—Vea si este rostro corresponde al del hombre que vio en el bar, doctor.

Vi de perfil y de frente a un joven guapo, de mirada firme y rostro rasurado como si en él no hubiera aparecido el vello todavía.

—No es él —dije espontáneamente.

—Mírelo con más atención, por favor. Imagínelo sin esa cabeza rapada y con las mandíbulas oscurecidas por el pelo.

—¿Cuántos años hace de este retrato?

—Cinco. En la actualidad, el individuo cuenta veintitrés años.

—¡Imposible que sea el mismo!

Wyatt se arrellanó en el sillón apoyando ambos brazos sobre el escritorio.

—Usted que es médico, conocerá mejor que nadie la influencia que ejercen las circunstancias sobre el físico. Este muchacho fue condenado a treinta años de prisión. Estuvo en el penal por espacio de cinco años y hará cosa de quince días, en su celda, intentó suicidarse abriéndose una vena. Por lo visto fue una maquinación, puesto que en cuanto le trasladaron al hospital, se escapó misteriosamente. Es lógico que tuviera cómplices. Se ha procedido a la detención de un enfermero y un guardián, pero hasta ahora nada se ha puesto en claro —hizo una pausa y añadió—: Su verdadero nombre es Vincent Flagg, pero en este condado se le conoce bajo el seudónimo de *Martino*.

Volví a mirar el retrato, pensativo. Sus facciones refinadas en nada parecían las de un malhechor.

—Había sido un joven decente —dijo Wyatt adivinando mi pensamiento—, hijo de un curtidor acomodado que murió de vergüenza, indudablemente.

—¿Por qué le condenaron?

Wyatt me miró y sus ojos brillaron de una manera extraña. Lentamente dijo:

—Por una causa criminal ocurrida con una muchacha pupila de Edna Basehart.

Con la promesa de que el inspector procuraría molestarme lo menos posible con el asunto de la mujer asesinada, me dirigí a casa.

Por la ventana que daba a la calle, vi luz en el consultorio. Entré y traté de escuchar para saber quién estaba allí. No puse nada en claro. Me dirigí al laboratorio y encontré a Alexander encaramado en una escalera, tratando de alcanzar una caja de lata vacía que había en la parte superior de la estantería.

—Vienes tarde, Len —me dijo—. Estás perdiendo las buenas costumbres.

Aquella broma no podía ocultar el decaimiento de su espíritu. Saltó al suelo y me mostró la caja.

—Resulta algo pequeña, pero es hermética y podemos soldar la tapa con estaño. ¿No te parece?

Sin darme tiempo a contestar, desapareció por el cuarto de los animales. Comprendí que *Doroteo*, víctima inmolada en favor de la Humanidad, pasaría al cementerio de los ignorados, en cuclillas, dentro de un ataúd que contuvo harina de linaza.

Me acerqué a *Penique*, que se lamía una pata peluda y blanca estirando las uñas para poder pulimentar todos los rincones.

—¿Has cenado? —le pregunté frotándole la cabeza.

Ni siquiera interrumpió su trabajo para mirarme. Cuando se ponía antipático es que ya había cenado.

Se abrió la puerta que daba al consultorio y asomóse la robusta figura de Jasper. Su ceño estaba fruncido y su voz era áspera:

—¡Alexander! ¿Quieres...? Ah, ¿eres tú, Len? Oyeme, dile a Alexander que venga a recoger una rata blanca que anda suelta por ahí y está ingiriendo grandes dosis de subnitrato de bismuto. Me molesta y no puedo dejar mi trabajo para atraparla.

—¿Qué estás haciendo?

—Una obra de caridad.

—¿Hay alguien contigo?

—Uno que va a pagar con el agradecimiento. No olvides eso que te digo de la rata.

Desapareció bruscamente con su humor de perros.

Lo primero que hice fue encerrar a *Penique* en el ropero. El año anterior se había comido a *Dandy*.

Me disponía a cumplir la orden de Jasper cuando vino la contraorden:

—Déjalo, Len. Acabo de echarle mano.

Me entregó la rata asustada y palpitante, se dirigió a la vitrina y empezó a buscar entre los tarros de pomada.

—¿Vienes de casa de Howells? —me preguntó.

—No. Del Departamento de Policía.

—¡Vaya! Creí que le habían trasladado a la clínica de nuestro querido colega.

—¿Qué?

—¿Cómo es que te han llamado a ti, Len? Eres un cirujano muy chapucero para tareas tan delicadas.

—¿De qué me estás hablando?

Me miró.

—Del riñón del superintendente.

—No fui para eso.

—¿Pues para qué?

Se metió en el consultorio sin aguardar a que le contestara.

Llevé la rata a Alexander, que la cogió cariñosamente.

—Estaba contándole a Jasper que fui al Departamento de Policía para...

—¡Métete en la jaula, *Coffi*! ¡No es hora de corretear!

—¿Habéis cenado ya?

—Yo, no.

—¿Sabes lo que me encontré en el bar de la esquina?

—¡*Coffi*, querido, no alborotes a tus compañeros!

—¿Hay queso en la despensa, hablando de todo?

—Jasper se lo ha comido.

Completamente seguro de que se lo había comido el *Coffi* querido, ayudé a poner orden en la jaula. No podíamos cerrarla porque todas las ratas se nos encaramaban por las manos y los brazos.

Por fin conseguimos nuestro empeño.

—¿Qué es lo que encontraste en el bar, Len?

—El cadáver de una mujer; acababan de asesinarla.

Hizo una mueca de repugnancia.

—Todo es malo aquí —murmuró—. Deberíamos irnos a Holanda.

Porque le conocía bien no me asombró su inesperada ocurrencia. De vez en cuando exteriorizaba sus deseos de mudar de ambiente y de nación. Ahora, sea por mi perspicacia natural, sea por la experiencia adquirida en el Departamento de Policía, deduje que por hablar de queso había pensado en Holanda.

Le puse una mano sobre un hombro.

—Ultimamente preferías Nueva York.

—Sólo porque nos alejaríamos tres mil quinientas millas.

Le dejé poniendo cañamones en los comederos de las palomas.

En el laboratorio, Jasper volvía a remover los tarros de pomadas.

—¿Qué es lo que buscas?

—¿A qué has ido entonces al Departamento de Policía?

—Hubo un asesinato.

Si esperé que mis palabras le impresionaran como a Alexander, anduve muy equivocado.

—¿Dónde? —inquirió fríamente.

—En el bar de la calle de Rhode. Me tocó a mí en suerte descubrirlo. Mientras cruzaba la calle en compañía de Alexander, estaban despanzurrando a la dueña del establecimiento con un cuchillo de cocina. —Ni eso le afectó—. Fue muy peligroso, Jasper, me enfrenté con el asesino...

—¿Lo cogiste?

—No, no; verás, en realidad, me enfrenté con él cuando todavía no la había matado.

—¿Dónde diablos estará la vaselina bórica?

—Yo creo que la tienes a tu derecha. ¿Quién se quemó?

—No le conozco. Alexander se lo encontró tumbado en medio del arroyo apestando a ron y con quemaduras de segundo grado en el brazo. Aceite hirviendo al parecer. Le llevó a cuestas hasta aquí y... ¿Qué te pasa, Len? ¿Te sientes enfermo?

—¡Martino! ¡Tenemos ahí a Martino! ¡Oyeme, Jasper, ese hombre es Martino!
—¿Quién dices que es?
—¡Martino!
—¿Pero quién es Martino?
—¡Vincent Flagg!
—Estás torpe, Len, o lo estoy yo. No te entiendo.
—Oyeme bien: Vincent Flagg es el asesino, el que mató a la vieja, un fugitivo. Se fugó de un penal, le busca la policía. ¡Por todos los santos! ¡Tengo que avisar a Wyatt!

Corrí al gabinete seguido de Jasper. Me encasqueté el sombrero y me embutí el abrigo.
—¡No le dejéis escapar! ¡Tened muchísimo cuidado, es de lo más peligroso!
—¡Cálmate, Len! ¡Está sin sentido!
—¡No te fíes! ¡En la cárcel intentó suicidarse y resultó un ardid!

Me lancé a la calle precipitadamente y oí la voz de Jasper que me gritaba:
—¡Le di morfina!

Me encaminé hacia el bar del crimen, con el corazón alborotado. Allí estaría todavía Wyatt con su séquito.

En un estado de nervios pocas veces experimentado, atravesé el pequeño puente de Cragget. El viento esparcía la niebla y ésta corría en lánguidas tiras, como si de todas partes emanara humo.

Mucho antes de alcanzar la calle de Rhode ya noté que alguien me seguía. No eran alucinaciones. Primero sólo me pareció ver una sombra que se deslizaba por el puente apresuradamente. Luego, al llegar al chaflán de un almacén, volví la cabeza y vi con toda claridad la silueta de un hombre que andaba en mi misma dirección. Me concentré y me dije que sería un policía, dado que aquel sector estaría vigilado ya. Pero iba de paisano, seguro que iba de paisano. Los faldones de su abrigo ondeaban de tanto como apretaba el paso para darme alcance.

La calle de Rhode se abría al otro lado de un amplio solar lleno de basuras; me lancé por él a toda prisa. El hombre echó a correr detrás de mí. Ya no cabía duda alguna, era una persecución a las claras, sin disimulo. De ser un policía me habría dado el alto, o habría tocado el silbato, o... en fin, no sé lo que habría hecho, pero no era un policía. Una terrible angustia se apoderaba de mí. Miré desesperadamente a todos lados buscando un agente. Ninguno. Maldije a Wyatt por su imprudencia. Oía ya muy cerca de mí los pasos del perseguidor. Ambos atravesábamos el solar como una exhalación. Yo no sabía si me empujaba el miedo o la ira. No recuerdo haber corrido tanto en la vida; ni siquiera cuando era jugador de rugby. Pasaban por mi mente las más descabelladas ideas: pararme en seco, emprenderla a pedradas, gritar, dar la cara, dejarme coger, pedir clemencia...

Una lata de conserva vacía puso fin a mis pensamientos trabándose entre mis pies. Me tambaleé, perdí el equilibrio... El terror me secó la garganta cuando una manaza fría se aplastó sobre mi nuca. Sentí un tirón. Agarré un abrigo. Rodé por el suelo arrastrando a mi perseguidor.

—¡A mí, auxilio! —grité.

Me taparon la boca. A lo lejos sonó un silbato.

—¡Cállate, estúpido!

Quedé perplejo. Era la voz de Jasper. Le solté en el acto y él a mí. Ambos nos incorporamos sobre un montón de escorias. Jadeábamos como azogados. Con ojos desmesuradamente abiertos le interrogué, pero ni uno ni otro estábamos en condiciones de decir una sola palabra.

En todas partes resonaban silbatos y un hormiguero de linternas invadía el solar.

—¡No digas nada, Len! ¡Yo hablaré a la policía!

Nos levantamos apresuradamente.

—¿Qué ha ocurrido? —susurré.

—¡Cállate! ¡No preguntes nada! ¡No jadees así, por Dios!

Tres agentes armados nos rodearon.

—¿Qué es eso? —exclamó uno de ellos alumbrándonos la cara.

—Buenas noches, sargento. Soy el doctor Jasper Sidney. Mi compañero, el doctor Leonard Barker. Venimos de asistir un caso de urgencia...

—Es cierto, sargento —dijo uno de los policías—. Conozco al doctor Barker. Fue él quien denunció el caso.

—Perfectamente, señores. Pero creí oír que alguien daba voces pidiendo auxilio y...

—Fue el doctor Barker —interrumpió Jasper—; sabe que Flagg anda suelto por aquí y creyó ver a alguien escondido en el solar. Sin duda era alguno de ustedes mismos. ¿No te parece, Len?

—Yo...

—Discúlpennos —saltó Jasper nuevamente—; les hemos alarmado sin motivo.

—¡Oh, de ninguna manera, señores! Por el contrario, es mejor que hayan sido precavidos. La niebla hace muy peligrosa y muy engañosa la situación. A mí me pareció ver gente que corría por el campo. Les daremos escolta hasta su casa.

Y así llegamos a casa, Jasper, yo y un policía. Mudos los tres, alerta, con los ojos bien abiertos y los oídos atentos por si el asesino nos salía al paso.

—Ya me darás alguna explicación cuando lo creas conveniente —rugí al cerrar la puerta casi en las narices del amable policía.

—Así lo haré, Len.

Y Jasper cruzó el gabinete con paso rápido, desapareciendo por la escalera.

Vi abierta la puerta del consultorio. No había luz dentro, ni en la pieza contigua, ni en toda la planta baja. Sólo el quinqué de la consola iluminaba penosamente el gabinete.

Perplejo, comenté en voz alta:

—¡Le han dejado marchar!

Eché a correr escalera arriba.

—¡Jasper! ¡Oye, Jasper! ¿Qué habéis hecho?

Entré en su dormitorio y al instante suspendí el aliento. Martino yacía tendido en la cama, con sus profundas ojeras y su intensa palidez. Respiraba acompasadamente, cerrados los ojos, inmóvil. Junto a la cabecera, Alexander, en pie, parecía un subalterno vigilando. Jasper auscultaba al asesino y de pronto exclamó:

—Tráeme una lanceta, gasa y un frasco de agua destilada.

La orden recayó sobre Alexander, el cual obedeció al instante, sin hacer objeción.

Me acerqué a la cama y me encaré con Jasper para que fuera notada mi presencia. Me asió del brazo.

—Escúchame, Len: como las circunstancias apremian, a Alexander y a ti os hago encubridores de algo que tal vez no aprobéis. Pero entiéndelo bien: asumo enteramente la responsabilidad yo solo, a partir del momento en que he impedido que denunciaras a ese hombre.

Hubo una pausa larga. Luego añadió lentamente:

—Voy a proponerle que se deje inyectar el bacilo diftérico.

Di un respingo.

—¡Estás loco, Jasper! ¡Eso no puede ser! ¡La ley lo prohíbe! ¡Dios santo! ¡Estás completamente loco!

Me precipité hacia la puerta.

—¡Len!

La voz imperiosa de Jasper me detuvo contra mi voluntad.

—¿Qué vas a hacer, Len?

—¡Voy a avisar a la policía! ¡Es nuestro deber!

Se interpuso ante la puerta y me cogió por los hombros violentamente.

—¡Oyeme bien! ¿Por qué no puede ser eso que digo? ¿Por qué?

—¡Suéltame, me estás triturando! ¡Has perdido la razón! ¡La ley condena las prácticas experimentales con seres humanos! ¿No te das cuenta de que vas contra todo? ¡Incluso contra lo natural!

—¿Qué es lo natural? ¿Tener cien miserables conejos agonizando en una jaula?

—¡Pero se trata de un ser humano!

—¿En qué sentido? ¿Porque es racional como tú y como yo? Si muere, morirá más honrosamente que en la horca.

—¿Y si sale con vida? ¿Qué harás con él?

—Dejarle como le encontré. Se habrá ganado la absolución.

—Pero seguirá siendo un asesino y de sus futuros actos serás responsable tú.

—Ese es asunto mío, ¿lo oyes?

—Pues vete con él donde yo no lo sepa. Desde este instante te advierto que pienso cumplir con mi obligación. ¡Ahora mismo, Jasper!

Retrocedió, blanco como el papel. Sus pupilas se habían dilatado enormemente. En un tono distinto, apagado, murmuró:

—Dame tiempo de hablarle. Después haz lo que quieras. Denúnciale; como quieras. Pero deseo saber si Martino se avendría a eso. ¡Te lo ruego, Len!

Nunca en la vida me había rogado nada. Estuve mirándole largo rato. Hubiera sido más normal en él que me hubiera impuesto su voluntad a gritos. Incluso a la fuerza bruta. En una ocasión, cuando éramos estudiantes, me retorció el brazo fieramente hasta que accedí a ser cómplice suyo en una emboscada que tendía al honorable profesor Mackintosh con el propósito de romperle la cara. Cuando se dio cuenta de que me había dislocado el codo, se avergonzó y desistió de llevar a cabo todo lo tramado. Ahora, sin embargo, había perdido su nervio y su energía. Quedaba reducido a un hombre desesperado.

—¿Tanto significa para ti?

Asintió con un nudo en la garganta.

De pronto, me senté y quedé sin pensar nada.

Alexander reapareció trayendo el encargo de Jasper, que depositó sobre la mesilla de noche. Luego, evitando mirarme, se situó junto a la cabecera, como antes.

—Siéntate —le dijo Jasper.

Maquinalmente buscó una silla y se sentó.

La silenciosa situación se prolongó mucho tiempo. Abajo sonó el reloj; dio la media y no supe a qué hora correspondía.

El asesino seguía en su letargo sosegado. De los cuatro era el más tranquilo. De vez en cuando, Jasper tentaba el pulso y apoyaba la oreja sobre su pecho.

Algo se cernía sobre mí amodorrándome. Bostecé y noté el estómago completamente vacío; pero no sentía apetito, más bien náuseas.

Volvió a romper el silencio la voz del reloj; quedé perplejo: la una de la madrugada.

Cabía la posibilidad de que Martino no despertara hasta las cuatro o las cinco y nos hallara a los tres dormidos en las respectivas sillas. Deseé que fuera así, que se fugara y no volviéramos a saber más de él en la vida.

De repente me puse en pie de un salto. Sus ojos oblicuos, negros y brillantes, estaban fijos en mí. Murmuró algo que no entendí. Creo que fue una expresión soez. Se irguió como un tigre rabioso. Jasper le sujetó.

—¡Perro! —me espetó a la cara—. ¡Sabía que no eras médico! ¡Lo sabía, perro traidor!

Mis rodillas se aflojaron.

—Cálmese, Martino —le dijo Jasper—, no está usted detenido ni somos policías.

Pero Martino forcejeaba desesperadamente incluso con su brazo herido. El dolor vivísimo que le producían las quemaduras le contraía las facciones y le hacía rugir de un modo inhumano. Pensé en los ataques de hidrofobia. Sentí deseos de huir. Pero de pronto todo cesó. Quedóse quieto, jadeando, con el rostro bañado en sudor y los ojos semicerrados. Su cuerpo colgaba fuera del lecho. Jasper le sostenía y con gran cuidado intentó alzarle, pero un nuevo arrebato le sacudió.

—Si insiste en moverse, aguardaré a que se desmaye de dolor.

Fueron inútiles sus advertencias.

Las fieras pupilas me buscaron otra vez. Jamás vi odio tan feroz. Lanzó una blasfemia y de un manotazo desgarró la camisa de Jasper. Este lo apretó contra la almohada violentamente, fuera de sí.

—¡Déjalo, Jasper! —gritó Alexander.

Como por ensalmo cesaron todos los forcejeos. Las cabezas se volvieron hacia el que había dado la voz.

Lentamente, Alexander se acercó a la cama y puso una mano sobre los ojos encendidos del criminal. Martino no se movió. Permanecieron así, quietos, silenciosos.

Jasper y yo habíamos comprobado otras veces el poder casi mágico de Alexander. Sabía transmitir su serenidad.

—Está seguro aquí, Martino —susurró—. Nadie más que nosotros conoce su paradero.

Le apartó la mano de los ojos y le cruzó el brazo herido sobre el pecho.

—Manténgalo así, sin moverlo. Cesará el dolor.

El asesino lo miraba aturdido, como si no entendiera en absoluto lo que decía. Por el extremo del vendaje asomaban las puntas de los dedos teñidos de ácido pícrico; un temblor continuo los agitaba. Recorrió la estancia con ojos rápidos.

—Está en mi dormitorio —le dijo Jasper—. La policía vigila todo el barrio, y si persiste en rebelarse, se descubrirá usted mismo.

—¿Cómo sabe usted que me busca la policía?

—Porque además sé otras cosas.

—¿Cuáles? ¿Cuáles? ¿Por qué no me ha delatado?

—Si deja de preguntar, podré hablar.

Y sentándose a los pies de la cama, empezó con gran franqueza.

—Ha caído en nuestras manos por pura coincidencia, y deseo aprovecharme de ello, Martino. Mi nombre es Jasper Sidney, médico de profesión. Podría muy bien ocultar mi personalidad, pero conozco la suya y no pienso jugar con ventajas. A partir de este momento estoy fuera de la ley lo mismo que usted, y del mismo modo que está en mi mano el delatarle, está en la suya el acusarme de soborno con intento de subrepción.

Martino escuchaba estas palabras como un león al acecho. Jasper prosiguió:

—Deseo simplemente hacerle una proposición. Llevo a cabo trabajos...

—¡Basta! —estalló Martino—. ¡Ya traté una vez con médicos! ¡Sucios! ¡Marranos! ¡Hatajo de...!

Antes de que nadie pudiera impedirlo, saltó del lecho y dejó caer una repentina lluvia de palabras obscenas contra la reputación de los médicos, en la misma cara de Jasper. Este se irguió inflamado de ira, le cruzó el rostro y le arrojó sobre la cama.

Me precipité hacia él para impedir que siguiera golpeándole.

—¡Denúncialo antes de molerlo a golpes! ¿Me oyes? ¡Denúncialo y acaba con todo de una vez!

Alexander le asió por los brazos.

—¡Mide lo que haces, Jasper! ¡Está herido!

Rudamente, nos empujó contra la pared a los dos y sacudió a Martino de modo brutal.

—¡Oígame, óigame, imbécil! ¡Vengo a exponerle lo que mejor le parezca! ¡Escoja entre la horca o...! ¿Qué le pasa ahora? ¿No me oye?

Se había desvanecido.

Me derrumbé sobre una silla. Jasper adquirió una súbita frialdad profesional. Se inclinó sobre Martino, le abrió el cuello de la camisa y le soltó el cinturón.

—Tráeme éter, Alexander.

El aludido salió de la habitación.

Martino yacía exánime; terroso el rostro, agarrotados los dedos, entreabiertos los labios con rastros de espuma igual que un epiléptico. Jasper se servía del agua destilada para rociarle la cara y el pecho.

—Abusas de una ruina humana —susurré—. ¿No sientes escrúpulos de conciencia?

—No siento ni tengo conciencia, Len.

Me levanté y me dirigí hacia la puerta.

—¿Adónde vas?

—A dormir.

—Quédate.

—¿Por qué?

—¡Porque yo lo digo!

—Es poco motivo, Jasper. Buenas noches.

En dos zancadas se plantó a mi lado.

—Insisto en garantizarte que al final tendrás tú la palabra, pero quédate. Te necesito.

—No me gusta el espectáculo.

Se llevó la mano a la frente.

—¡Len, Len! ¡Viste morir a Jennie! ¿Acaso fue mejor aquella visión?

Se dejó caer en una silla y hundió la cabeza entre las manos. Su voz sonó cortada, desconocida:

—Debiste venir conmigo esta noche. Les aterra perder a sus hijos, pero se niegan rotundamente a que los emplee como conejillos de Indias. Preguntan... ¡Preguntan y yo no puedo responder! ¿He de decirles que mi suero tan pronto cura a las ratas como las mata, que ha sacrificado a un mico sin explicación y que a pesar de todo sigo creyendo que curará a un ser humano? ¿He de decirles esto?

Entró Alexander. El mismo hizo aspirar el éter a Martino. Este abrió los ojos casi instantáneamente. El estupor que acompaña al síncope dio tiempo a que Alexander preparase la situación. Le friccionó las sienes suavemente, mientras murmuraba:

—Manténgase quieto... respire hondo... así... no haga ningún esfuerzo... Oígame, Martino, deseamos hablarle formalmente... ¿Está usted dispuesto a escuchar sin excitación...? no se mueva... respire, respire... así, bien...

Le indicó a Jasper por señas que se acercara y éste obedeció.

—Martino desea ponerlo todo en claro de una vez. Dile lo que sea necesario, Jasper.

—Está fatigado. No sabrá siquiera lo que le digo.

—Sí lo sabrá; ¿verdad, Martino?

El aludido asintió.

Jasper se sentó frente a él y estuvo varios minutos sin saber qué decirle. Por fin, exclamó titubeando:

—Tiene usted dos caminos... Puede escoger, Martino, el que mejor le parezca... No soy yo quien ha provocado la situación, sino una serie de hechos imprevistos... Hasta hace muy poco no me enteré de que fuera usted un perseguido de la justicia. Y como no quiero que en nada de cuanto le diga pueda ver trampa o engaño, voy a suplicar a mi amigo que le detalle sucintamente de qué modo averiguó lo que sabe de usted. ¿Quieres hacerlo, Len?

Un derrame cerebral no me hubiera producido mayor estupor.

—¿Quieres, Len? —insistió Jasper.

Pestañeé, me humedecí los labios y empecé a relatar la historia rápidamente, con precisión maquinal. De repente me di cuenta de que ya había terminado.

Martino parecía intrigado; no adivinaba el motivo que guiaba a Jasper y le miraba con sumo recelo.

—¿Por qué impidió que me denunciara? —preguntó—. ¿Qué quiere proponerme?

—Que se deje inocular una enfermedad. Necesito ensayar un suero curativo.

El silencio llenó la estancia. La incógnita de la reacción de Martino nos mantuvo a los tres sin respirar. Se quedó meditativo, quieto como una piedra. Ni siquiera se movían sus dedos teñidos de amarillo. Sólo su pensamiento debía de agitarse.

—¿Y qué, si acepto? —dijo por fin.

—Puede ocurrir que muera más lentamente y con mayor dolor que en el patíbulo. O puede ocurrir que se cure.

—¿Y si es esto último?

—Le facilitaré el modo de salir de Inglaterra.
—¿Cómo sabré que cumplirá su palabra?
—Mi propio interés en que se vaya es una garantía. Soy su encubridor entretanto.
Los ojos oblicuos se aguzaron.
—Eso indica que me convertiré en un peligro para usted. Le sería provechoso y fácil que yo desapareciera más definitivamente, una vez obtenidos los resultados.
Jasper se puso en pie como movido por un resorte.
—Se olvida, Martino, de que aquí el asesino es usted. Persigo un fin humanitario, y para ello me valgo de medios ilegales, falto a mi deber de ciudadanía, comprometo mi integridad profesional y abrumo mi alma con el peso de gravísimas responsabilidades. Pero pienso seguir fiel a una palabra.
El asesino se enjugó la frente con el revés de la mano, se movió inquieto y preguntó:
—¿Cuál es esa enfermedad?
—Difteria, crup.
El pavor hizo presa en aquella cara demacrada.
—Prefiero la horca —murmuró.
—¡Mi suero detendrá la enfermedad!
—¡Prefiero la horca!
Jasper apretó los dientes y palideció; sus puños se enterraron en lo hondo de sus bolsillos para no descargarlos contra Martino.
Se hizo un silencio violento. Ninguno osaba romperlo por miedo a provocar un cataclismo. Lentamente, Jasper se volvió hacia mí, y en voz muy queda dijo:
—Ya, Len.
—¿Qué quieres decir?

—Que cumplas con tu deber. Avisa al inspector de policía.

Salí de la habitación arrastrando los pies, indeciso, atónito. Bajé la escalera maquinalmente. El reloj daba las tres y sus campanadas se hundían en mi cerebro. El pabilo del quinqué se había consumido y no alumbraba más que la cornucopia. A tientas busqué la puerta de la calle. Abrí y una ráfaga fría me echó atrás los cabellos.

—¡Len!

La voz de Alexander me detuvo. Le oí bajar la escalera estrepitosamente.

—¡Len, detente!

Se plantó frente a mí, jadeando. En la penumbra veía el brillo de sus dientes, pero no pude adivinar si sonreía.

—¡Martino acepta la proposición!

No dije ni hice nada. Sentí que me cogía por el brazo, me hacía entrar y cerraba la puerta.

—Oyeme, Len: él se aviene al trato, pero Jasper quiere que tú decidas lo que hay que hacer.

—Pero ¿y tú? —exclamé absolutamente desconcertado—. ¿Y tú, Alexander? ¿No tienes opinión propia? ¿No expones tu criterio, no dices nada? ¿Por qué obedeces sin voluntad, sin protesta, sin una objeción? ¿Por qué te callas?

—Tendrás que aceptar una sola explicación, Len: estoy en todo de acuerdo con Jasper.

—¿Y tu creencia... tu... tu religión, no te dice...?

—Sí, Len. Me dice que también hay remedios para el alma. Cada uno puede probar.

Alexander nos trajo café muy caliente, que Jasper y yo apuramos afanosamente. Martino pidió ron, pero se le sirvió agua de melisa con unas gotas de éter. Fue sometido a un minucioso reconocimiento. Jasper le hizo desnudar mientras él llevaba una muestra de sangre al laboratorio. A causa del brazo herido yo le ayudé a desprenderse de sus deslucidas ropas, que olían fuertemente a brea. A pesar de hallarnos en pleno invierno no llevaba más abrigo que una delgada prenda de tricot, agujereada. Debió de ser roja en su color primitivo y, por más detalles, debió de pertenecer a una mujer. No me emocionó ver tanta miseria. El usual atuendo de nuestra clientela era igual.

El movimiento le producía vivo dolor y tuvimos que suspender la tarea varias veces. Le abrí la camisa por las costuras para evitar el frote, y, al tirar de ella, cayó al suelo una moneda del tamaño de una guinea. Nos agachamos los dos, pero yo la recogí. No tuve tiempo de verla porque me la quitó de la mano rápidamente. No era una moneda corriente; su tacto me recordó la medalla que obtuve en la Universidad por ser el mejor estudiante de clínica médica. La guardó en su mano cerrada y allí la olvidé.

Desnudo, naturalmente, parecía más escuálido que vestido. Era delgado y de piel cetrina cubierta de vello. Le miré y tuve la desgracia de pensar en *Doroteo*. Es curioso que el hombre visto en su forma más natural, adquiera tan terrible semejanza con una bestia.

Clareaba cuando Jasper dio por terminada su tarea.

Martino estaba sano. Era el prototipo de los que se entregan a toda clase de vicios y mueren viejos en plena juventud, pero la larga permanencia en la cárcel le había preservado. Ahora poseía un corazón capaz como para resistir los veinticinco años de condena que todavía le faltaban. Sufría, no obstante, una terrible alteración nerviosa. La pérdida de sangre en su falso intento de suicidio, las malas comidas y los frecuentes vasos de ron, habían contribuido a dejarle en un estado crítico, pero él aseguraba que se encontraba bien. Trataba por todos los medios de aparentar fortaleza. Creo que se había encariñado ya con la idea de contraer la difteria y temía que su decaimiento físico fuera un impedimento. A pesar de todo, vacilaba y buscaba en torno suyo un punto de apoyo cada vez que se veía precisado a ponerse en pie.

Era totalmente imposible inocularle la enfermedad en aquel estado. Pero Jasper ya lo había previsto. Le hizo sentar, le rozó la piel con la lanceta, le aplicó una gasa humedecida en pura y simple agua destilada, y exclamó:

—A partir de este momento no puede moverse ya de mi lado.

La mirada de Martino se desvió frenéticamente hacia la pared. Sentí una súbita piedad por él, al verle tan asustado. Alexander salió de la estancia. Incluso Jasper se revolvió inquieto y susurró:

—De todas maneras, la incubación será larga y no experimentará molestia alguna hasta transcurridos varios días; quince como mínimo. Luego será todo breve y a mi juicio fácil.

Esta fue nuestra primera noche pasada en blanco.

Despuntó el sol y penetró por todas las rendijas de los postigos.

El asesino había dormido profundamente en la

cama de Jasper, que pasaba a ser la suya a partir de aquel momento.

El «trío milagroso» se aguantaba en pie aún. Habíamos probado de echarnos y cerrar los ojos para saber si en esa posición transcurrían más fáciles las horas, pero no. Los nervios dominaban la situación; como agravante a eso, cada uno se había impuesto la obligación de disimularlo ante el otro.

A las seis de la mañana, Jasper dijo:

—Cuando venga Honora, yo le hablaré.

A partir de esta frase, se produjo un silencio de tumba que duró dos horas.

A los tres nos había atacado un deseo irreprimible de trabajar. Jasper se había arrojado sobre un montón de fichas desordenadas y las ponía en riguroso orden alfabético. Alexander averiguaba las bacterias contenidas en el aire, tierra y agua, tostando cantidades exorbitantes de microbios a la lámpara de Bunsen. Yo me había enfrascado en un tomo científico y sacaba nutridos y urgentes apuntes. Los guardo aún. Llevan treinta años de reposo en mi cajón.

Se oyó abrirse la puerta de la calle. «¡La policía!» pensé. Era Honora, pero comprendí que a partir de entonces, cada vez que se oyera la puerta, mi primer pensamiento sería para la policía. No podían ser tan estúpidos que no olieran la presencia del criminal.

—Oigame, Honora —le dijo Jasper hablando metódicamente, como si recetara—, puede hacer la limpieza acostumbrada, pero a partir de hoy será mejor que se abstenga de intervenir en mi habitación. Me he visto en la necesidad de alojar en ella a un paciente y pudiera resultar contagioso.

El pavor se pintó en el rostro de la vieja. Con voz aterrada preguntó:

—¿Crup, doctor?

Jasper comprendió que si contestaba afirmativamente, Honora no se acercaría a la casa en lo que le restaba de vida. Y nos era útil. Si se iba perderíamos automáticamente ama de llaves, portera, criada, cocinera, planchadora, costurera y lavandera.

—Nada de crup, Honora. Se trata de una urticaria. Muy molesta, mucho; pero si usted no entra en mi cuarto para nada, no correrá ningún peligro.

A las nueve y media salimos Jasper y yo para efectuar las visitas matutinas. Nos repartimos el trabajo: él se encargó de todos los casos de difteria y yo me quedé con un tifus, una bronconeumonía, un caso de alcoholismo, varios resfriados y un sinfín de tonterías que para fomentar mi espíritu de sacrificio, se repartían entre las calles más intrincadas.

Jasper y yo dividimos nuestros caminos inmediatamente. El se fue hacia abajo y yo hacia arriba.

—Es al otro lado del ladrillal, ¿verdad, Len? —me gritó desde lejos.

Le contesté afirmativamente.

Se dirigía a casa del niñito aquel que vivía en las afueras y tenía una madre que todo lo lavaba bien. Por cierto, su hermanito ya se había contagiado. Debieron de olvidarse de sacudirle los microbios con el plumero.

La ciudad estaba completamente despierta. Por la mañana, el ir y venir de la gente y el tráfico de los pequeños comercios animaban la barriada. Las mismas calles que por la noche eran escenario de toda suerte de turbulencias, aparecían ahora sonrientes. Pero yo no estaba en condiciones de apreciar nada de ello. Andaba sobrecargado de café, con un zumbido de oídos y una modorra alarmantes. Al cruzar el puente de Cragget me pareció que la hilera de casas de enfrente cambiaba de lugar y que el mismo puente se movía hacia la derecha, de tal suerte, que me cogí a la baranda para no perder el equilibrio. Conocedor del efecto que podía producirme la altura en estas circunstancias, tuve la atrevida ocurrencia de mirar abajo. El pálido sol brillaba en el agua y me llenó los ojos de visiones centelleantes. Me faltó el suelo bajo los pies. Debí de llamar la atención, puesto que se me acercó un transeúnte.

—¿Se siente enfermo, doctor Barker?

Me quedé frío. Era el inspector de policía en persona. Me erguí todo lo que pude y balbucí algo acerca del vértigo. Sus ojos me inspeccionaban con una insistencia paralizadora.

—Trabaja usted con exceso, doctor. ¿No se soluciona esa mala asistencia médica del Este? Usted y el doctor Jasper Sidney realizan un esfuerzo sobrehumano. Yo no entiendo cómo problemas tan importantes son mirados con esa cachaza. ¡Vamos! ¡Lindo estado de cosas! ¡Y encima la difteria! ¿No es cierto que hay más de treinta casos?

—No, no; trece.

Se decepcionó.

—De todas formas, doctor Barker, veremos dónde acaba esto. Recuerdo el año 1869, cuando la gente se caía en redondo por las calles... No, no; me confundía; aquello fue el cólera. En fin, sin ir tan lejos, hace cinco años, la mortalidad infantil alcanzó un ochenta por ciento de los atacados. ¡Monstruoso! Ya entonces se descuidaba el socorro. ¡Si fuera asunto de mi incumbencia! Usted ya me conoce, doctor Barker. No puedo aceptar que la Sanidad...

Siguió hablando vertiginosamente mientras íbamos andando los dos hacia el solar de las latas de conserva. Resolvió varios problemas de Sanidad, nos impuso condecoraciones a Jasper y a mí, volvió a confundir el cólera con la difteria, consiguió que yo también me equivocara, y por fin nos despedimos en el cruce de la calle Worth.

No había hecho mención alguna del crimen de la noche anterior. ¡Dios, qué alivio! Pero... ¿por qué ni siquiera una leve alusión? ¿No era muy raro? ¡Rarísimo! De todas formas, ¿qué podía sospechar? Yo había procurado no dar muestra alguna de tener al asesino en casa. Entonces... ¿entonces qué?

Por fortuna llegué pronto al número once. El tifus de John me absorbió por completo y olvidé al inspector.

Era cerca del mediodía cuando salí de la casa de la señorita Lorre. Se había empeñado en hacerme probar canutillos de crema de almendras, y aún los sentía corretear por mi tubo digestivo. Me aflojé el cinturón y anduve despacio; el aire me reanimó. La señorita Lorre contaba noventa y dos años. Vivía en una calle céntrica. Era la única cliente acomodada que teníamos, pero no nos duraría mucho; a lo más, dos meses. Poseía un genio de mil diablos. Ningún médico, incluidos nosotros, conseguía aliviarla. Todos eran tan estúpidos, incluidos nosotros, que sólo paraban su atención en los platos que comía, cuando su desgracia residía en las pulpas de los dedos de los pies. ¡Imbéciles!

Atravesé la calle con el entrecejo fruncido. Se me había acentuado la pesadez de cabeza. Me faltaban por lo menos tres visitas más, pero no tenía ninguna intención de hacerlas. Ya me había aguantado bastante. Incluso tenía la borrosa sensación de haber errado un diagnóstico; tanto mejor para Brown si en realidad su tumor no pasaba al terreno de la malignidad.

Me iría a dormir la siesta y a media tarde lo vería todo más claro.

Al volver la esquina vi en un quiosco, prendidos de una pinza, seis ejemplares del periódico de la ciudad con la fotografía de Martino. Los canutillos de crema de almendras dieron un salto. Pasé de largo precipitadamente, pero una palabra en enormes letras de molde chocó contra mi cerebro: «Asesino.»

En el cruce de la avenida, por poco me aplasta un *Voiturette Ford* que poseía *Sir* William Greene para pasmo de los peatones.

Llegué al arrabal de Spick, pasé ante la droguería de donde procedía *Penique* y, una manzana más abajo, oí la voz chillona de una mujer que me llamaba en francés:

—*Monsieur le docteur!*

Me volví irritado. Sabía de quién se trataba. Una *madame* divorciada, casada de nuevo, separada de su segundo marido y juntada otra vez con el primero. Rayaba en los cuarenta, aunque se empeñaba frenéticamente en parecer una niña. ¡Y hasta dónde llega la pertinacia femenina! En su empeño había conseguido contraer el sarampión. En aquella ocasión la conocí. La curé, es decir, se curó siguiendo el proceso de los millares y millares de seres que sufren la sencilla enfermedad infantil, pero ella se empeñó en creer que yo le había salvado la vida y así le fue posible quedar eternamente agradecida, con esa clase de agradecimiento que produce náuseas.

—¿Qué se le ofrece, *madame*?

Su cara empolvada me dio un susto.

Necesitaba mucho de mí. Le ocurría una cosa comprometidísima. Sólo yo podía ayudarla. Los doctores son como los confesores; además, ¡yo era tan buen cirujano! El asunto era delicado... Ben no sabía nada... y no debía saber nada. Se trataba... ¡Santo Dios! ¿De qué se trataba...? De una sortija de brillantes que no se podía quitar. Se la puso el domingo y ahora no había quien la arrancara de su dedo. Ben regresaría, se daría cuenta, no le hallaría explicación... él sólo le daba diez chelines a la semana... ¿Me hacía cargo? ¿La sacaría del brete?

—Lo siento, lo siento de veras, *madame* —dije, rojo como la grana—. En este momento no llevo el instrumental adecuado.

Di media vuelta y la dejé plantada.

Llegué a casa, solté el maletín, arrojé el abrigo, penetré en la cocina, olfateé, pillé un garbanzo, Honora gritó, me fui, entré en el laboratorio.

—¿Tienes dinero, Len? —me dijo Alexander por todo saludo.

—No.

—¿Cuándo te pagará la sangría nuestro querido colega?

—A finales de mes, tal vez. ¿Te encuentras en algún apuro?

—De la granja de King han traído otra remesa de conejos para Jasper y no tengo con qué pagarlos.

—Que los pague él.

—No, no, Len. Ya me dio el dinero, pero...

—Comprendo —dije recordando el entierro de Jennie.

En aquel instante se oyó la característica llamada de los que se olvidan la llave.

—¡Jasper! —dijo Alexander con un sobresalto.

En efecto, era Jasper. Cuando entró le miramos como si fuera el coco.

—¿Qué sucede?

Alexander, valientemente, le expuso el problema con una sinceridad patética. Fue escuchado con calma y comprensión.

Los tres nos sentamos meditando.

—Además, está la manutención de Martino —comentó alguno de nosotros.

Jasper fue hacia la percha y se puso el abrigo.

—He olvidado ir a casa de Howells. Luego discutiremos eso.

Y se marchó.

Me puse en pie.

—Yo también salgo un momento, Alexander.

—¡Oyeme! —exclamó instantáneamente—; ¡no se te ocurra telegrafiar a tu casa otra vez!

Farfullé una negativa y me fui con paso rápido.

—*Oh, merci, merci, monsieur le docteur!* Es usted *très gentil*! Usted trabaja *si* finamente! *Je n'ai même pas senti* el frotamiento de la lima! *Quel esprit! Quel esprit! Je savais bien que vous étiez un excellent chirurgien!* ¡Cuánto discreto es usted! *Mon mari* no sabe nada. *Oh, docteur,* nunca *j'ai douté* de su amabilidad! *Vous êtes revenu bien vite!*

Soporté todo esto, recogí la lima y cerré el maletín.

—*Oh, monsieur le docteur!* ¿Usted se marcha ya?

—*Oui, madame.*

—¿Quiere usted tomar el té?

—*Impossible, madame.*

—Dígame, *le prix,* los honorarios.

—Diez chelines, *dix. Service spécial.*

Era un abuso. No sé cómo le sentó la noticia. Creo que mal. La cara se le puso verde. Pero consiguió reaccionar maravillosamente.

—*Oh, oui, oui, monsieur le docteur!*

Desapareció por un agujero adornado con cortinajes floreados, y reapareció con los diez chelines.

Yo, habiéndome puesto por anticipado de acuerdo con mis escrúpulos, me incliné, besé su mano, le dediqué una sonrisa, tomé el dinero y desaparecí.

Llegué cargado de paquetes y no me fue posible sacar la llave para abrir la puerta. Llevaba, además del maletín, una botella de leche, otra de «Noyau», jamón, cuatro panecillos y media docena de huevos metidos dentro de un cucurucho que al salir de la fiambrería ya se había desgarrado. Con el meñique alcancé la cadena de la campanilla; di un tirón: cayó un huevo. Pudo haber sido un panecillo, pero fue un huevo.

Me abrió Alexander.

—¿Qué es esto, Len?

—¡Ayúdame, por Dios! ¡El cucurucho, cógelo! ¡Cuidado, no pises este huevo!

Estaba chafado en todo lo que se dice cáscara, pero el contenido no se había vertido.

—¿Qué es esta botella?

—«Noyau» elaborado en Francia. La última vez que fui a casa, mi padre me lo hizo probar. Está muy bien.

Con el firme propósito de mantener secreta la humillante procedencia del dinero que me había permitido tanta holgura, expliqué a Alexander con laconismo:

—Cobré de Tom Numps.

Mi amigo reflejó tan viva sorpresa que temí haber escogido una mentira excesiva.

—Sólo diez chelines a cuenta —agregué a toda prisa.

Me encaminé hacia la despensa y Alexander me siguió. Abrí la puerta empujándola con el pie y al ver el armario me quedé de una pieza. Dentro había una caja de pasas, otra de queso, una botella de crema de limón, mazapanes, vino generoso, una lata de harina, un filete de ternera y más huevos.

Miré a Alexander interrogante.

—Jasper también ha cobrado de Tom Numps —explicó sin pestañear.

Entramos en el comedor. Honora, con la cara muy seria, volvió a sacar la sopera y me sirvió.

—Por fortuna sólo son tres —dijo entre dientes.

Alexander y Jasper estaban ya en el queso de Roquefort falsificado con patata cocida. Comí aprisa para darles alcance.

Penique pasaba de las rodillas de Jasper a las de

Alexander y de éstas a las mías. Tenía marcado interés en ver de cerca lo que comíamos, pero nunca trataba de usurparnos nada. Le dábamos recortes de lo que fuera, y no sé si por glotonería o por cortesía se los comía, le gustaran o no. Cuando ya nos había molestado lo bastante, avisábamos a Honora. Esta, desde la cocina, metía ruido con las tijeras con que solía cortar la carne, y acto continuo *Penique* desaparecía en aquella dirección.

Aquel mediodía, Jasper se hartó del gato en seguida.

—¡Te pones pesado de veras! —le dijo—. ¡Sal de una vez!

Penique era sensible. Se fue a la cocina antes de oír las tijeras y nadie volvió a saber de él en el resto de la comida.

Alexander desmenuzaba miga de pan para las ratas; sus manos se movían pesadamente y a duras penas mantenía abiertos los ojos. Bostezaba una y otra vez, contagiándome a mí. Los dos poníamos cara de estúpidos. En contraste estaba Jasper, convertido en un manojo de nervios. Su cabello rojizo se le arremolinaba sobre la frente y se lo echaba atrás a golpes. Tenía ante sí el periódico y leía las gacetillas vertiginosamente mientras despedazaba el queso a mordiscos. De pronto se interrumpió para contemplar la fotografía de Martino. Frunció el ceño y lanzó un silbido.

—¿Lo has leído, Len? —exclamó.

Negué con la cabeza, pero no debió de darse cuenta porque gritó:

—¡Pregunto si lo has leído!

Alexander se despabiló al instante.

—¿A quién le gritas, Jasper? —preguntó dócilmente.

Jasper no contestó. Dejó el periódico con brusquedad, se levantó y fue hacia la cocina. Le oímos hablar a Honora categóricamente:

—De ninguna manera. Usted no es una enfermera. Yo lo haré. Cuando yo no esté, lo hará Alexander o Len, pero nunca usted.

Y reapareció llevando una bandeja atestada de platos tapados. Cruzó el comedor, salió por el gabinete y subió la escalera.

Alexander me dirigió una mirada de resignación. Luego, cogió el periódico, lo dobló por el lado de la fotografía de Martino y empezó a leer. Me revolví inquieto. Con el tenedor tracé sobre el mantel infinidad de dibujos sin sentido. Clavé los ojos en el delgado rostro de Alexander con una especie de obcecación.

—Len —me dijo—, escucha esto...

—¡No! —interrumpí poniéndome en pie—. ¡No quiero saber nada!

Se produjo un silencio intenso. Volví a sentarme con pesadez y me pasé la mano por la frente.

—Hay cosas, Alexander, que quiero ignorarlas toda la vida: aquellas que, sabiéndolas, no puede evitarse que hayan sucedido.

Alexander esbozó una sonrisa de admiración. Alargó el brazo y poniéndome la mano sobre el hombro, exclamó:

—Apenas doy fe a lo que oigo, Len. Nunca creí que existiera alguien preservado de curiosidad morbosa.

Entró Honora en el comedor y empezó a quitar la mesa. Me levanté y miré el reloj: las dos.

—Quiero echar una siesta, Honora. Llámeme..., mejor dicho, no me llame. No abriré el consultorio hasta que me vea capaz de trabajar con acierto. Que esperen los que quieran y, los que no, que se larguen.

Me fui hacia la escalera. Alexander me alcanzó en el rellano.

—Yo también voy a echarme —dijo. Me cogió por el brazo, me detuvo y añadió en voz baja—: Asómate, Len.

Lo hice y vi a Honora cargada con un montón de platos, con la cabeza inclinada hacia el periódico, tratando de enterarse de lo que decía.

—Incluso ésta que no lee nunca ningún diario, goza estremeciéndose con los detalles de la acción que valió treinta años de condena a un adolescente.

Alexander llevaba razón: yo era un caso único. Ni siquiera tú que estás leyendo mi narración te sientes libre de esa malsana curiosidad.

Jasper salía del cuarto de Martino.

—Oye, Len —me dijo—, hallarás tu mesilla de noche, tu percha y tu lavabo en el dormitorio de Alexander. Así queda espacio para la otra cama.

—¿Has comprado otra cama? ¿Y pagar los conejos, cuándo, Jasper? A mí me quedan siete...

—No, no, me refiero a la de Alexander; la hemos pasado a tu habitación. El estará contigo y así quedaréis aislados. ¡No, Len! ¡No objetes nada! Ha de ser así. La alcoba de Alexander comunica con la de Martino. Me trasladaré allí, me pondré un colchón en el suelo y podré estar al cuidado de lo que pase.

—Haz lo que quieras. Pero coge mi cama. Yo duermo mejor en lugar duro. Ya sabes: mi lordosis.

—¡Oh, Len, qué pena! ¡Tan joven!

—No te burles; tú mismo hiciste el diagnóstico.

—No, no; me refiero a Alexander. Se ha notado una joroba, ¿verdad, Alexander?, y quiere corregirse lo mismo que tú. Tendréis que arrinconar las camas al desván.

Nos dio un golpetazo en la espalda para enderezarnos y nos empujó hacia la habitación que habíamos de compartir.

Alexander cerró la puerta y exclamó:

—¡Luna nueva! ¡A ver cuánto dura!

Me eché sobre la cama y me quedé plano como un muerto. Noté que mi camarada de cuarto entornaba los postigos para atenuar la luz, y oí vagamente la puerta de la calle al irse Jasper. «¡Es un fenómeno! —pensé—; «¡ha pasado la noche en vela como nosotros, y allá va tan fresco!» Acto seguido bailoteó por mi mente su imagen ensanchándose y alargándose como un gigante; diminutos y fatigados, Alexander y yo permanecíamos acurrucados a sus pies. Jasper se reía a mandíbula batiente; de pronto se agachó y me sacudió gritando despiadadamente: «¡Despierta ya, despierta!» Me revolví sollozando: «¡Dejadme dormir, por caridad!»

—¡No puede ser, Len, de veras! ¡Tienes que despejarte!

Abrí los ojos de golpe. La luz entraba a raudales. Alexander me propinaba copiosos cachetes.

—¡Vamos, Len, es urgente!

—¿Qué ocurre? ¿Qué hora es?

—Lo siento, apenas llevas cinco minutos durmiendo, pero es apremiante. Jasper te ha mandado llamar. Tienes que ir con él inmediatamente. El niño de

Howells está ahogándose. Hay que operarle en seguida.

Me quedé atontado, incapaz de reaccionar.

—Yo te ayudaré, Len; vamos, incorpórate, ven...

Me arrastró hasta el lavabo, me empujó la cabeza hacia la jofaina y empezó a remojarme. Me golpeteó, me sopló, me agitó.

—Anúdate el corbatín... deja, yo lo haré.

Unió la acción a la palabra mientras yo luchaba con los botones del chaleco; nunca tuve las manos tan torpes.

Bajé la escalera parpadeando, deslumbrado por el resol del tragaluz. Honora me aguardaba en el último peldaño con un monstruoso bol de café. Mientras lo tomaba me abrocharon el abrigo, me colocaron el sombrero en la cabeza y me pusieron el maletín en la mano. Honora corrió a abrir. Alexander me dio un empujón.

—¡Hasta luego, Len! ¡Que todo vaya bien!

Tropecé en el umbral y me fui.

¡Cuántas veces había experimentado el raro fenómeno! ¡Don de Dios! ¡Las mismas manos que con tanta dificultad habían abrochado el chaleco, asieron el bisturí ágiles, sin un titubeo ni un temblor!

En una traqueotomía de urgencia cuenta a favor del paciente la sangre fría, la rapidez y la precisión del cirujano. El cielo no me negó estas virtudes ni en aquella ocasión. Alexander estaría intercediendo por el niño y por mí, desde la cabecera de su lecho, donde tenía a San Roque. Yo nunca le había sorprendido rezando, pero sabía que en las situaciones difíciles lo hacía. Solía irse a su dormitorio, se oía correr el pestillo y después de unos minutos reaparecía distinto, más firme, más confiado. Jasper y yo, llamados protestantes, pero en realidad, simples y escuetos creyentes, sin devoción determinada y acomodaticios como miles y miles de infelices mortales, siempre agradecíamos que Alexander se acordara de nosotros ante su pequeño santo de yeso.

Jasper fue mi único ayudante en la operación. Miraba mi trabajo atentamente, con una semisonrisa en los labios que acentuaba el hoyo de su barbilla. Siempre que me veía operar, mantenía esa expresión. No sé si se daba cuenta. Yo sí. La notaba constantemente. Me estimulaba.

Fijé el tubo de plata en el cuello del niño, cuyo pecho se hinchó al recibir aire en abundancia. El ruido característico de las inspiraciones atestiguó la perfecta ejecución de mi maniobra. Jasper fue colocando delante del pabellón de la cánula compresas de gasa empapadas en agua caliente para templar el aire que absorbía el enfermito, y éste no tardó en dormirse apaciblemente.

Mientras me lavaba las manos en un lebrillo cascado, se me acercó Howells, mugriento como el padre de Jennie.

—Doctor Barker —susurró—, le debo la vida de mi hijo.

Y se fue rápidamente, porque no podía contener los sollozos.

Abrí la puerta. Honora trasteaba en el corredor con una pala y una escoba. *Penique* la observaba abrumado. Algún acto bochornoso le pesaba en la conciencia.

La vieja, en cuanto me oyó, se irguió y me miró a los ojos.

—Fue bien —dije.

Meneó la cabeza y reemprendió su trabajo.

—¿Hay alguien aguardando en el gabinete? —le pregunté.

—Casi no queda nadie ya, doctor.

«Poca paciencia», me dije. Era temprano, a pesar de que aún había acompañado a Jasper al número siete de la calle Oak para raspar otras dos gargantas.

Me dirigí al consultorio, dando rodeos por todas partes para evitar el paso por el gabinete. No podía resistir la visión de aquella gente amodorrada y silenciosa, con sus males que casi les complacían.

Me puse la blusa blanca en el ropero del laboratorio y a través de la puerta oí la voz de Alexander:

—Un baño jabonoso tibio, con fricción mediante cepillo, dos veces por día. Cesará el picor.

Me quedé de una pieza. Abrí la puerta y me asomé para dar crédito a lo que escuchaban mis oídos.

Ni más, ni menos: Alexander recetaba; estaba actuando en mi lugar.

En cuanto me vio, olvidó a su paciente y exclamó:

—¿Cómo ha ido, Len?

—Bien —le dije—, muy bien. ¿Y a ti, cómo te va?

Se sonrojó vivamente.

—Bien, doctor —replicó.

Despidió al cliente casi con brusquedad y cerró la puerta antes de que entrara el siguiente.

—Les he dicho que era tu practicante, Len. Puedes irte a dormir tranquilo. He recetado pomadas a base de azufre y carbonato de potasio; he recomendado el peine fino y el uso diario de jabón de brea; he vendado dos tobillos y una rodilla. No me parece complicado. Ahora queda un joven que huele a ratones. Sé que tiene tiña. Le rasuraré el pelo y le embadurnaré el cuero cabelludo con tintura de yodo. ¿Qué te parece, Len?

Efectué una inspiración lenta y profunda que terminó en bostezo.

—Mereces un abrazo, Alexander.

Poco más o menos sobre las ocho de la noche llegó un aviso. Se trataba de un pequeño de siete años al que le dolía fuertemente la garganta y no podía respirar, como si se hubiese tragado un tapón. Esto fue lo que me dijo su hermana.

La escuálida jovencita me guió hacia una calle angosta, que ya era sombría antes de anochecer. Vivía en el piso primero de una casa ruinosa. Los peldaños de la escalera estaban gastados y la pequeña pieza adyacente aparecía atestada de paraguas estropeados, mangos sueltos y varillas. Los había a montones por todas partes, incluso colgados por las paredes. La estancia llena de humo me consternó.

—Es la estufa —explicó la muchacha—, el carbón estaba mojado.

—¡Abre la puerta en seguida! ¡Tu hermano ha de respirar aire puro!

—En su cuarto no hay humo, doctor —dijo asustada, sacudiendo la mano en un absurdo intento de aclarar la atmósfera.

Me guió hasta allí. Un bacín a primera vista; ropa sucia sobre las sillas y en el suelo; una mecedora con el asiento roto, y un catre. Me acerqué a él. Hurgué entre el lío de mantas y apareció la cara congestionada del chico enfermo. Eché abajo toda la ropa que contribuía a asfixiarle, y se escurrieron infinidad de chinches. Busqué su pulso, miré la profunda depresión de la base del cuello y escuché unos instantes el angustioso silbido laríngeo. Se hallaba en el período de obstrucción mecánica, el último paso hacia la muerte.

—¿Quién vive con vosotros? ¿Tienes padres?

—Nadie. Hob también se ha ido.

—¿Quién es Hob?

—El que arreglaba los paraguas. Se fue hace dos meses porque mi madre no regresaba.

La miré atentamente. Pecosa, desgreñada, lisa, escurrida, con los dientes separados unos de otros y los labios llenos de pupas. Tendría quince años, pero aparentaba doce. Así eran una parte de las chicas de la barriada de Spick. La otra parte, las que contaban quince años y aparentaban veinte, no se veían abandonadas; ningún Hob las dejaba solas para seguir a sus madres.

—Salgamos ahí fuera —le dije. Una vez en la estancia del humo, murmuré: —¿Cómo no me avisaste antes?

Me miró asustada y temblorosa.

—Yo sólo reuní cinco chelines, doctor. Daisy me dijo que los médicos eran caros y que ella haría venir a un herbolario. Pero no se acordó. Esta tarde, Peter ya no podía respirar y me dijo que se moría. Entonces corrí a su casa.

—En efecto —puse una mano sobre su hombro y añadí en voz baja—: Tu hermanito está grave. Pudiera ser que... Tú eres valiente, ¿verdad...? Pudiera ser que muriera dentro de muy poco. Tiene... Oyeme, no llores; óyeme... Tiene difteria. ¿Sabes lo que es?: crup. Tiene crup. ¿Cómo te llamas?

—Ada.

—Mira, Ada, en mi casa tengo un remedio que no lo ha probado nunca nadie. Es un remedio nuevo, ¿comprendes? Si tú quieres, se lo daremos a tu hermanito y tal vez podamos curarle.

Sus ojos faltos de pestañas se agrandaron.

—Sólo tengo cinco chelines, doctor.

—No se trata de eso. Yo te haré pagar menos que un herbolario; pero entiéndelo bien: no puedo asegurarte el buen resultado del remedio.

Se quedó aturdida, sollozando, sin saber en absoluto qué era lo que tenía que contestar.

—Escucha, Ada, podemos probarlo...

—Sí, sí —susurró.

Sentí un nudo en la garganta. Busqué mi libreta de notas precipitadamente, arranqué una hoja, me acerqué a la ventana y aprovechando la débil luz del crepúsculo, escribí: «Jasper, trae tu suero inmediatamente. Alexander, si Jasper no está en casa, tráelo tú. Aprisa. Len.»

—Escucha, Ada, corre a mi casa, entrega esta nota a quien te abra y aguarda, que deberás acompañarle hasta aquí.

La muchacha obedeció al instante y desapareció por la escalera.

Junto a un rollo de alambre había un velón y fósforos. Lo encendí y entré en la alcoba de Peter.

El chico estaba muerto.

Alcancé a Ada casi a la mitad del camino. La así por el brazo y la hice detenerse. Se quedó mirándome aterrada. No era inteligente, pero no fue necesaria una sola palabra para que comprendiera. Dio un grito desgarrador y rompió a llorar.

De pronto, un transeúnte me echó contra la pared de un empujón.

—¡Suéltela, indecente!

Fue tan inesperado que me quedé sin habla. La sangre se me acumuló en la cara. El hombre se acercó a la desconsolada criatura y le dijo:

—¡Vete en seguida a tu casa y no vuelvas por aquí al anochecer, imbécil!

En aquel instante le reconocí.

—¿Es usted miope? —grité—. ¡Soy el doctor Barker! ¡Le extirpé una fístula hace un par de meses! ¿No hay bastante con ser médico de este puerco barrio para que encima me confunda con uno de sus asquerosos habitantes?

Mi ex paciente se sorprendió y enrojeció.

—Perdone, doctor... se ha ofendido usted con mucha razón, pero... pero de todas maneras, debería admirarle que en este barrio que dice, pues... quedaran miopes con mis intenciones.

Tuve que aceptar lo razonable de la excusa.

Me fui con Ada hacia su casa otra vez.

—¿Quién es Daisy? —le pregunté por el camino.

—La mujer del segundo piso.

—Será amiga tuya, ¿verdad?

Reflexionó un instante. Luego afirmó con la cabeza.

Llegamos de nuevo a la ruinosa escalera, pero impedí que Ada entrara en su departamento. Pasé de largo cogiéndola de la mano; me detuve ante la primera puerta del segundo piso y le pregunté si era allí donde habitaba Daisy, a lo que asintió.

Llamé con los nudillos. Se oyeron los ridículos ladridos de un pekinés. Abrió una mujer enorme envuelta en una echarpe de muselina con mariposas bordadas cuyas alas azules se habían vuelto cenicientas. Era Daisy. Acogió a Ada con una especie de sonrisa. Le hablé seriamente. De momento no nos entendimos a causa de los horrendos gritos del perro. Después, ella lanzó un chillido todavía más penetrante, por virtud del cual se produjo el silencio. Le pedí los nombres del niño fallecido y si sabía la dirección de su madre. Ella misma se encargaría de escribirle. En cuanto al entierro, por cariño a la familia, si es que alguien se comprometía a anticiparle el dinero, también lo concertaría. Muchas gracias, pero ya lo concertaría yo. Le dije que hiciera bañar a Ada en una solución que le prepararía el farmacéutico James Coote; le di la receta y las instrucciones; luego ordené severamente que se abstuvieran de entrar en la habitación del difunto, y me marché. Me dirigí a toda prisa al Establecimiento de Desinfección. Ya estaba cerrado, pero me atendió el conserje. Después fui a ver a Alfie, empresario de pompas fúnebres. El cadáver debía ser enterrado antes de las veinticuatro horas; el féretro tenía que ser rellenado de serrín impregnado en una solución de sublimado.

—Ya sé —me dijo impasible—, pero no es ése el verdadero camino, querido doctor. En el arrabal de Spick no basta ni el sublimado, ni el cresol, ni el ácido fénico. Sólo sería eficaz rociarlo todo con petróleo y ponerle una mecha encendida.

Meditando sobre tan acertada teoría, me dispuse a regresar a casa. Andando, al menos emplearía treinta minutos; me hallaba en el centro de la ciudad. El frío era duro, pero casi me complació. A veces, un tiempo inclemente y un anochecer agrisado sin rastro de azul en el cielo y con espesas nubes en el horizonte, se amoldaba bien a mi estado de ánimo.

Volví la esquina y apareció ante mí el paseo, alumbrado por dos rectas hileras de reverberos. Sentado en un banco vi a Ptolemy Dean. Había dejado a un lado el acordeón y estaba atareado comiendo chufas. Su cabeza se bamboleaba y sus ojos de alcohólico miraban de un lado para otro. Le oí hablar, pero no le entendí. Lo hacía en danés. Pasé por su lado y murmuré:

—Vete a casa, Ptolemy. Te pillará otra pulmonía y esta vez no responderé de ti.

Alzó la cabeza y se quitó la mugrienta gorra para saludarme.

—Obedéceme, Ptolemy.

Lentamente, se puso en pie. Arrastrando los pies, empezó a andar hacia atrás como si tuviera ante sí a Su Majestad. De esta manera fue alejándose con su acordeón y su puñado de chufas. Hubiera sido inútil decirle que variara de actitud.

Nadie sabía nada de él. En realidad, nadie se preocupaba. Tocaba canciones escandinavas por las calles y bebía en todas las tabernas. Hablaba con melancolía de los pastos de Dinamarca y decía que estaba reuniendo dinero para ir allá. Era joven, podía hacerlo. En ese viaje cifraba él sus esperanzas y en esas esperanzas cifraba yo su resurrección.

Cuando llegué a casa, Jasper me notificó que toda la calle de St. Gudule estaba contaminada.

Avivé el fuego de la chimenea. Cuando se tenía leña

y, además, la precaución de mantener unas ascuas durante el día, se conseguía hacer confortable el comedor. La cena fue frugal. Sabrosísima la ternera que habíamos comprado para Martino. En el transcurso del ágape no se habló mucho. Oí que Alexander, mi nuevo practicante, se quejaba de no poder hallar una receta que le habían reclamado de parte del suizo.

Jasper fue el primero en levantarse de la mesa. Se metió en la cocina y al instante notamos un derrumbamiento de cacharros. Reapareció con la bandeja, cruzó el comedor y se fue escalera arriba.

Alexander comprobó su reloj, recogió la corteza del queso y se dirigió al cuarto de los animales.

Me levanté para irme a dormir. Solíamos dejar siempre la mesa a la buena de Dios, con los platos sucios, hasta la mañana siguiente, en que Honora nos sacaba del paso.

En el rellano de la escalera, debajo del macetero que sostenía flores de papel, había una manzana. Se habría caído de la bandeja. La recogí y, ante la puerta del cuarto de Martino, me detuve con la intención de entrar a devolverla; pero ni siquiera llegué a asir el tirador; me quedé paralizado, escuchando un forcejeo y un jadeo desesperado.

—¡Basta! —se oyó de repente.— ¡Basta ya!

Era la voz de Jasper. Parecía trastornado, casi asustado.

Resonaron con toda claridad dos golpes dados contra un rostro. Luego, silencio. Silencio intenso. La puerta estaba entornada y en el interior temblaba la luz del quinqué. No se oía ni mi respiración. Abajo se cerró una puerta de golpe y acusé una sacudida.

Los pasos de Alexander resonaron en la escalera, me vio como una estaca, pasó sin decir nada y entró en nuestro dormitorio. Transcurrieron unos minutos. Percibí el ruido de un tenedor sobre un plato. En seguida se abrió la puerta y el corpachón de Jasper me impidió ver nada más. Estaba sumamente pálido.

—¿Qué ha sucedido? —murmuré con la boca seca.

—Nada.

Le clavé los dedos en el brazo.

—¿Por qué le has pegado, Jasper?

Sus ojos azul-gris se desmesuraron.

—¡No le he pegado, Len...! Le he despertado. Estaba soñando en voz alta.

Se fue abajo aprisa, como si huyera de su sombra.

Vi cómo el gas se apagaba en el comedor; quedó a oscuras, y así fueron invistiéndose con el hábito de la noche todas las habitaciones de la casa.

Las tinieblas me dieron miedo, como si fuera un chiquillo de cinco años. Me escurrí hacia mi cuarto.

Una vez allí, me hallé con la manzana en la mano. La dejé en el antepecho de la ventana y empecé a desnudarme.

Me desperté pensando en la calle de St. Gudule.

Salimos Jasper y yo una hora más temprano que de ordinario, para dirigirnos allá. Atravesamos el puente de Cragget, cuyos pilares se bañaban en las aguas de los turbiones y avenidas y que, en época no muy lejana, había proporcionado al arrabal un tifus que agotó los recursos de la ciencia y se llevó entre sus garras al doctor Parson, primer afortunado que habitó nuestro domicilio actual.

En el almacén de harina descargaban grandes sacas. El personal, envuelto en una nube de polvo blanco, renegaba del frío y se soplaba las manos. Uno de ellos exclamó:

—¡Si anda rondando los ramblazos, estará apañado!

—¡Bah! —replicó un segundo.— ¡La sangre de los crápulas no se congela y, por añadidura, Martino habrá hallado resguardo!

Jasper y yo apretamos el paso instintivamente.

Antes de que las voces se perdieran, oímos sugerir un posible albergue del asesino que inmediatamente fue desechado por ingenuo. La ingenuidad, naturalmente, no residía en la calidad del lugar, sino en la frecuencia con que la policía lo sacudía de cabo a rabo.

La calle de St. Gudule se hallaba muy apartada. Era lo más denigrante que he visto. Hedía a..., perdona, lector, iba a ofender tu pulcritud. Estaba el suelo sucio hasta marear. Jasper y yo cruzamos una mirada de consternación. Me dio un papel con los números de las casas donde había enfermos. Los tachados en rojo los atendería él. Nos despedimos brevemente y se metió en una casucha sin la prudencia de agacharse; su estatura le costó un trastazo en la frente.

Miré la casa que me tocaba a mí: las ventanas sin postigos habían sido tabicadas con hojalata a perpetuidad. La parte inferior de la puerta estaba carcomida, y de un ligero puntapié saltaría hecha polvo.

Pasamos la mañana extirpando falsas membranas, dando unturas, recomendando desinfección. ¡Desinfección, Dios mío! Había alcobas más fétidas que la misma calle. En un jergón de paja, entre harapos, asediado por las pulgas y los piojos, encontré a un viejo paralítico cuya piel se le hundía en las fosas de la cara recortándole la calavera como a una momia. A su lado, pegado a su cuerpo consumido y lleno de mugre, yacía el niño diftérico, extinguiéndose por momentos. La muerte se equivocaba.

Soporté visiones más horribles. No quiero detallarlas. Por poco que te parezcas a mí, lector, esta vez coincidirías en que se está mejor ignorando. En aquel lugar contemplé espectáculos que sólo los he encontrado en los suburbios de una ciudad metropolitana. El bacilo diftérico llevaba allí más de dos semanas. La duración de la enfermedad es de cinco a seis días, y se había enterrado ya a tres niños sin que nadie se hubiera preocupado de avisar a un médico. Algunos de los familiares de las víctimas, al darse cuenta de que era crup, habían huido. Fue un empleado de la funeraria quien puso a Jasper sobre aviso. Nos recibieron hostilmente en todas las casas y un anciano me llamó «encantador de ratas». Prendidos en las pestilentes mantas de los lechos hallé signos supersticiosos de toda especie. Cuando intentaba quitarlos, los lúgubres espectadores se persignaban.

Sólo me atreví a proponer el nuevo suero a un hombre loco de dolor que perdía irremisiblemente a su hija. Me miró con ojos extraviados y cuchicheó entre dientes:

—¡Haga lo que quiera, pero si la mata, yo le mataré a usted!

Así le dejé.

Jasper vino a buscarme para operar. Lo hice sobre un canapé Luis XV, de cuyo respaldo y asiento había saltado el relleno casi por completo. La muchacha enferma luchó desesperadamente para que no la tocáramos; los roncos y discordes gritos que salían de su garganta atrajeron a multitud de vecinos. Un hombre vestido con una levita hecha jirones apareció por una puerta de la misma casa y se prestó a ayudarnos, usando unos modales tan extremadamente refinados, que evidenciaban a un maniático. Movía las manos continua y elegantemente como si tocara el violín. La madre de la chica le gritó que se volviera por donde vino y le arrojó un pedazo de tubo de la estufa que chocó contra la pared llenándolo todo de hollín. El maniático no le hizo el menor caso. Faltaban brazos e hicimos que se quedara. La madre se encerró en la cocina llorando y chillando, no sé si por el peligro en que estaba su hija o por la intromisión del individuo. Empecé la traqueotomía. Tal vez ocurrieron aún más cosas a mi alrededor; no me di cuenta. Sólo noté en los labios de Jasper la sonrisa de aprobación hacia mi trabajo.

La enferma se salvó. Cuando la cánula la sació de aire, quedóse dormida en aquel destartalado mueble que antaño quizá sostuvo el cuerpo perfumado de una gran dama.

Jasper terminó su recorrido y se fue apresuradamente a la casa de las afueras, al otro lado del ladrillal, donde el día anterior dejó a los dos hermanitos en un estado comprometido, y, además, a la madre —la que lo lavaba todo— con síntomas de contagio.

Yo estaba terminando también.

Tuve que efectuar una intubación laríngea teniendo por ayudantes a una pálida mujer y a un lánguido muchacho hermano del enfermito. Ambos habíanse empeñado tenazmente en asistir por sí mismos al pequeño. Nunca he sufrido tanto. Sostuvieron al niño temblando durante toda la intervención, y aflojando la presión en el momento más crítico. El cuerpecito se agitó, la penetración del tubo fue incorrecta, determinóse un violento acceso de tos y el niño quedó casi estrangulado. La mujer se mareó y el joven, próximo a desmayarse, soltó del todo al pequeño. Le grité, le di un puntapié. Conseguí que reaccionara y le sujetara de nuevo. Mis manos manejaban la pinza y el intubador con una celeridad voraz. La vida del niño se escapaba y yo la perseguía desesperadamente. La mujer empezó a gritar con histerismo. La Muerte se notaba en la alcoba casi tangible. El enfermito, oscuro, cianótico, ya no respiraba. De repente, ejecutó un leve movimiento. El tubo se deslizó hacia la glotis. Una convulsión le agitó y, abriendo los ojos y agarrándose a las sábanas, absorbió la Vida afanosamente.

Estuve quince minutos inmóvil, con la mujer abrazada al cuello, mojándome de lágrimas la pechera de la camisa y estrujándome el chaleco.

Cuando salía de la calle de St. Gudule con aquellos recuerdos imborrables, encontré a Honora. La vieja, tiesa, pulcra, arremangándose el polisón cien veces cepillado, andaba escandalizada de la porquería que casi se veía obligada a pisar. Venía a mi encuentro. La señora Spencer se había caído de la escalera y se temían consecuencias funestas, dado que esperaba un hijo de un momento a otro.

Vivía al otro extremo del barrio y, cuando llegué a su domicilio, el refuerzo de cuero de mi borceguí me había hecho una vejiga en el talón.

Hallé a la mujer en gravísimo estado. En la imposibilidad de trasladarla, decidí operarla en aquella alcoba falta de luz y ventilación. Me ayudaron la comadrona y una mujer que no sé quién era ni de dónde salió, pero que daba la impresión de salirse adelante por sí sola frente a diez partos simultáneos.

Llevaba unos cuarenta minutos operando, cuando se presentó una anciana diciéndome que un muchacho preguntaba por mí. Ahora no podía atender a nadie. Insistía. ¿Quién era? Había ido a mi casa y le habían dado aquella dirección. Pero, ¿qué era lo que quería? Que me fuera con él en seguida. Imposible. Era urgente, llevaba una nota del doctor Jasper Sidney. ¿Qué decía la nota? El muchacho no sabía leer; la anciana tampoco. Le habían dicho que era algo de vida o muerte.

—¡Traigan la nota aquí, por Dios! ¡Pónganmela ante los ojos!

«Hay que operar inmediatamente, Len; el menor está muriéndose. Ven sin pérdida de tiempo. —Jasper.»

¿Quién sabía escribir? La comadrona, pero estaba en mi misma situación. La mujer que lo sabía hacer todo me hizo este servicio:

«No puedo dejar a la señora Spencer. Si te es posible aguardar una hora como mínimo, hazlo; si no, opera tú. —Len.»

Sesenta minutos más tarde salí de la casa. Agotados todos los recursos y empleada toda mi habilidad, sólo pude decir que la mujer viviría. El nuevo ser, sin haber luchado y sin haber sufrido, se había perdido irremisiblemente en aquel mundo del cual aún no había salido. Para ello, la adversidad no había tenido que valerse más que de una simple escalera. Me estremeció tanta sencillez.

Cojeando a causa de aquel calzado del diablo, me

dirigí a toda prisa al hogar de la familia contagiada. Nunca me pareció tan lejos. Ya no quedaban casas, sino un campo desierto de zarzales recién quemados que sólo mostraban negrura y cáscaras vacías de caracoles. Cerca del vertedero de basuras, que desnivelaba el terreno con un súbito descenso de media milla, merodeaban algunos policías. Aquellos parajes minados de barracas putrefactas eran vigilados con harta frecuencia.

Cuando por fin llamé a la rústica puerta, me abrió el mismo Jasper. Estaba en mangas de camisa y una arruga fruncía su ceño.

—¿Qué, Jasper?

—Hace media hora que he concluido.

Le miré con fijeza, temeroso de hacer más preguntas. Parecía extraordinariamente fatigado.

—¿No ha ido bien? —dije al fin.

—Sí. Entra.

Cerró la puerta y se quedó parado sin hacer ni decir nada.

—¿Qué te pasa?

No me contestó. Bruscamente echó a andar y le seguí por el estrecho pasillo. En seguida noté el intenso olor del cloroformo. Me detuve en seco.

—¿Le has anestesiado? ¿Por qué lo has hecho, Jasper? ¿Por qué?

Se volvió, rápido.

—¡Porque sí! ¡Yo no puedo introducir el dilatador con rapidez en el corte de una tráquea si el enfermo se agita y tose y escupe! ¡Tú no sabes lo que es ver pasar los segundos durante la incisión!

Le agarré por la muñeca y le presioné hasta que los labios se le curvaron.

—Escúchame, Jasper, escúchame bien: ¡nunca anestesia clorofórmica por ligera que sea! ¿Entiendes? ¡Nunca! ¡Deja eso para Pressburger y para los que lo consientan!

Bajó los ojos. Un poderoso esfuerzo le hizo temblar de pies a cabeza.

—¡Debiste haberme visto! —murmuró casi en un sollozo.

Sentí que dentro del pecho algo se me encogía. Le empujé suavemente para que siguiera avanzando por el corredor.

En la estancia contigua, el niño operado permanecía inmóvil, con la horrenda «corbata de Trousseau» colocada. El trabajo de Jasper estaba bien hecho, pero a la vista de aquel severísimo tratamiento no pude por menos de pensar en el suero.

—No lo menciones siquiera —susurró Jasper—. He hablado de él largamente con el padre y todo lo que ha comprendido es que yo intentaba rellenar el vientre de sus hijos con sangre de conejo. Además, sabe que esto está prohibido por la Ley.

El otro niño seguía un curso casi satisfactorio. Su infección era poco profunda y por el momento no corría gran peligro. El padre iba de una estancia a otra, abatido, desorientado. En su rostro se leían todas las noches que había pasado en vigilia. En la alcoba de arriba yacía la esposa en constante desvarío, gritando y preguntando por la suerte de los pequeños. Le extirpé las membranas venenosas y la dejé más sosegada. Recogí mi instrumental y me fui. Jasper quiso quedarse hasta más tarde para poder cuidar al recién operado. No decía nada, pero temía la aparición de la apnea por defecto de la colocación de la cánula. Yo sabía que esto no ocurriría; no obstante, preferí que se convenciera por sí mismo.

Crucé el ladrillal con un pie de puntillas, y penetré en el ámbito del arrabal de Spick. Frente a mí se elevaba el terreno abruptamente. Estaba ya en el vertedero de basuras. Allá arriba, lejos, asomaba la azotea de nuestra casa. Al pie del camino que circundaba los montones de escorias había doce o catorce barracas de hojalata, como si formaran parte del desecho. Me disponía a subir, cuando una voz sonó en aquella dirección. Me habían llamado por mi nombre y me volví con un negro presentimiento. No me había engañado: era el inspector Wyatt en persona. Cada vez que le veía, cerníase sobre mí una espesa sombra. Se hallaba junto a un alambrado tratando de desprender la esclavina de su gabán del estrellado de espinas. No tuve otro remedio que acudir en su ayuda. Se reía de su torpeza, pero cesó la hilaridad cuando comprobó que la tela se había roto de veras. Estaba hablador como siempre. Se interesó por mi cojera y tuve que contarle lo del contrafuerte con toda su vulgaridad; me preguntó por la epidemia; le notifiqué que se estaban realizando sus esperanzas de destrucción total; me invitó a fumar y, sin darme tiempo de contestar, me metió un cigarro en la boca; le dije que me iba a comer; me hizo notar que eran las cinco y media de la tarde; le contesté que ya lo sabía. Y mientras yo sudaba por diversas causas, me habló de la helada temperatura y del resfriado que había adquirido en la célebre noche del asesinato. De sopetón me espetó:

—¿Sabe que acabo de poner fin a la tragedia, querido doctor? En este preciso momento.

No le entendí en absoluto.

—Me refiero a Martino. —Me clavó sus ojillos y gravemente agregó:— Acabo de efectuar su detención.

Se produjo un silencio sombrío. La boca se me había resecado de repente. Vi las rígidas guías de aquel mostacho completamente inmóviles, como los bigotes de un gato cuando vigila a un ratón.

—Parece que le sorprende —murmuró con una extraña sonrisa en los labios—. Le advierto que ha sido más fácil de lo que se podía esperar; ahora le están maniatando como a un cordero... Parece no dar crédito a mis palabras, querido doctor... No se explica cómo ha sido posible desentrañarlo todo, ¿no es eso? En realidad, confieso que ha sido el caso más oscuro con que me he enfrentado. Se perdía la pista en el puente de Cragget, cerca de su casa, querido doctor. Allí, un transeúnte había visto en la noche del crimen la sombra de un borracho que se agarraba a la baranda del puente para no caerse. Se trataba, sin lugar a dudas, de Martino. Cuando yo llegué, la niebla se lo había tragado. Incluso le hice buscar por debajo del puente y dentro de la gorga de agua sucia que hay más allá. Todo sin ningún resultado. —Me golpeteó el hombro para refinar más su sarcasmo:— Pero quieras que no, todo había de relacionarle con usted, querido doctor Barker... ¡Le ha descubierto una paciente suya! Curioso, ¿verdad? ¡Una mujer sin importancia que no parecía contar para nada en el mundo y nos acaba de prestar un servicio inmejorable! Le debemos una recompensa... Usted merece una, doctor. Por su ayuda prestada, por su ciudadanía...

—¡Deje ya de burlarse! —grité, cubriéndome el rostro bañado en sudor.

En aquel preciso instante, ahogando mi voz, se oyó un estrépito tremendo y la puerta de hojalata de la barraca más próxima saltó de golpe. Unos chiquillos que curioseaban echaron a correr. Surgió un policía y acabó de arrancar a puntapiés los restos del portón.

—¿Quiere usted venir un instante, inspector? —gritó.

—¡Sí, Hopper! —dijo éste, triunfante—. Acompáñeme si le place, doctor Barker.

Me agarró del brazo y me arrastró.

Hopper, bilioso, exclamó:

—Entre usted mismo a ver qué opina de Martino, señor.

Una súbita alarma frunció el ceño de Wyatt y, olvidándose de mí, penetró en la barraca con empuje taurino.

El silencio que siguió me hizo estremecer. Asomé la cabeza a tiempo de ver cuatro policías enfundando sus armas. En un jergón de paja yacía un hombre de pálida tez y grandes ojeras. Miraba a su alrededor con imbecilidad. Tenía a su lado un acordeón.

—¡Ptolemy Dean!

Al reconocer mi voz se incorporó, se inclinó como si saludara a Su Majestad y empezó a cantar pastosamente una canción escandinava.

Wyatt, rojo como la grana, exclamó entre dientes:

—¿Para eso he movilizado una brigada? —Lanzó el cigarro y gritó frenético:— ¡Horror! ¡Oigame, Hopper! ¿Dónde está aquella idiota que le ha delatado? ¡Maldita sea! ¡Tráigala aquí! ¡Sabrá cómo me llamo, vieja tiñosa! ¡Búsquela! ¡Pronto! ¡Quiero presentarle al Martino que nos ha proporcionado...! ¡No le envidio la suerte, doctor Barker! ¡Tener que tratar con esa gentuza alelada...! ¡Hopper! ¿No oye lo que le digo? ¡Búsquela inmediatamente...! ¡Veremos quién le toma el pelo a quién! ¿O es que he de tragarme que no sabe aún quién toca el acordeón en el bulevar? ¡Maldita bruja sabia!

Llegué a casa sin haber digerido el susto todavía.

Me fui directamente arriba con el pie descalzo y la bota de la tortura en la mano. Me senté en la cama para ponerme las zapatillas, pero me quedé doblado, inmóvil, con la barbilla apoyada sobre las rodillas y los brazos caídos hasta el suelo. Sólo mi cerebro trabajaba. Reconstruía mentalmente toda la escena que acababa de vivir, espeluznándome de haber estado tan a punto de comprometerlo todo, a causa de una confusión. Así permanecí por espacio de un cuarto de hora. De pronto mis ojos toparon con una manzana que había sobre el antepecho de la ventana. Mis intestinos lanzaron un rugido. La cogí y la devoré. Decidí bajar a comer. Salí al corredor y súbitamente me asaltó el deseo de comprobar si Martino estaba encerrado en el cuarto. En realidad, era absurdo, ridículo, dudarlo... Me detuve ante la puerta. Imaginé que la abría y que el asesino se me echaba encima como un tigre. Me aflojé el cuello de la camisa y pegué el oído a la puerta. No se percibía signo de vida alguno. La estancia parecía vacía... Tal vez se hubiera escapado... o suicidado... Repentinamente di vuelta a la llave y entré.

La sorpresa me petrificó. Hallé lo único que no esperaba: un joven de agradable semblante, limpio, peinado, recién afeitado, pacíficamente sentado sobre la cama componiendo solitarios con una baraja.

Mi brusca intromisión le sobresaltó. Irguió su enjuto torso y se quedó mirándome a la expectativa. Llevaba unos pantalones de Alexander y una camisa mía. Tenía un brazo sujeto sobre el pecho con un pañuelo de seda, y llevaba echado sobre los hombros el batín que Jasper o yo nos poníamos debajo del abrigo para acudir a los avisos nocturnos. Su aire refinado me recordó la convalecencia del joven lord Daniel Rogers. Unicamente sus pupilas rápidas y vigilantes delataban la inquietud del criminal.

El mutuo escrutinio a que nos sometimos fue prolongándose. El aguardaba a que yo iniciara algo, y yo me abochornaba de mi necedad; no tenía nada que decir ni nada que hacer allí, pero irme del mismo modo que había entrado era hacer patente la incongruencia.

—¿Ha llamado? —pregunté.

Negó con la cabeza y volvió a lo que hacía, con aire de mortal aburrimiento.

Deseé hallar pretexto para poder seguir mirándole, contemplándole de cerca, procurando asimilar que se trataba del mismo hombre que dos noches antes había agredido brutalmente con un cuchillo de cocina.

En el suelo, al pie del lecho, había unos naipes esparcidos que habían resbalado por el cubrecama.

—Está jugando con la mitad de las cartas —observé—. Se le caen por el borde.

Pareció no haberme oído. Sus delgados dedos se

movieron tratando de combinar un dos de trébol. No entiendo gran cosa de solitarios, pero me chocó ver que lo juntaba a un seis de corazón. Y no era esa la única aberración: a simple vista se notaba que no seguía las reglas del juego. Alineaba bien las cartas, pero sin distinción de palos ni de valores.

De aquel modo había visto yo jugar a un demente en la sala del asilo de Saint Paul.

Y ya sin que me indujera una mera curiosidad, examiné con atención su blanco rostro de presidiario.

—¿Es que no sabe hacer solitarios? —le pregunté lentamente.

Alzó la cabeza, me miró de un modo superficial y exclamó:

—¿Qué quiere?

Recogí los naipes del suelo y los eché sobre la cama.

—Si no posee todas las cartas, no podrá acertar.

—¿Le interesa mucho que acierte?

Su voz sonaba insolente y sus pupilas se encendían. Recordé al profesor Burns, el famoso alienista del manicomio, interrogando a los pobres locos con su maravillosa paciencia. Me apoyé en el respaldo de una silla y dije con suavidad:

—Escúcheme, Martino: ¿por qué ha colocado el dos de trébol sobre el seis de corazón cuando falta intercalar otras cartas todavía?

—Ya las había puesto. Son las que estaban en el suelo. No voy a recogerlas cada vez que se caen. Me acuerdo perfectamente de su situación y de su valor. Las veo aunque no estén. Puedo hacer solitarios incluso sin cartas, de memoria. Los hago con los ojos cerrados y en sueños. Vengo haciéndolos a diario desde hace cinco años. ¿Qué más quiere saber?

Hice ademán de retirarme, pero antes dije:
—Le subiré algunos libros.
—¿Qué se propone? ¿Procurarme recreo?
—Por lo menos atenuar la monotonía.
—¿Le preocupa mucho que me hastíe?
—Si está en mi mano evitarlo...
—Está en su mano, doctor... como se llame.
—Barker. ¿Qué puedo hacer por usted?
—¡Largarse y no volver más por aquí!
Obedecí inmediatamente el mandato real.
Aún me pregunto cómo fue que me hallé de repente en el consultorio ayudando a Alexander a friccionar el cuero cabelludo de un piojoso.

El laberinto de pútridas callejuelas que seguían a la de St. Gudule se contagió con una rapidez monstruosa. Empezó a crecer el número de defunciones y el terror enloqueció a la gente. Unos echaban materialmente sus muertos a la calle y, en cambio, otros los escondían para que nadie se los pudiera llevar. Hubo escalofriantes escenas entre los sepultureros y las madres de los niños fallecidos. La policía se vio obligada a intervenir. Se dio el caso de descubrir un cadáver debajo de una cómoda envuelto en papeles y harapos. Naturalmente, en estas condiciones los adultos empezaron a enfermar con la misma facilidad que los niños, suscitando en poquísimos días una epidemia de tales proporciones que minó el centro de la ciudad. Mientras Jasper y yo, en una lucha casi inútil, arrastrábamos nuestras cansadas piernas de noche y de día por los lugares más descorazonadores, empezó a cobrar movimiento la flamante «victoria» de ruedas rojas de nuestro querido colega el doctor Pressburger.

Los quince días que Jasper había dado de plazo para inocular a Martino tocaban a su fin. Durante este tiempo se había intensificado nuestro trabajo hasta el extremo de hacernos vivir semiolvidados del asesino. Cuando de repente, impensadamente, topábamos con la puerta de arriba cerrada, revivía en nosotros un malestar moral, una profunda angustia; duraba hasta la llegada del nuevo aviso urgente que nos absorbía los cinco sentidos. En Alexander había recaído por completo la tutela de Martino. Le subía las comidas, le proporcionaba periódicos, le afeitaba y le curaba la mano.

—¿Qué hace? —le pregunté un día, por curiosidad.

—Nada.

—¿Habláis?

—El, nunca.

Jasper y yo, debido a la gran cantidad de domicilios que debíamos recorrer, empezamos a perdernos de vista, actuando cada cual por nuestro lado como mejor nos parecía. Yo operaba a diario sin poder contar con el aliciente de su sonrisa de aprobación. El operaba a diario, aún más desamparado que yo. Apenas estábamos cinco minutos seguidos en casa. Pasamos tres días enteros sin vernos, por no coincidir. Dejábamos apuntada la ruta que seguíamos, pero de todos modos pedíamos al cielo que nos librara de la necesidad de encontrarnos. Un mediodía nos topamos en el rellano.

—Tienes mala cara —me dijo.

Y subió. Yo cogí el maletín y me fui de nuevo. Hasta después de mucho rato no se me ocurrió que tenía una infinidad de cosas que decirle. A él debió de sucederle lo mismo. A Alexander, en cambio, le veía todas las noches dormido como un tronco en la cama contigua a la mía.

Bajo nuestro bisturí, los enfermos hallaban indistintamente la muerte o la vida. Era imposible prever su suerte. Si no operábamos, les veíamos extinguirse ante nuestros ojos. Algunos se salvaban por sí mismos, inexplicablemente, por puro milagro; por ejemplo, la familia que vivía en las afueras, al otro lado del ladrillal, cuyos dos niños, la madre y más tarde el padre, se contagiaron y se curaron con la misma facilidad. Sólo el menor tuvo que soportar la «corbata de Trousseau» y aun quiso demostrar que resistía una bronconeumonía posoperatoria, a consecuencia de la cual Jasper aprendió a no emplear más la anestesia clorofórmica.

Alexander había asumido enteramente la responsabilidad del consultorio, y llegamos a temer que se le hubiera subido el cargo a la cabeza el día en que nos recetó un reconstituyente a Jasper y a mí.

Honora le tenía al crup un miedo mortal. Con mucho sentido común, antes de que hiciéramos cerrar las escuelas, ya trasladó a sus dos nietos a Yarmouth, donde su yerno trabajaba en una fábrica de salazones. Sin la obligación de cuidar de ellos, tenía más horas libres y se quedaba hasta muy tarde. La ocupamos en el laboratorio. Aprendió algunas fórmulas sencillas y preparó algún medicamento que, sin hacer daño a nadie, facilitaba en gran manera la tarea de Alexander. Era una alhaja de mujer. Nunca sintió curiosidad alguna por el paciente encerrado en el cuarto de Jasper, o al menos lo supo disimular. Una mañana subió a hacer las habitaciones, como de costumbre, y Alexander la oyó chillar espantosamente. Se fue arriba, alarmado; pero no: era simplemente que la vieja acababa de hallar infinidad de chinches en las camas. Todos dijeron que las había traído yo. Alexander y Honora emplearon una mañana entera exterminándolas con un insecticida que, además, corroía los muebles. Una noche de niebla, la vieja tuvo pánico de irse y nos pidió que la dejáramos dormir en un sillón del comedor. Desde que no estaban los nietos, su casa oscura y vacía la impresionaba. Temía hallar escondido en ella al asesino fugitivo.

La clínica de nuestro querido colega el doctor Pressburger se desalojó para dar cabida en ella a los diftéricos. Se entiende, a los diftéricos acomodados. Los del barrio pobre, de momento, tenían que seguir pudriéndose donde pudieran. La ciudad poseía, entre otras grandes cosas, un pequeño hospital que en tiempos de epidemia no servía para nada. Según cuentan, en un congreso de higiene había sido señalado como evidente foco infeccioso. De tal manera que no podían aislarse los contagiosos. Por fin, gracias a la testarudez de Jasper, se acordó trasladar a los ancianos y huérfanos de Saint-Constantine a su antigua residencia: una reducida casa de beneficencia cuyo segundo piso aún no había sido reedificado después del incendio que sufrió. De esta manera quedaba libre el edificio de Saint-Constantine, que con todas las características de un convento, estaba atiborrado de celdas y galerías, que si no eran espaciosas ni higiénicas, por lo menos resultaban mucho mejores que las repugnantes viviendas del arrabal.

La mitad de las «hermanas azules» del mismo establecimiento se ofrecieron generosamente para asistir a los diftéricos y empezaron a preparar mantas, sábanas, fundas de almohadas, camisones y todo cuanto hallaron de reserva. Tampoco hay espinas sin rosas.

Empezó el traslado de enfermos.

Por obra y gracia del director del hospital pudimos disponer de una ambulancia. No había camilleros, puesto que nuestro querido colega el doctor Pressburger los utilizaba en aquel momento. Teníamos que esperar al día siguiente. No nos daba la gana de esperar. Nos llevamos a tres mozos desinfectadores y al encargado de remitir los objetos purificados. Vinieron a disgusto; además, eran estúpidos y les complacía serlo. Jasper me dejó con ellos de buenas a primeras y desapareció del mapa. Me pasé una hora repitiéndoles las instrucciones: bajado el estribo, deberían subir con mucho cuidado los que llevaran los varales delanteros; la cabeza del enfermo debía ir delante. ¡Que sí, que ya lo sabían! Levantarían la camilla y los de detrás empujarían sin sacudidas. ¡Que ya lo sabían! Siempre horizontal. ¡Que ya lo sabían! Cargarían la camilla al gancho-soporte sujetándola bien en el plano que le correspondiera. ¡Ya lo sabían! Para la descarga, primero quitarían las anteriores. ¡Que sí! Los unos colocados en el pescante, y los otros en el estribo. ¡Que ya lo sabían!

¡Adelante, pues!

La primera camilla se balanceó de un lado a otro, colgó casi vertical, chocó con el estribo, la metieron al revés, se soltaron las correas de los ganchos...

Di un empujón al mozo desinfectador, me vestí su

larga blusa reglamentaria, me así a los varales y me pasé la mañana cargando y descargando enfermos.

El transporte fue lento y dificultoso. Las llantas de goma que cubrían las circunferencias de las ruedas estaban tan desgastadas que a duras penas atenuaban las sacudidas. A cada bache se oían lamentos, y me puse tan nervioso que me peleé con uno de los mozos desinfectadores. Saltó del carruaje amenazándome y no le vi más. Al llegar a Saint-Constantine tuvo que ayudarnos a descargar las camillas el agente de policía Hopper, que en aquel momento pasaba por allí. Me dijo que seguían la pista de Martino muy de cerca.

No sé cuántos viajes hicimos. En el transcurso de uno de ellos, al volver una esquina, la rueda trepó sobre el bordillo de la acera a causa de la estrechez de la calle. El carruaje se ladeó bruscamente y uno de los enfermos comenzó a toser de un modo espantoso. Le incorporé y se me agarró a los brazos con frenesí.

—¡No! —gritó, negándose a morir.

El supremo esfuerzo de aquella voz desgarró la compacta telaraña que taponaba su garganta y expectoró el veneno de golpe. Quedóse quieto, tranquilo, respirando profundamente, con una extraña sonrisa en los labios. Al segundo día de estar en Saint-Constantine ya pudo ser trasladado a la galería de los convalecientes.

Los médicos de los diferentes sectores empezaron a ponerse en acción. Hopkins, del hospital, y Lee, nos brindaron sus servicios; fueron inmediatamente aceptados, aunque no por ello se aligeró nuestro trabajo; en todo caso pudo atenderse a mayor número de enfermos. El doctor McHath llegó a interesarse por el suero de Jasper. Incluso lo propuso a *Sir* William Greene, el rico propietario del *Voiturette Ford.* El menor de sus hijos, de catorce años, presentaba indudables síntomas de contagio y, aunque se hallaba en las iniciaciones de la enfermedad, el padre insistió en que McHath nos llamara a consulta. Ante la visión del nuevo remedio palideció. También influyó nuestro traje gastado.

—¡Sin un éxito asegurado! —exclamó, enfureciéndose—. ¡Si por lo menos tuviera usted apoyo de algún instituto médico, o de alguna escuela de bacteriología! ¿Qué opina, doctor McHath?

El doctor McHath acabó por no opinar. Jasper también se quedó mudo. La madre del enfermo, una francesa terca y orgullosa, descendiente de los Bonaparte, no admitía lo apremiante de la situación.

—Aguardemos a mañana, William. No podemos precipitarnos; nuestro Gibbie es fuerte y está debidamente asistido.

Se refería sin duda a las dos enfermeras y al lujo de la habitación.

Jasper plegó el estetoscopio. Yo me levanté. En el barrio de Spick nos aguardaban montones de enfermos.

Sir William se había retirado a su aposento, preocupado por su hijo y por la baja de las acciones de la *Aluminium Limited Company.* La rígida señora se quedó a los pies de la cama aguardando el momento de ordenar al Cielo que salvara al muchacho. El atento doctor McHath no se atrevió a abandonar la cabecera. Salimos presurosos de la suntuosa alcoba, rodeados del mayor silencio y olvido. En otras circunstancias, el requerimiento de nuestra presencia en la casa más opulenta de la ciduad nos habría llenado de emoción. Ahora sentíamos una depresión infinita, un apremiante deseo de alejarnos de allí, de volver a las buhardillas y a las barracas.

Nos acompañó a la puerta un criado. Cruzamos el corredor encerado, bajamos la escalera de mármol, atravesamos el salón estilo Imperio, y, por fin, en el esplendoroso ropero del vestíbulo hallamos nuestros raídos abrigos.

—¡Aguarde un momento, doctor!

Volvimos la cabeza y vimos la alta y delgada silueta de una joven que avanzaba hacia nosotros arrastrando un cúmulo de pliegues de terciopelo verde. Al tenernos ante sí, se detuvo sorprendida.

—Perdón —murmuró—, creí que era el doctor McHath que se iba.

Con su presencia, el vestíbulo se había llenado de una sutil fragancia a «Extrait de Nard». Jasper no soportaba a las personas perfumadas y las aletas de su nariz temblaron de desagrado.

—El doctor McHath sigue arriba, señorita —dijo con una brusca reverencia de despedida.

No sabía ser amable con las mujeres.

—¿Cómo sigue Gibbie? —preguntó la joven con gran inquietud—. Es decir, supongo que son ustedes colegas del doctor McHath... ¿Cómo sigue mi hermano? ¡Papá está tan intranquilo! ¡Es absurdo que no me dejen subir! No soy ninguna niña y sé muy bien las precauciones que debería tomar. Díganme ustedes francamente si Gibbie... ¡Oh, Dios mío! En realidad, ¿quién puede tener una certeza de lo que ocurrirá?

Y sin dejarnos decir nada siguió hablando enérgicamente, moviendo de aquí para allá un pañuelo de encajes. El «Extrait de Nard» nos envolvía por completo. Jasper se contenía por puro milagro.

La joven reflejaba el mismo orgullo de su madre, pero tenía a su favor un extraño rostro que inducía a perdonarle los defectos: pómulos prominentes, mejillas hundidas, hermosos dientes y grandes ojos oscuros. El pelo, anudado bruscamente sobre la base del cráneo, no dejaba escapar un solo rizo, mostrando la blancura del cuello, de la nuca y de las orejas. Tal vez las líneas de su cuerpo eran excesivamente finas, dándole un aspecto quebradizo que contrastaba mucho con su pesado vestido de terciopelo y su arrogancia. Parecía una reina de cristal.

Su tono expresaba desdén hacia el doctor McHath, que ponía misterios en todas partes sin hablar nunca claro. De súbito se le quebró la voz y creí equivocadamente que rompía en llanto; se limitó a toser llevándose el fino pañuelo a los labios. Jasper le preguntó rápidamente si estaba acatarrada. La joven afirmó con la cabeza.

—Anteayer —explicó— vine en calesín desde Conway. El doctor McHath me impone vahos de eucalipto, pero es una verdadera tontería.

—Yo creo que ninguna tontería sobrepasa la de su excursión en coche descubierto, señorita.

La joven enrojeció.

—¡Fue por causa de Gibbie! ¡Tuve que traerle inmediatamente! ¡Papá no venía a buscarnos! ¡Allí no había otro carruaje!

—¿Le duele la garganta cuando grita así?

Las facciones de la joven se contrajeron. Quedóse muda, mirando fijamente a Jasper. Sus pupilas fueron dilatándose. Lentamente y en voz muy baja, dijo casi para sí:

—Gibbie se recostaba en mi hombro... nos tapábamos con la capa... respirábamos uno junto a otro...

Jasper la cogió por el brazo y, sin que ella ofreciera la menor resistencia, la condujo al salón. Les seguí maquinalmente. El criado se quedó junto a la puerta, petrificado, con la mano en el tirador y los ojos agrandados por el terror.

La señorita Greene se había repuesto de la primera impresión. Volvía a ser muy dueña de sí; sentada en el sofá frente al balcón que inundaba de luz su delgada figura, obedecía serenamente a Jasper. Este exploraba con atención su garganta; luego me pidió que lo hiciera yo. En la amígdala vi la diminuta telilla blanquecina que había de adquirir la solidez de las falsas membranas.

Llamamos al doctor McHath y a *Sir* William. El primero se espantó; el segundo se enojó. No sabemos con quién. En cuanto le notificamos que su hija se había contagiado, se marchó dando un portazo que hizo temblar un retrato de Luciano Bonaparte. Recordé que precisamente la difteria había arrebatado un hijo a este notable antepasado de la dama. Posiblemente tal circunstancia daría un tono más distinguido a la horrible *angina gangrenosa* que inmolaba a tantas víctimas plebeyas.

Cuando dejamos la casa oímos la desesperada voz

del ricacho. Parecía hablar solo, pero la maciza puerta de su despacho particular estaba entreabierta y le vimos gesticulando ante el aparato telefónico:

—¡No, señor mío! ¡Se trata de obligaciones y acciones emitidas en 1859!

Dediqué la mayor parte del día a visitar a los enfermos cuya gravedad impedía que fueran trasladados.

Al anochecer hallé a Jasper discutiendo con el viejo empresario de pompas fúnebres. Estaban parados en medio del bulevar, frente a la mansión de *Sir* William Greene. Alfie era simpático fuera de su oficio; dentro, tenía momentos tétricos; por ejemplo, en aquella ocasión recordaba los buitres que rondan a los señalados por la muerte.

Se quejaba de la escasez de ataúdes y del dinero que perdía en el arrabal de Spick. A él le interesaban entierros de primera clase, principalmente en aquella época del año, cuando nadie podía escandalizarse del precio de las flores de invernadero. Aguardaba algún acontecimiento sin poder disimular su inquietud. Le dejamos contratando a Ptolemy Dean, el danés del acordeón. Le faltaban empleados y recogía a cuantos se le ponían al paso.

Pregunté a Jasper cómo seguían los hermanos Greene. El estado del muchacho se había hecho crítico con rapidez y el acobardado doctor McHath había rogado a Jasper que no le dejase. *Sir* William Greene también insistió en ello. Deseaba que su hijo fuera atendido por McHath, por Jasper, por mí, por cuantos médicos fueran necesarios. Pero no podía oír hablar de operación. Que le abrieran la garganta a Gibbie en carne viva era algo que no podía permitir.

Bastante tenía ya con soportar el cataclismo de la *Aluminium Limited Company*.

En cuanto a la señorita Greene, Jasper confesó que era la paciente más estoica que había conocido. No se negaba a hacer nada de cuanto le ordenaban, pero parecía serle absolutamente indiferente todo. O estaba muy segura de vivir, o muy segura de morir.

—Ha impregnado las sábanas con ese perfume. No me es posible auscultarla. El estetoscopio huele a nardo, el termómetro huele a nardo, todo cuanto la roza huele a nardo. Le he dicho que en adelante respire aire puro. Démonos prisa, Len; va a llover.

Me imaginé a la joven recostada en las almohadas como en un trono. Parecía imposible que la horrorosa enfermedad se atreviera a agarrotar su finísima garganta.

El nubarrón dejó gruesas gotas y se refrescaron mis pensamientos. Apretamos el paso. Cuando llegamos a Saint-Constantine, llovía a cántaros. Jasper se enjugó el rostro con el pañuelo y repentinamente asoció aquel movimiento a un revoloteo incesante de otro pañuelo que esparcía «Extrait de Nard». Y esta extraña paloma de encaje me persiguió durante el resto de la noche sin que la pudiera borrar ya ni el chorro de agua que una canal me vertió sobre la cabeza.

A las cuatro de la madrugada nos sacó de la cama una brusca llamada. Ante nuestra casa se había parado el coche de *Sir* William Greene; el mismo ricacho en persona nos condujo a su domicilio, suplicándonos que operásemos a su hijo.

Entramos en la espléndida casa. A media luz, el salón estilo Imperio parecía un palacio desierto. Subimos la escalinata y nuestras pisadas resonaron en el inmenso vacío. Arriba asomaba un criado que sostenía un candelabro en alto; el rostro del hombre era apergaminado y lívido. Parecía la misma Muerte disfrazada.

Se abrieron las puertas del dormitorio del hijo de *Sir* William y antes de que pudiéramos entrar, salió una anciana alta y delgada como todas las mujeres de la familia; su barbilla temblaba conteniendo el llanto y sin pronunciar una sola palabra se abrazó a *Sir* William. Este palideció. Ante aquel terrible mensaje mudo acababa de comprender que el hombre nunca sería lo bastante rico. Se acercó a la regia cama de su hijo y no vio más que una figura de cera alargada, transparente. No reflejaba ni vanidad ni orgullo. Estaba investida con la solemne sencillez de la muerte.

Sin que nadie se diera cuenta, entró de puntillas una enfermera, se me acercó y me indicó que la siguiera. Lo mismo hizo con Jasper. Una vez en el corredor, bisbiseó:

–La señorita Greene ha despertado y ha preguntado por su hermano, pero no me he atrevido a decirle la verdad. Para tranquilizarla le he comunicado que acababan de llegar ustedes. Entonces se ha incorporado excitadísima. Desea hablarles inmediatamente.

Los dos nos dirigimos a su alcoba presurosos.

Al entrar notamos el aroma de nardo. La joven nos aguardaba apoyada en un codo, con los negros y largos cabellos echados atrás obstinadamente, pero revueltos y enredados como si su cabeza hubiera rodado por la almohada infinidad de veces. Sus facciones habían perdido la vivacidad; sólo mantenía la entereza.

—Gibbie ha muerto, ¿verdad? —dijo al vernos.

Su voz era afónica, casi imperceptible.

Jasper afirmó con la cabeza. Ella no quería ceder, pero los ojos se le llenaron de lágrimas. Tuvo que cubrirse el rostro con la mano. Se sobrepuso rápidamente, me miró con fijeza y luego a Jasper.

—Yo no quiero morir. —Se irguió, respiró profundamente y de un modo autoritario, brusco, inesperado, exclamó:— Deme su suero, doctor Sidney.

El silencio se hizo tan profundo que el tictac de un péndulo atronó la estancia.

Jasper, el hombre de hierro, quedó aturdido. Una contracción nerviosa le movía las comisuras de los labios y miraba incrédulo a la joven. Era un momento culminante para él: el primer paso de la fe hacia su trabajo. De súbito, recalcando las palabras, exclamó:

—Yo no puedo asegurarle el éxito.

—En todo caso —repuso la joven—, ésta habrá sido mi última voluntad.

Jasper quedóse perplejo, incapaz de concebir que una simple mujer impregnada de nardo tomara aquella resolución.

—Conforme —dijo, casi con frialdad—; volveré hacia el mediodía.

Saludó maquinalmente, dio media vuelta y salió del dormitorio con precipitación.

—Ha esperado demasiado este momento —murmuré excusándole.

Hice una reverencia cortés y salí en pos de él, aprisa, desazonado, nervioso.

Le alcancé en la escalera. Ambos dejamos la casa sin habernos despedido de la familia. Sin duda la familia se había olvidado de nosotros.

En la puerta de la calle nos cruzamos con Alfie, de las pompas fúnebres. Sombrero de copa, rostro grave y postura condolida. Nos saludó con voz de panteón.

Jasper anduvo calle abajo con tal ímpetu que por poco me deja atrás. Tomó por la avenida y le pregunté si se dirigía a Saint-Constantine. No me respondió. El viento agitaba su abrigo desabrochado; en la primera bocacalle le voló el sombrero. Tuve que recogérselo yo. Se lo alargué. No lo tomó. Le sujeté por el brazo y le obligué a detenerse.

—¿Qué es lo que te ocurre?

—¡Vete a casa, Len!

—Me parece que merezco otra contestación.

Apretó los labios y se pasó el envés de la mano por la frente. En un tono sordo, exclamó:

—¡Quiere la vida! ¿No lo has oído? ¡Me pide que le dé la vida! ¿Podré hacerlo?

—No admito que hayas perdido la seguridad.

—¡Pues así es, Len!

—¡No lo admito! ¡Es el pretexto que buscas para que no quede anulado el trabajo que te diste buscando un conejillo de Indias humano!

Se encaró conmigo furiosamente.

—Oyeme bien, Leonard: es muy probable que hoy todos deseen ya el suero. Evitaré proponerlo. No quiero inoculárselo a nadie más que a Martino. En la calle de Crookstone, de seis niños contagiados se ha salvado uno con la traqueotomía. Ignoro los que vivirían de haberles sometido a mi experimento.

Quizá los seis... Pero podía ocurrir que matara al único que ha sobrevivido.

—Estás convenciéndote de que es un peligro...

—Por eso sólo puedo ensayarlo en un condenado.

—¡Todos los pacientes de Saint-Constantine están condenados!

—¡Pero ellos son inocentes! No tengo derecho a arriesgar una mínima posibilidad que tengan de salvación.

—En este caso destruye el suero y sigue colocando cánulas a ver si salvas dos enfermos más.

Me dio un empujón y siguió calle abajo dejándome plantado.

Pasé la mañana en Spick. De los enfermos cuya gravedad no había permitido que fueran trasladados, apenas alentaban ya la mitad. Durante la noche habían dejado de latir infinidad de corazones en busca de la más segura y definitiva paz. Ada también había muerto. ¿Recuerdas a Ada, lector? La pecosa criatura que habitaba el piso de los paraguas viejos. Encontré su cadáver por pura casualidad, sin haber sabido siquiera de su enfermedad. A media mañana habían venido a buscarme para que socorriera a una borracha que acababa de beberse un sorbo de ácido sulfúrico creyendo que era aguardiente. Vivía en la misma casa que Ada y reconocí en ella a Daisy, la dueña del pekinés. Le presté los primeros auxilios en el comedor, en medio de los ladridos del perro y de los chillidos de un inválido que me amenazaba con su bastón desde una butaca. Me ayudó una mujer que al parecer acababa de levantarse. Parecía dormida aún. No había peligro de que se emocionara. Iba envuelta en una bata de lana encarnada que no se daba mucho trabajo en ceñirse: más de una vez me mostró el final de sus polacas con sus correspondientes rodillas. Le pedí que me indicara un dormitorio, cargué con el enorme peso de la señora Daisy y la trasladé para librarme del concierto que daban el pekinés y el paralítico. Pedí agua tibia en abundancia, dando gritos para despabilar a la de las polacas, y empecé a trabajar rápidamente en favor de la desdichada. Hice cuanto pude; permanecí con ella mientras fue necesario, a pesar de que en todas partes me aguardaban; la dejé cuando llegó su marido, a quien habían ido a buscar a las minas de hulla del Este. Salí del piso llevando al perro colgado de los cordones del borceguí. Traté de arrojarlo escalera abajo, pero me hizo cambiar de táctica el miedo a precederle en la caída. Le encerré en su casa de un puntapié. Confío que ya habrá reventado de rabia.

Bajé desorientado y, sin saber cómo, me metí en la pieza de los paraguas. Nada avisaba dónde acababa el rellano y comenzaba ésta. Hasta aquel momento no recordé a Ada. Antaño la había confiado a la señora Daisy y ahora temía que no hubiera sido precisamente un acierto. Oí ruido en la estancia contigua y una extraña inspiración me hizo llamar a la muchacha. Nadie contestó, pero oí unas corridas como si varios animalillos pasearan rápidamente de un lado a otro. Me asomé a tiempo de ver varias ratas escondiéndose.

Por lo demás, allí sólo había un cadáver.

El alma de Ada se habría alejado casi al mismo tiempo en que lo había hecho la de Gibbie Greene. Las imaginé blancas, puras, completamente iguales las dos.

Fui a ver a Alfie. Yo no tenía dinero, pero él,

generoso, me cedió gratis un ataúd sin recubrir. No tuvo necesidad de decirme que añadiría su importe a la cuenta de *Sir* William.

A causa de tanto tránsito el viejo no tenía bastante personal y en aquel momento no disponía de un solo mozo que pudiera cargar el ataúd y llevarlo a Spick. Nadie quería contratarse en tiempo de epidemia. Sólo podía confiar en gente similar a Ptolemy Dean, el acordeonista ambulante, que necesitaba dinero para irse a Dinamarca y para comprarse ron.

De todas formas me prometió que por la tarde lo arreglaría todo y procuraría incluso que el sepulturero enterrara a la muchacha sin contar con la gratificación.

Me encaminé a toda prisa hacia Saint-Constantine. Deseaba encontrar a Jasper. Era tarde y temía que se hubiera ido ya a casa.

En efecto, así fue. Sin entretenerme di media vuelta, y aunque me costó un rodeo, busqué la avenida para toparme con él en caso de que se dirigiera ya a la mansión de los Greene con el suero. Suponer esto era una verdadera idiotez, puesto que Jasper era muy capaz de estar enfadado conmigo, pero nunca hasta el extremo de no aguardarme para que presenciara la importante inoculación.

Durante el trayecto hirvieron infinitas inquietudes en mi cerebro. La pálida tez de la hija del ricacho se me representaba y oía su voz afónica pidiendo la vida. Luego veía una procesión de rostros amoratados, moribundos, cuyos labios apenas podían transmitir el mismo deseo... Y en el cementerio se cavaban las fosas de los pobres y se abrían los panteones de los ricos para alojar un mismo desecho humano, continuo y horrible testimonio de nuestro fracaso ante el poder de la destrucción.

Llegué a casa. Estaba puesta la mesa y nadie la ocupaba.

Hallé una carta de mi hermano. Me escribía sólo cuando se aburría tanto que el dedicarme unos garabatos le resultaba un pasatiempo. Yo rara vez le contestaba. Sólo mandaba telegramas a mi casa cuando me hallaba en algún caso de sumo apuro monetario y cuando caía algún aniversario familiar, de cuyas fechas siempre se acordaba Alexander.

La carta, ingenua y festiva, me anunciaba que mi padre tenía proyectos de ampliar su fundición. No era ninguna sorpresa; durante toda su vida había estado proyectando lo mismo. Luego me decía que él cortejaba a la hija de Hughes y que me avisaría para la boda. No me impresioné. Era su tercera novia. Nunca he podido desentrañar si las dejaba plantadas o le dejaban plantado. Finalmente me recomendaba que si había epidemia, como decían los diarios, procurara cumplir con mi obligación sin olvidarme de escurrir el bulto cuando la cosa se pusiera difícil. En la India la peste había pillado a muchos médicos por tozudos.

La guardé sonriendo y entré en el cuarto de los animales. Alexander, sentado frente a las jaulas, tenía los brazos cubiertos de ratas blancas que subían y bajaban a placer. Pensé en las que había visto escapando del cuarto de Ada y me estremecí.

Le pregunté si había llegado Jasper. No me contestó. Estaba absorto arreglando, con ayuda de unas pinzas, el nido de *Pipe*. No insistí y aguardé. Me impresionaba verle tratar a aquellos seres ínfimos con tanto miramiento. Una arruga le cruzaba la frente; parecía preocupado. Le contemplé por espacio de unos minutos. Pálido, delgado —desde que nos establecimos nos habíamos quedado pálidos y delgados los tres—, encorvado hacia la jaula... Daba la sensación de soportar sobre los hombros un peso enorme.

—Trabajas mucho, ¿verdad, Alexander?

Me miró asombrado.

—¿A qué viene esto?

Le di una palmada, asustando a todas las ratas.

—Cada día te impones nuevas tareas. Honora me dijo que saliste a hacer algunas visitas.

Se sonrojó. Hoy tiene sesenta años y aún se sonroja.

—Fui a dar una untura en los riñones de Keane y a ver a la vieja señorita Lorre.

—¿Está arriba Jasper?

Se sacudió todas las ratas, se puso en pie y me dijo gravemente:

—Oye, Len: ¿qué le ha sucedido esta mañana? Ha regresado a las once con un humor de perros. Por poco echa a Honora a la calle y...

Se interrumpió bruscamente.

—¿Qué más, Alexander?

Bajó la cabeza.

—Nos hemos peleado, Len.

—¿Por qué motivo?

—No estuve oportuno. Le dije cosas que debía haberme callado.

—¿Qué tienes en el labio...? ¡Alexander! ¿Te golpeó?

—No tiene importancia.

—¡Sí la tiene!

—¡Déjalo, Len!
—¿Qué pasó con Honora?
—Nada, una verdadera tontería. La vieja tenía encerrado a *Penique* en el retrete porque le ensució el ropero. Oí cómo Jasper la reprendía groseramente, intervine, le obligué a que me escuchara, le eché un sermón y me mandó a paseo de un porrazo... Oyeme, Len, lo siento: caí sobre tu globo terráqueo y lo rompí.
—¿Dónde está ahora?
—En el armario, envuelto en un papel.
—Me refiero a Jasper.
—Arriba. Hace tres horas que está arriba.
—¿Con Martino?
—No. En la azotea.
—¿Qué hace allí?
—No lo sé. Creo que nada. O tal vez trata de poner en orden sus ideas... ¿A dónde vas, Len? No te metas donde no te llaman. Yo ya lo hice... Oyeme, Len, escúchame, la comida está en la mesa... ¡Oyeme...!
La puertecilla de la azotea estaba abierta. En cuanto subí el primer peldaño la oí golpetear contra la pared y noté la corriente de aire. Llegué arriba sin aliento.
En el pequeño terrado lleno de claraboyas y desagües había dos sillones de mimbre renegridos y miserables, pues solíamos olvidarlos allí durante las cuatro estaciones del año. Sobre uno de ellos vi un ejemplar del *The Times.* Avancé. Jasper estaba recostado sobre la baranda, inmóvil como una pieza de granito. Procuré no hacer ruido a fin de observarle antes de que él me viera a mí, pero tropecé con un canalón desprendido y me quedé de hinojos. Me puse

en pie de un salto. Jasper no dio muestras de haber notado nada. El viento agitaba sus cabellos rojizos y su cabeza parecía un flamero encendido.

Me situé a su lado. Permaneció sordo. Tenía fijos los ojos en un punto que no existía y sus puños estaban crispados. Me quedé quieto como él, hasta que me pareció absurda la situación. Tanto más cuanto que ya no tenía una idea muy precisa de lo que me había llevado a la azotea. El labio lastimado de Alexander me había llenado de coraje y acababa de quitármelo aquella montaña de piedra que de un momento a otro podía estallar hecha un volcán. No era un arranque violento contra mí lo que me asustaba; cierto que tenía miedo, pero miedo por aquella cabeza rubia cuyos cabellos se agitaban y ardían lo mismo que los pensamientos.

—Son las dos menos cuarto, Jasper.

Esperé una reacción.

El duro mentón perdió firmeza y las mandíbulas se aflojaron. Bajó la cabeza de pronto y se pasó la mano por la cara.

—¿Dónde está Alexander? —cuchicheó.

—Comiendo, sin duda.

—¿Qué te dijo, Len?

—Que lamentaba haber roto mi globo terráqueo.

Hubo una pausa larga durante la cual estuvimos recreándonos en la contemplación de los tejados, buhardillas y chiribitiles de Spick.

—¿Qué dice *The Times*? —pregunté.

—Que la violencia de esta epidemia sobrepasa la de 1880 y que no estaría por demás que los médicos nos ocupáramos en ella. Léelo, Len, hay muchas curiosidades: el número de enfermos, las defunciones diarias, el mal estado del hospital, el conflicto de los ataúdes y del personal de la funeraria... También trae un elogio de la clínica de nuestro querido colega el doctor Pressburger.

Puse una mano sobre su hombro.

—Se hace tarde, Jasper. La señorita Greene estará aguardándonos.

Las facciones se le endurecieron.

—Ahora iré —exclamó—. No es necesario que vengas, Len; tan sólo le notificaré que no puedo inocularle el suero antes de haber hecho el último ensayo.

Con un nudo en la garganta, murmuré:

—Mientras tengas en observación a Martino, la señorita Greene agonizará.

No se movió un solo músculo de su cara. Lentamente, muy lentamente, dijo:

—Si el resultado del experimento es contrario, no quiero haberla sacrificado a ella.

—¿Es que sólo cabe esa posibilidad? ¿Es que realmente dudas?

Se volvió en redondo y me cogió por ambos brazos.

—¡Dudo, dudo, dudo! ¿Y tú, Len? ¿Y tú? ¿Crees ciegamente en el éxito?

—¡Sí! —grité—. ¡Creo que el suero es lo único que hubiera salvado a Gibbie y lo único que salvará a su hermana!

—Probaré si tengo tiempo de darlo a Martino antes que a ella.

—¡Olvídate de ese hombre!

—Hice un trato con él...

—¡Procúrale un pasaporte, mándalo lejos, a cualquier parte del mundo! Igualmente tendrás que hacerlo después de haberle torturado.

Se cubrió los ojos con la mano. En voz baja murmuró:

—Hace ya tres horas que lleva en su organismo el bacilo diftérico.

Comimos en el más absoluto mutismo. Ninguno tenía ganas de hablar. Honora ponía una cara larga y sombría. A *Penique* no se le veía en parte alguna.

Dieron las tres en el gabinete. En la chimenea faltaban siete minutos. Yo tenía las tres y diez.

Jasper se fue a la mansión de los Greene.

Pasé media tarde recorriendo el arrabal, dentro del coche de ambulancia, recogiendo a los nuevos contagiados.

En el Establecimiento de Desinfección y bajo mis disposiciones, habían impreso unos folletos dando instrucciones a las personas que rodeaban a los enfermos y proporcionando fórmulas de los desinfectantes más sencillos y económicos. Yo llevaba un fajo de estos folletos, pero ni uno solo me evitó el tener que facilitar una detallada explicación. La gente me escuchaba atenta, confiada, mirándome con la reverencia que sólo se tributa a un santo. Se había quitado de las camas todo atributo supersticioso para ser sometido a la cremación como presunto portador de gérmenes. En la célebre calle de St. Gudule se veían por doquier apartaderos llenos de lechada de cal, hombres blanqueando paredes y mujeres frotando los suelos con cepillos de baldeo. La higiene llegaba impelida por el terror.

Llevé los diftéricos a Saint-Constantine. Jasper me aguardaba para que practicara una traqueotomía.

Coloqué otra «corbata de Trousseau», realicé escobillados de cánulas, lavé heridas traqueales, inyecté cafeína, cambié apósitos de gasa y por fin me senté, rendido, al lado de Jasper. Una «hermana azul» nos proporcionó una taza de té. El doctor Lee, que permanecía en Saint-Constantine casi toda la tarde, se nos reunió y nos habló largo rato de un caso de tuberculosis ósea que en aquel momento no nos interesaba lo más mínimo. Por fortuna, le llamaron y se fue.

Jasper me notificó que *Sir* William se había resistido a enterrar a su hijo antes de las veinticuatro horas. El doctor McHath parecía presto a hacer la vista gorda, pero Jasper exigió que se acataran las órdenes que hasta entonces nadie había vulnerado. *Sir* William intentó hacerle variar de parecer con cincuenta libras esterlinas. Jasper le dijo que era demasiado dinero y que si alguna vez decidía perder la seriedad profesional, lo haría de balde. Quedó perplejo el ricacho y accedió a dar sepultura a su hijo aquella misma noche a las ocho. La hora era intempestiva, pero prefería retribuir el doble al personal antes que separarse dos horas más temprano de su hijo. Además, *Lord* Ralph Crowley y su esposa, de Londres, y el diplomático francés *monsieur* Grégoire llegarían así a tiempo de acompañar el cadáver al panteón.

Le pregunté por la señorita Greene.

—La marcha de la enfermedad es lenta —me dijo—. Incluso el bacilo de Kleb y Loeffler titubea ante aquella emperatriz.

Se bebió el té de un solo sorbo y añadió:

—Si no puedo darle el suero, desea que la operes tú.

Esto me conmovió íntimamente. Nos levantamos y recorrimos la desnuda galería con lentitud. Jasper se paró ante un grabado al aguafuerte y exclamó:

—Está delgada como una anguila.

Me detuve y miré el cuadro. Había una robusta mujer que representaba la Caridad; en su amplio regazo amparaba infinidad de niños y su pecho les nutría opíparamente. Dirigí una mirada de incomprensión a mi amigo.

—No, no, Len —murmuró—; me refiero a la señorita Greene.

Nos dirigimos hacia abajo. En el vestíbulo me puse el abrigo.

—¿Te vas ya? —me dijo Jasper.

—Deseo comprobar si el viejo Alfie ha mandado un ataúd que le he encargado esta mañana.

—Vete en el coche de la ambulancia y pasa por la clínica de nuestro querido colega el doctor Pressburger. Nos ceden veinticinco sábanas, doce toallas, dos colchones y no sé qué más. Si lo cargamos esta noche podremos disponer en seguida otras dos habitaciones.

Subí al pescante con el conductor y en seguida me arrepentí de haberlo hecho; el viento helaba y tuve que taparme hasta la boca.

En la clínica me atendió la enfermera de los ojos azules, tan solícita, tan afable, tan complaciente. Me repasaba de pies a cabeza y se reía por cualquier motivo. Nunca me pareció tan necia. Creo que también le hicieron gracia los bajos de mis pantalones, deslucidos a fuerza de cepillar el barro.

Nuestro querido colega el doctor Pressburger se dignó ponerme en conocimiento de la próxima llegada a la ciudad del doctor Garrett, de Londres. Según dijo, venía acompañado de dos enfermeras y de seis monjas francesas voluntarias.

La noticia me impresionó agradablemente. El doctor Garrett había pasado su juventud en Francia y había conocido a Armando Trousseau. En 1885, durante el cólera en España, combatió por sí solo la epidemia en una localidad y desde entonces acudía a todos los lugares donde las horrorosas plagas producían estragos, como si la experiencia sufrida, en vez de aterrarle, le hubiera cautivado. Yo le conocí en el *South London Hospital* y su sola presencia física me había impresionado profundamente. Contaba más de setenta años; la barba, las cejas y los cabellos intensamente blancos le daban una aureola de pureza. Su cuerpo ágil no parecía viejo y la humanidad de su mirada recordaba a Louis Pasteur. Amaba a los enfermos y les había consagrado todos los días y todas las noches de su vida. Una vez, cuando yo era estudiante y realizaba las prácticas en el hospital, le vi con los ojos llenos de lágrimas ante la imposibilidad de curar a un carbuncoso. Recuerdo que en aquel instante se reforzó mi vocación y pedí a Dios que me concediera el don de amar como el anciano.

Una vez los paquetes de ropa y los dos colchones estuvieron en el coche, le dije al conductor que diera un rodeo hacia Spick, y nos dirigimos al piso de los paraguas viejos.

Como había temido, el cadáver de la muchacha seguía en la casa, sin ataúd, a pesar de que para Ada nadie había pedido las veinticuatro horas de capilla ardiente.

Fuimos a la funeraria. Estaba cerrada. Llamé con

los puños. El cochero me ayudó. No me explico cómo no hundimos la puerta. Por fin alguien gritó desde dentro. Se oyó gran ruido de cerrojos y la enorme puerta corredera se descorrió cinco pulgadas. Asomó el rostro mugriento y peludo de un hombre que mascaba chufas; era el danés Ptolemy Dean. Por primera vez no estaba borracho, puesto que no me hizo reverencia alguna y se limitó a empujar más la puerta para que pudiéramos entrar.

¿No estaba Alfie? No había nadie. ¿Y el féretro sin recubrir que debía llevarse aquella tarde a Spick? No sabía de qué le hablaba. Era aquél del rincón. ¿Por qué no lo cargaba ahora y lo llevaba? Tenía orden de no dejar el almacén; además, no había ningún coche fúnebre disponible... es decir, había dos coches, pero ningún caballo... Y ya no era hora de enterrar a nadie... Además no debía enfadarme con él... no era más que un simple empleado... No le gustaba el trabajo, y eso que se ganaba muchas propinas. Prefería el acordeón. Muy pronto lo dejaría todo para irse a los prados de Dinamarca.

Fui hacia el rincón, seguido del cochero. Cargamos el ataúd, lo colocamos en el coche de la ambulancia y partimos, dejando a Ptolemy Dean mascando chufas.

De este modo mis funciones de médico traspasaron sus límites.

Sacrifiqué una de las veinticuatro sábanas para envolver a Ada en un sudario nuevo y blanco.

Levanté aquella figura envarada y me pareció una pesada muñeca que nunca hubiera tenido nada que ver con un ser humano. El hedor de las ropas de la cama hizo irrespirable la atmósfera. Sentí náuseas, las rodillas me flaquearon y me quedé postrado junto al féretro, con el rígido cuerpo en brazos, sin fuerzas para colocarlo dentro. El cochero había ido a buscar sublimado y serrín, y cuando regresó me encontró en aquella posición. Pálido y tembloroso, acudió en mi ayuda sin decir una sola palabra. Al deshacerme del cadáver sentí humedad en las manos y vi las mangas de mi chaqueta mojadas; me la quité rápidamente, la arrollé y la eché en un rincón. A toda prisa rellenamos el ataúd con el serrín impregnado en la solución antiséptica y cerramos la tapa sobre aquel rostro sin color, opaco como el de un ángel de mármol.

Aquel extraño entierro sin cura, sin cortejo ni flores ni lágrimas, atravesó la ciudad a toda prisa en dirección al cementerio.

Al llegar a la avenida, vimos una muchedumbre apostada en las aceras de ambos lados, inmóvil, silenciosa, poseída de esa reverencia que infunde la muerte...

Aguardaban el paso de la carroza que conducía los restos mortales del hijo de *Sir* William Greene.

Era cerca de medianoche cuando entré en casa. Había tenido que hacer tantas cosas, que aún me maravillaba llegar a aquella hora.

Al quitarme el abrigo me quedé en mangas de camisa y recordé que me había olvidado la chaqueta debajo de la camilla de la ambulancia.

Alexander no se acostaba hasta muy tarde y le hallé trabajando en el laboratorio.

—¿Estamos ya en verano? —me dijo al verme en chaleco.

Se lo expliqué todo; incluso que había amenazado al guardián del cementerio con un azadón, y que había abofeteado a un sepulturero, y que había arrojado por mi propia mano las paletadas de tierra en una huesa. Alexander me escuchó en silencio, sin hacer comentario alguno, dejando que se desinflamara mi estado de ánimo. Después me preguntó si me quedaba aliento para cenar. Negué con la cabeza y me dejé caer en una silla.

Le vi echar ácido fénico en una jofaina, le vi cargar la estufa, le vi cerrar todas las puertas, le vi arremangarse. Me desabrochó la ropa y empezó a quitármela arrojándola al suelo. Me dejó en calzoncillos. De pronto, empezó a pasarme rápidamente una toalla empapada por el cuerpo. Los dientes me castañetearon. Mojado, chorreante, con la piel resbaladiza y los cabellos adheridos a los ojos, busqué a mi alrededor algo con que secarme. Me cayó encima una manta de lana.

—Ahora vete a la cama, Len, no sea que te mate una pulmonía.

Arropado como un moro salí al gabinete. Una corriente de aire dio en mis pantorrillas desnudas y se me puso la piel de gallina. Vi abierta la puerta que daba al patio posterior. Oí unos pasos en aquella dirección y me detuve.

—¿Andas por ahí, Jasper? —pregunté.

—No ha llegado todavía —me gritó Alexander desde el laboratorio.

Me quedé unos instantes indeciso, envuelto en la manta, con una oreja descubierta para poder escuchar. De pronto, aunque el gas apenas alumbraba, vi la silueta de un hombre que avanzaba hacia mí. Era Martino. La sorpresa me dejó clavado como una estaca. El asesino pasó por mi lado tranquilamente; repasó mi indumentaria, subió la escalera y entró en su habitación.

Me reuní con Alexander en cuanto fui capaz de reaccionar.

—¿Cómo es que Martino anda suelto por la casa?

—Sólo lo hace en casos justificados, Len.

—Pero... ¿no está bajo llave?

—¿Para qué?

No se me ocurrió ninguna contestación y Alexander prosiguió:

—En cuanto se va Honora, él baja al laboratorio y trabaja conmigo.

—¿Hablas en serio?

—Naturalmente. No puede hacer gran cosa con una mano, pero algo es algo.

—¿Tanta necesidad tienes de ayuda?

Me miró a los ojos.

—Yo no, Len —exclamó.

—¡Vaya! ¡No me digas que necesita distracción! ¿Se ha cansado de hacer solitarios?

—¡No tienes caridad!

Se produjo un silencio grave. Alexander, siempre suave, me miraba ahora con reconvención. Fue la única vez que mi rostro se sonrojó y el suyo no.

—A pesar de todo, Len, a pesar de que ha perdido la humanidad, sigue poseyendo un cerebro que cuenta las horas. Tú y Jasper estáis fuera el día entero; no podéis daros cuenta de lo que representa convivir con él. No dice ni hace nada, pero piensa. Piensa que está en capilla desde hace quince días, pendiente de la absolución o de la ejecución.

Dicho esto se volvió de espaldas, se sentó y pegó un ojo al microscopio. Deseé explicar la acogida que tuvo mi ofrecimiento de libros, en la única visita que hice a Martino. Pero pensé que tampoco quedaría disculpado.

—Buenas noches —susurré.

—A propósito —dijo Alexander sin volver la cabeza—. ¿Te ha dicho Jasper que esta mañana le ha...?

—Sí.

—¿Y cuándo crees que...?

—No lo sé. No se puede determinar. Puede declararse bruscamente o en el plazo de unos días.

—La quemadura del brazo no cicatriza. Se le han formado flictenas llenas de serosidad oscura.

—¿Dolorosas?

—Al tacto.

—¿Lo ha visto Jasper?

—No lo creo. Mañana, antes de irte, échale una ojeada. Si se lo digo a Jasper, se le olvidará.

Al pasar ante el cuarto de Martino se abrió la puerta y apareció éste en el umbral. La luz era todavía más débil en el pasillo que abajo, y sólo pude ver unos ojos relucientes fijos en mí.

—Tome —exclamó hosco, alargándome un bulto de ropa.

Seguidamente desapareció tras la puerta. Palpé lo que me había dado y noté la felpa del batín. Me quedé bastante desconcertado y opté por meterme en mi habitación sin haber hallado sentido al incidente. Fue al quitarme la manta cuando caí en la cuenta de su significado: Martino había creído que me arropaba de aquel modo porque él usaba mi batín. Me quedé sorprendido. El miramiento y la solicitud no habían sido precisamente su adorno hasta entonces. Tal vez fuera una forma de disculpa... Quizás aceptaría unos libros.

Me puse la prenda y me calcé unas zapatillas. Estaba dispuesto a resolver aquella misma noche el asunto de las flictenas llenas de serosidad.

Salí de nuevo al pasillo y me paré ante la puerta del cuarto de Martino. Dudé entre llamar o entrar sin ceremonias. Opté por lo primero.

—¡Adelante! —oí.

Abrí la puerta. El cuarto estaba a oscuras.

—¿Se ha acostado ya? —pregunté.

—Sí.

Su afirmación fue tan seca y rotunda que por poco me quita las ganas de proseguir.

—Venía para examinar su mano; pero en este caso, aguardaré a mañana.

—Hágalo ahora. Tanto da.

Tan florida invitación fue aceptada. Entré y encendí el quinqué yo mismo. Martino se sentó en la cama. Iba equipado con un camisón que llevaba mis iniciales; la manga izquierda estaba descosida para dejar paso al brazo herido. Deshice el vendaje cuidadosamente y apareció la quemadura ante mis ojos por primera vez. Me pareció muy extensa; ocupaba la parte anterior del antebrazo hasta el codo de un modo superficial, pero en la mano, sobre el pulgar, donde la ropa no pudo prestar protección, había penetrado en la superficie papilar del dermis ocasionando las fatídicas ampollas que inquietaban a Alexander.

Me imaginé a la vieja Basehart arrojando la sartén de aceite hirviente en un desesperado intento de defensa. Sentí un escalofrío.

—¿Le duele? —pregunté tocando con una gasa la mano asesina.

Negó con la cabeza.

La importancia de la herida hacía lentísima la curación, pero no había más que esperar la ulceración y la blanca y lustrosa cicatriz definitiva. De pronto me pregunté si aquella mano tendría tiempo de ostentar tal reliquia.

Rehice el vendaje sin renovar la pomada antiséptica; no era necesario, pero además, el bote estaba abajo.

Observé que las sábanas se movían en un lado de la cama donde ni los pies ni las manos de Martino llegaban. Fruncí las cejas. Un bulto se escurrió hacia arriba y repentinamente surgió la cabeza de *Penique* con sus redondos ojos color de aceite y su hocico sonrosado.

—¿Qué haces ahí, *Penique*? —le pregunté asombrado.

No me contestó; se limitó a mirarme nervioso, aplastando las orejas contra la cabeza.

Martino sonrió; puso la mano sobre la cabeza del gato y la frotó suavemente. Me quedé pasmado. Por primera vez un signo de sensibilidad ahuyentaba las sombras de aquel semblante. *Penique* husmeó el brazo vendado arrugando su chata naricilla; estiróse y acercó su cara a la de Martino. Hombre y gato se fundieron en mutuas caricias. El primero se dejó caer sobre la almohada tirando de la cola del segundo, el cual le cogió al hombre la mano con todas las patas de que disponía, empezando un desenfrenado y gracioso pataleo.

Me dispuse a retirarme. Al levantarme lo deshice todo; el gato irguió la cabeza y se quedó quieto; la sonrisa de Martino se eclipsó.

—Si quiere —dije— me llevaré a *Penique*. Jasper le ha acostumbrado a dormir en la cama, pero es molesto.

—A mí me gusta.

—De acuerdo. Buenas noches.

Soplé la luz. Todo quedó oscuro. En la cama brillaron dos pupilas. Dicen que Mefistófeles tiene ojos fosforescentes...

—Oiga, doctor...

—¿Qué quiere? —pregunté mirando los dos puntos luminosos como si realmente le pertenecieran.

—¿Puedo perjudicar al gato teniéndolo a mi lado? Me refiero a la enfermedad que estoy empollando.

El sarcasmo de la realidad me dejó estupefacto. Nunca supuse que un homicida se inquietara por la salud de un gato.

Farfullé algo acerca de la reproducción diftérica en los animales y huí.

Alexander acababa de meterse en la cama cuando entré en mi cuarto.

—Hay luz abajo —dije.

—Jasper está cenando.

Se tumbó de lado y me miró interrogante.

—Flictenas sanguíneas —expliqué—. Si no se van por sí solas, puedes despacharlas tú mismo. Cuida mucho el vendaje, Alexander; podrían formarse adherencias entre el dedo medio y el índice.

Eché el batín sobre una silla y cayó al suelo una moneda del tamaño de una guinea. Fue rodando hasta mis pies y la recogí. Al instante noté un tacto familiar y recordé la medalla que obtuve en la Universidad por ser el mejor estudiante de clínica médica.

La miré y quedé perplejo.

—¿Qué es? —me preguntó Alexander.

—Una medalla que pertenece a Martino.

Se la alargué y en cuanto la vio se incorporó bruscamente.

—¡Len! —exclamó—. ¡La insignia del Sagrado Corazón de Jesús!

Dormí mal. Soñé que Martino iba vestido con la sotana del párroco de St. Basil y me agredía con un cuchillo de cocina; yo trataba de empastarle la pomada antiséptica por la cara, pero al fin opté por echar a correr. Empezó a perseguirme y, naturalmente, yo tropezaba y me caía a cada paso mientras él ganaba terreno. Esperaba de un momento a otro la cuchillada en la espalda y en el paroxismo del horror me eché en los brazos rollizos de la Caridad. La maciza mujer me amparó de todo peligro y cuando se iniciaba mi bienestar, desperté.

Eran las ocho de la mañana. No lo supe por mi reloj, que se había parado, sino porque oí llegar a Honora. Me moría de calor, mientras a mi lado, Alexander dormía convertido en una bola de mantas y colchas. Me levanté y abrí los postigos de la ventana. El día había amanecido gris y el viento azotaba los geranios que Honora tenía la paciencia de cultivar. Me puse el termómetro; me tomé el pulso. Todo normal.

Teníamos que asearnos en el cuarto donde dormía Jasper, desde que lo alteramos todo. Crucé el corredor y entré de puntillas para no despertarle, detalle que él nunca había observado conmigo. La estancia estaba inundada de luz, pues Jasper tenía por costumbre olvidarse de cerrar todo postigo, toda cortina y toda persiana. No di importancia al campo de Agramante que se ofreció a mi vista. Corbatas, calcetines, zapatos, tirantes, libros, papeles, periódicos, todo diseminado. Añádase a esa visión dos lavabos, dos mesillas de noche, dos perchas, una silla y un armario ropero. En el empapelado de la pared, en un tono más claro, quedaba señalado el lugar donde había estado la cama. En el suelo estaba el colchón. Allí, tendido, dormía Jasper, boca abajo, destapado hasta el confín del tronco, exhibiendo una camisa corta, y, por fortuna, nada más. Le tapé y le desperté.

—¿Qué ocurre? —gritó, dando un salto y mirando la puerta que le separaba de la alcoba de Martino.

—Nada todavía —exclamé.

Se puso en pie y dio de cabeza contra la peana que sostenía el San Roque de Alexander. Le miró airado, pero se suavizó instantáneamente. Aquel semblante de yeso, inocente y puro, no podía haber tenido arte ni parte en el coscorrón.

Me llené la cara de jabón de afeitar y, por asociación de barbas blancas, pensé en el doctor Garrett, de Londres. Notifiqué a Jasper que se hallaba camino de la ciudad, y se alegró.

—Podría sustituirte. Pareces un alma en pena.

Me volví de cara al espejo, abrí la boca, me apreté la lengua y me inspeccioné la garganta. Todo normal.

Busqué en el ropero y me puse una chaqueta de Alexander. La mía debía de seguir llena de microbios en la ambulancia. Ni aun después de sometida a los efectos aldehidofórmicos me vería con ánimos de ponérmela.

Abajo sonó la campanilla de la puerta con la persistencia de un grito de socorro. Aunque Honora podía tomar el recado, Jasper se precipitó por la escalera sin haberse lavado, ni afeitado, ni acabado de vestir. Escuché, atento a mi vez. El silencio me enervó. Corrí al balcón y miré si frente a la casa estaba el *Voiturette Ford* de *Sir* William. Sólo vi dos transeúntes empujados por el viento.

Salí del cuarto y bajé la escalera. Jasper me aguardaba en el último peldaño. En sus ojos brillaba una furia fría y sosegada.

—Hay un aviso para la calle de Malhaud, número siete —dijo—. Ve tú y dile a Nettie que estoy muerto y enterrado.

Le contemplé atentamente... Sin embargo, las puntas rubias de su mentón, las pupilas sagaces y el absoluto desaliño de su vigorosa persona le daban en aquel momento apariencia sensual. Sonreí pensando en la maldición que lanzó el día en que la linda Nettie le mandó llamar urgentísimamente para que le recetara algo contra el sarpullido que le producía el uso diario del colorete.

—Está bien —le dije, guiado por el gran afecto que siempre le he profesado—, iré yo.

Un efluvio de café llegó hasta mi nariz. Este síntoma de desayuno me llevó a la cocina.

Tomé un huevo y una taza de café con leche bajo la mirada insistente de Honora.

—¿Qué? —le dije de pronto—. ¿Tengo aspecto de alma en pena?

Lanzó un grito de protesta y exclamó:

—¡No, no! ¡Está usted muy guapo esta mañana, doctor! El tinte pálido le favorece.

Me notificó que llevaba pelo de gato en la chaqueta y me cepilló. Así estaba toda la ropa de Alexander. Luego me dio el sombrero y fue a buscar el maletín. Mientras tanto, me miré en el espejo del gabinete.

Antes de llegar al domicilio de Nettie, el inspector de policía Wyatt detuvo su landó y me llamó, sonriente. Me estrujó la mano, insistió en que yo trabajaba demasiado, me dijo con buenas palabras que me encontraba cadavérico, me hundió un cigarro en la boca y me notificó que Martino había sido visto en el golfo de Wash, disfrazado de pescador.

Llamé al número siete de la calle de Malhaud.

Me abrió la madre de Nettie, a la que tomé por un papú de Nueva Guinea. Todavía trato de asimilar que la suprema fealdad pueda engendrar seres lindísimos.

—Nettie, mi niña, padece horriblemente, doctor.

Con un sobresalto, exclamé:

—¿La garganta?

Negó, señalando el estómago.

La seguí por un corredor que olía a rancio y entré en el cuarto de la enferma. Había cortinas en todas partes, y los muebles tapizados con damascos que habrían sido hermosos, daban a la pieza un coquetismo ajado. La muchacha yacía retorciéndose, gimiendo, empolvada, rizada, adornada. Al verme, calló en seco, irguió el busto y me miró con desencanto.

—¿Y el doctor Jasper Sidney?

La abrumadora seguridad de estar perdiendo el tiempo me desesperó.

—¿Qué es lo que le duele, señorita?

Echó atrás la cabeza consiguiendo extender los plateados cabellos sobre la almohada.

—Aquí, doctor —susurró, apartando la sábana y mostrándome una pechera azul celeste llena de encajes y cintas.

—¿Sobre este lazo?

Asintió con un quejido.

Me guardé muy bien de entrar a fondo en el examen.

—Bicarbonato sódico —receté en el acto.

Luego, exasperándome de mi propia parsimonia, desaté la cinta azul y aconsejé que no volviera a ser atada hasta transcurridas unas horas.

—¡Oh, doctor! —cuchicheó Nettie—. Me intimida su tono áspero. ¿Trata así a todos sus pacientes?

—Sí, señorita. Y ninguno se queja. Perdone, tengo que irme; me aguardan enfermos graves.

Sus radiantes ojos reflejaban juventud y no dejaba de sonreír para que yo reparara en los hoyuelos de sus mejillas. Y, en efecto, reparé. Su expresión era terrible. Di por sentado que era a causa de mi tinte pálido.

—Ustedes, los médicos, atareados con la muerte, olvidan la vida.

La cabeza me dio un tumbo. No era aquélla una frase estúpida aunque lo fuera quien la había formulado. Contemplé atentamente a la muchacha tendida en el lecho. Era una expresión latente de la vida, esa vida que nos llama con fuerza de ley natural... Sin embargo, yo acudía a los lechos de la agonía para luchar con la muerte; me empeñaba en vencerla, olvidando que la absoluta victoria sobre la destrucción radica precisamente en esta Naturaleza de inagotable fuente creadora.

—¿Por qué se ha quedado tan pensativo, doctor?

Olvidé darle una contestación. Retrocedí anonadado, salí a la calle y maquinalmente me dirigí a Saint-Constantine.

A medida que me acercaba al convento, mi paso se aflojaba. Aunque quería andar aprisa, no podía. Cuando volví la esquina y apareció frente a mí el gran edificio gris rodeado de una tapia por donde asomaban amarillentas copas de eucaliptos, me invadió una oleada de calor. Me detuve ante la verja respirando ávidamente la fría atmósfera. Los transeúntes pasaban por mi lado encogidos dentro de sus ropajes. El viento levantaba remolinos de arenilla y agitaba mi abrigo continuamente. Me vi precisado a avanzar. En el zaguán del convento volví a detenerme, incapaz de tirar de la campanilla. Era imposible que desde allí se oyera la tos de los enfermos, y, no obstante, en mis oídos resonaban todos los chirridos agónicos de Saint-Constantine.

Bruscamente llamé. Me abrió el doctor Lee en persona. El viento penetró en la sala cerrando dos puertas de golpe.

—Le estaba esperando, doctor Barker. Venga en seguida, por favor; una de las «hermanas azules» presenta síntomas de contagio.

Me quedé clavado en el suelo.

Detrás de mí, la furiosa corriente de aire empujó con violencia la puerta del zaguán, encerrándome en el convento.

Seguí al doctor Lee.

Pasamos junto a los carros de cura. Montones de gasas sucias, montones de ropa contaminada... El corazón me latía desenfrenadamente. Me arrimé a la pared. Cruzamos la sala de los recién operados. Todos, forzosamente mudos, fijaban en mí sus ojos dilatados por el espanto. Tuve que bajar la cabeza para no verlos. Los silbidos metálicos de sus laringes artificiales me siguieron hasta la celda donde yacía la «hermana azul».

El doctor Lee abrió el postigo de la ventana y entró la luz. Vi a la mujer tendida en la cama, vestida aún. En la mano apretaba un librito negro con una cruz. Estremeciéndome toqué su húmeda muñeca. Pulso rápido, fiebre, cefalalgia... y en la amígdala, la pequeña señal a manera de clara de huevo coagulada.

No supe qué decir ni qué hacer.

Tenía que irme urgentemente. Más tarde volvería.

Salí de Saint-Constantine a toda prisa. Anduve a lo largo de la calle, crucé la calzada, busqué el bulevar y me perdí en un remolino de gente que transitaba, palpitaba y vivía.

No sé cuánto tiempo llevaba sentado en aquella mesa del café Flowery. A mi derecha se movía un círculo de sombreros femeninos. Era un grupo de muchachas que tomaban dulce del paraíso. Las acompañaban dos chicos vestidos a la americana que resistían valientemente todas las bromas y todas las risas. A mi izquierda había un espejo con una amapola pintada al óleo. Junto al tallo de la ardorosa flor veía mi rostro descolorido. Las mejillas se me hundían y los ojos se me agrandaban. Ni mi gesto ni mi expresión pertenecían a un joven de veintinueve años. Había envejecido un siglo.

El camarero se me acercó. Temí que me preguntara si me sentía enfermo. Pero se limitó a ofrecerme una carta de aperitivos.

—¡Dulce del paraíso! —exclamé.

No me gustaba; no lo probé siquiera. Sólo había sido un grito espontáneo, como si intentara recuperar la juventud.

Cuando no hubo nadie a mi alrededor, cuando las risas y las bromas me dejaron, me levanté y busqué la puerta de salida.

Anduve sin rumbo fijo. Creo que me dirigía a casa.

Las calles estaban desiertas; debía de ser la hora de comer. Busqué mi reloj de bolsillo y mi mano se detuvo un segundo sobre el corazón. No percibí latido alguno, a causa del chaleco. Llegué a Spick; me encorvé como si cada una de aquellas casuchas que dejaba atrás fueran cayéndome encima.

Cerca de la calle de Rhode vino a mi encuentro una anciana desdentada, hablando continuamente y tan aprisa que no la pude entender. Era la madre de Moses MacDonald, sorda como una tapia, que en su desgracia se libraba de oír los estertores de su nuera. La joven se extinguía desde la noche anterior sin que hubiéramos podido hacer por ella nada en absoluto.

Seguí a la vieja automáticamente.

Me quedé ante la joven enferma, en pie, como una

estatua. No le tomé el pulso siquiera. Observé estático aquel pecho que subía y bajaba en una disnea precursora de la muerte. De vez en cuando un golpe de tos sacudía sus descarnados miembros. Había perdido la forma de mujer. La camisa empapada en sudor, desabrochada y arrollada al cuerpo como un harapo, dejaba ver sus huesos prominentes como si quisieran perforar la piel. De repente abrió la boca, se irguió y fijó sus febriles pupilas en mí. La expresión de su cara se me clavó en el cerebro como un cuchillo y brotó la imagen de Nettie, la sonrisa de sus labios, la exuberancia de su cuerpo. Retrocedí. Tropecé con un lío de ropa sucia, arrastré una media con el pie; la sacudí desesperadamente. No se desprendió; tuve que tirar de ella con los dedos. Froté la mano por la pared, hasta que comprendí que la misma pared estaba contaminada. Huí.

Llegué a casa exhausto. Llamé repetidas veces, sin acordarme que en el bolsillo llevaba la llave. Me abrió Honora y me miró asustada.

—¿Qué tiene, doctor? ¿Qué le pasa?

No contesté nada; me enfrenté con el espejo y abrí la boca. No había buena luz.

—Abra, Honora... ¡Por Dios, abra la ventana!

Sin aguardar a que lo hiciera, me precipité hacia el gabinete, donde había otro espejo. Entré y me detuve sobresaltado. El cuarto estaba lleno de gente. Gente silenciosa, muda. ¿Qué ocurría?, ¿qué hacían allí congregados? Todos habían vuelto los ojos hacia mí y me contemplaban de arriba abajo. De pronto se abrió la puerta del consultorio y apareció la cabeza de Alexander.

—El siguiente —dijo.

Y recordé. Eran las tres de la tarde.

—¿Qué sucede, Len? —exclamó al verme.

Me introduje rápidamente en el consultorio atropellando al hombre a quien le tocaba el turno. Cerré de golpe, me eché en un sillón y me cubrí el rostro con ambas manos.

—¡No puedo! ¡No puedo continuar!

Alexander puso la mano sobre mi hombro.

—Leonardo —cuchicheó—, cuéntame lo que te pasa, por favor.

—¡No sé lo que me pasa! ¡No te acerques! ¡No me toques! ¡Apártate, Alexander, por Dios!

Se arrodilló a mi lado, me asió por las muñecas y me obligó a levantar la cabeza.

—Te crees enfermo de difteria, ¿verdad?

Un silencio pesado siguió a estas palabras. Lentamente fui derrumbándome y mi frente cayó sobre su brazo.

—Sé que no tengo nada —balbucí—. Sólo miedo.

Esta confesión me arrancó un sollozo. Los pacíficos ojos de Alexander recorrían mis facciones, participando de aquella terrible angustia. Oprimí su mano y exclamé:

—Ya no puedo volver al lado de ningún enfermo, Alexander. Ya no soy capaz de hacer nada por ellos... ¡Me repugnan...! ¡Me espanta la muerte, me vuelve cobarde, loco! ¡Quince días luchando con ella! ¡Quince días viendo cómo carcome y destruye! ¡No puedo! ¡No puedo!

Mis palabras se tornaron incoherentes. Lloré y gemí como un niño. Apreté los puños, me hice daño, perdí el sentido de la realidad y me hundí en un desvarío.

Me sacó de él un poder casi hipnótico. La mano de Alexander tapaba mis ojos. Las venas de mi cuello y de mis sienes cesaron de palpitar y una extraña sensación de paz me dobló la cabeza sobre el pecho.

—Oyeme, Len..., ¿me oyes...? Tú no tienes miedo..., no tienes miedo..., es sólo cansancio... Eres fuerte y podrás vencerlo todo, pero ahora debes descansar... Vete arriba, échate en la cama... duerme. Mañana todo habrá pasado.

Y aunque él no creía lo que me decía, consiguió que lo creyera yo.

La tremenda crisis nerviosa me impidió cerrar los ojos durante dieciséis horas seguidas. En el transcurso de este tiempo permanecí tendido en el lecho, mirando las cortinillas de la ventana, temblando de pies a cabeza. Hacia la madrugada, Alexander notó que no dormía y fue a buscarme narcotina. Quedé amodorrado.

Por la mañana, antes de que Jasper se fuera, noté vagamente que me tomaba el pulso y me tentaba los ganglios linfáticos. Advirtió que le miraba a través de las pestañas; me preguntó si tenía cosquillas, se echó a reír y me propinó un cachete. Nunca supo que su broma me costó un desmayo.

Hacia el mediodía me despertó Honora sin querer. Metió tanto ruido por la escalera con el cubo, la pala y la escoba, que me dejó completamente despejado. Abrió la puerta poco a poco, asomó la cabeza con tiento y seguidamente entró de puntillas.

—Es igual, Honora —susurré.

Me preguntó cómo me encontraba, y le notifiqué que si se iba del cuarto un momento me vestiría y podría comprobar si aún me aguantaba de pie. Obedeció. A través de la puerta me hizo saber que habían traído del hospital mi chaqueta desinfectada.

—Cuélguela en el armario —dije, poniéndome de nuevo la de Alexander.

Le di permiso para entrar y empezó a sacudir los colchones, repasándolos concienzudamente para ver si descubría otro batallón de chinches. De pronto suspendió la tarea, se puso las arrugadas manos en la cintura, y exclamó:

—El cuarto del huésped debe de estar hecho una pocilga, doctor.

—No, no tanto.

—¿No se cura el pobre de su picor?

—Al contrario, Honora. Creo... creo que hay para otra semana.

—El doctor Sidney me dijo que tenía granos hasta en las orejas.

—Sí, sí, en efecto.

—Pero no se los vi.

Sentí una punzada en la cabeza.

—¿Cómo dice, Honora?

—Que su rostro me pareció muy pálido y limpio.

—¿Le vio?

—¡Le juro que no entré en su habitación! ¡Le juro que sé cumplir las órdenes que me dan! Yo estaba lavando y él salió al patinillo para ir a... ¡Le juro que...!

Siguió jurando por espacio de unos minutos. Después dijo que el pobre muchacho parecía tísico y que si ella fuese médico le recetaría baños de sol. También me confió que al verle había pensado en... ¿No adivinas en quién, lector? Te pasa como a mí. ¡En el joven que vendía las papeletas de la rifa de los inválidos!

Bajé a la vez que llegaba Jasper ceñudo y cansado.

—¿Se te pasó la difteria, Len? —me dijo.

En seguida se dio cuenta de que me había ofendido y me palmoteó la espalda consiguiendo indulgencia.

Entró en el comedor, se dejó caer en un sillón de la chimenea y lanzó un profundo suspiro.

—¡Se está haciendo tarde! —murmuró, bajando la cabeza.

—¿Qué, Jasper?

—La señorita Greene ha entrado en el período de espasmo.

Se produjo un silencio sólo interrumpido por el fuego de la chimenea. La puerta del laboratorio se abrió y apareció Alexander. Se acercó lentamente, miró nuestros semblantes lívidos y palideció a su vez sin saber aún lo que sucedía. Jasper se lo dijo.

—... No sé cuánto tardará la obstrucción mecánica. Se ha iniciado el tiraje supraesternal.

—¿Sufre? —pregunté.

No me contestó. Se levantó y acercó la leña a la lumbre de un puntapié. Bruscamente inquirió:

—¿Y Martino?

—Se encuentra bien, supongo —dije.

—¡No pregunto lo que supones, sino lo que hay en concreto! ¿No le has hecho un reconocimiento? ¿He de venir yo cada quince minutos para examinarle de pies a cabeza?

—¿Has hallado alguna vez la difteria a las cuarenta y ocho horas de la exposición al contagio?

—¡Sí, sí! ¡Y tú también, Leonard! ¡Y a las treinta y seis, y a las veinticuatro!

Se golpeó la frente, frenético.

—¡No puedo esperar tanto; no puedo!

Fue hacia la escalera y subió los peldaños de dos en dos. Alexander y yo nos quedamos convertidos en estacas. A los pocos minutos resonó un portazo y le oímos bajar. Penetró en el comedor, vio los platos vacíos sobre la mesa y lanzó un rugido para que Honora sirviera la comida. Alexander, rojo como la grana, se le acercó y le preguntó suavemente:

—¿No han aparecido síntomas?

Obtuvo una negación como un trueno.

—Entonces —prosiguió—, ni gritándole así a todo el mundo conseguirás que aparezcan.

Honora entró encolerizada y empezó a escudillar el caldo con verdadera furia. Al volverse pisó la cola de *Penique*; bufidos, arañazos, chillidos, ruido de vajilla rota...

No recuerdo cuándo sobrevino la calma.

Estuve mucho rato sentado ante el plato de caldo sin poder engullir una sola cucharada. Jasper lo notó y me preguntó de sopetón:

—¿Cuánto hace que tocaste un cadáver?

—Anteayer.

—¿Te duele la garganta?

Negué.

—¿Cómo está el vientre?

—Bien.

—¿Náuseas?

—No.

—¿Dolor de cabeza?
—Tampoco.
—¿Pues, qué?
Estrujé la servilleta.
—No lo sé.
Cogió la cuchara, se levantó y fue hasta la vidriera del patio.
—Ven aquí a la luz.
Obedecí. Me exploró la garganta y las fosas nasales.
—No tienes nada.
Volvimos a la mesa.
—Come.
Tragué una patata frita. Me dio hipo. Salí al patio corriendo. Alexander vino detrás de mí. Y Jasper también.
—¿Estás vomitando? —preguntó el primero.
—¿No ves que no? —replicó el segundo.
Me cogió del brazo, me condujo dentro y me hizo sentar junto a la chimenea. Estuvo contemplándome unos instantes y exclamó:
—Es peor que si te hubieras contagiado. Te ha entrado pánico y de eso no vas a morir..., pero tampoco vas a curar.
Debí de quedarme blanco como el papel. Alexander se colocó a mi lado, como si quisiera prestarme refuerzo.
—Te he admirado mucho, Leonard —prosiguió Jasper—. Te he admirado incluso en tus generosas imprudencias porque siempre la intención ha superado la irreflexión. Pero ahora me decepcionas. Te has hundido por completo.
Hizo una pausa y añadió:

—Sé que mis palabras te suenan rudas; prefiero reprocharte, a compadecerte como hace Alexander.

Me levanté, me dirigí al ropero y descolgué el abrigo.

—¿Adónde vas?

—A Saint Constantine.

—Saldrás de allí corriendo, como esta mañana.

Me retuvo por el brazo.

Solté el abrigo, subí a mi cuarto y me arrojé en el lecho sofocándome como si hubiera tenido realmente las falsas membranas atenazadas al cuello.

Debí de quedarme dormido.

No sé por qué motivo desperté. Fue como una sensación de que alguien velaba a mi lado, mirándome fijamente. Abrí los ojos. La habitación estaba sumida en la semioscuridad del crepúsculo, pero vi claramente a un hombre sentado junto a la cama. Era Martino. Me erguí como movido por un resorte.

—¿Qué le sucede? —grité.

Me mostró la mano, y murmuró:

—La venda floja.

Inspeccionándole con el rabillo del ojo para adivinar el verdadero motivo que le había llevado a mi cuarto, encendí el mechero.

—¿Es que ha notado..., ha sentido ya...?

—Nada.

Sus ojos oblicuos escrutaban mi rostro con inquietud y los labios le temblaban como si no se atreviera a formular una pregunta.

—¿Qué es lo que desea saber?

—¿No es de buen agüero que tarde tanto?

—El tiempo no influye para nada.

Pestañeó, bajó la cabeza, y dijo:

—Vi morir a un niño de eso.

Sentí frío.

—Hace tiempo —añadió—. Yo estaba con él; se quedó envarado con el vientre echado hacia adelante. No podía apoyarse en el camastro más que por la nuca y los talones. Su boca estaba torcida en una sonrisa horrible y no podía dejar de sonreír. Cuando murió...

—Eso no era difteria. Ese niño falleció de tétanos.

—Cuando murió, los nervios del cuello le...

—¡Cállese! ¡Le digo que no era difteria!

Cruzamos una mirada de terror.

Lentamente cogí su mano herida y empecé a deshacer la venda para apretarla más. Temblábamos los dos.

Subió a mi olfato el aromático olor de un antiséptico.

—¿Quién le ha puesto salol en la mano?

—Nadie; yo que lo he tocado. He pesado paquetes de dos gramos.

—¿Le gusta trabajar en el laboratorio?

—Me gusta hablar con Alexander. Me recuerda a Benjamín Moore.

—¿Quién es Benjamín Moore?

—Ya ha muerto.

Hubo un silencio largo, hasta que murmuró:

—Fue mi compañero de celda por muy poco tiempo. Le ahorcaron por un crimen que no había cometido.

Molesto, me levanté para ir a buscar gasas limpias. Martino me asió de la manga con fuerza.

—¿Adónde va?

Vi sus pupilas dilatadas, enormes. La mano que se engarfiaba a mi ropa tenía erizado el vello. Le cogí por la muñeca y sentí latidos frenéticos, como si el pulso fuera a estallar.

—Tranquilícese, no me voy —dije en voz baja, sentándome de nuevo.

Sabía ya que le había llevado a mi cuarto el terror a la soledad.

Permanecimos mudos por espacio de varios minutos. El se entretenía tirando de los colgajos de piel de su antebrazo. Yo arrollaba la gasa por pura fórmula, puesto que estaba inservible. De vez en cuando nuestros ojos se topaban. Inopinadamente, dijo:

—¿Sigue usted creyendo en el remedio nuevo?

—Sí —repliqué sin vacilar.

—¿Y el doctor Jasper Sidney?

Me estremecí.

—¿Qué quiere usted decir?

—Sólo eso.

Me humedecí los labios y pausadamente dije:

—Tal vez ahora, llegado el momento, esté asustado.

Sonrió, sarcástico.

—Pero un fracaso equivale...

—No es hombre como para asustarse.

—Ya sé. Horas de trabajo perdidas y montones de enfermos sin salvación.

—Algo más que esto, Martino. Si Jasper se equivoca, habrá cometido un crimen. Tal vez eso usted no lo entienda..., pero basta para asustar incluso a un hombre como él.

Por un instante se quedó cortado. Luego bajó las comisuras de los labios y dijo fríamente:

—No es un delito matar a una bestia, y yo no soy otra cosa para él.

La gasa se me cayó de las manos. Moví la cabeza, conturbado, y me puse en pie. No podía soportar los ojos de Martino. Me volví hacia el quinqué y con dedos temblorosos quité la pavesa de la mecha consumida. Era muy fácil que me quemara. Y, en efecto, me quemé.

—Juzga mal a Jasper, Martino.

—¿En ese aspecto, le juzga usted mejor?

La pregunta resonó en mi cerebro, como si en vez de hacérmela él fuera yo mismo quien me la dirigiera.

En aquel instante se abrió la puerta y apareció Alexander.

—Son las nueve —notificó—. Le he dejado la cena en su cuarto, Martino. Luego puede bajar al laboratorio; Honora se ha ido.

El asesino se mordió los labios y se volvió de cara a la ventana.

—No tengo apetito —dijo.

Me acerqué a él. Apretaba las mandíbulas y los puños.

—Venga abajo, Martino. Le pondré una venda nueva y... puede quedarse a cenar con nosotros.

Cuando Jasper llegó nos encontró en la mesa acompañados del asesino.

—¿Por qué? —dijo simplemente.

—Porque sí —repliqué yo.

—¿Alguna novedad?

—Nervios.

Vio todos los platos intactos.

—¿Me aguardabais?

—No, no; falta de apetito.

Se sentó en su sitio y llamó a *Penique*. El gato se mantuvo sordo al lado de Martino. En vista del chasco, Jasper se dedicó de lleno a las chuletas empanadas de diez peniques. Comió de un modo voraz que fue una afrenta para los desganados. En aquel instante me pareció una potente, inteligente y fría máquina.

—¿Cómo sigue la señorita Greene? —susurré.

—Su fuerza de voluntad domina la infección, Len. Ella sabe de cierto que está enferma y no tiene miedo.

Enrojecí, y no dije nada más en el resto de la noche. Alexander comió lentamente, con los ojos fijos en el mantel.

Martino realizaba esfuerzos inauditos para conservar el dominio, sus ojos inquietos y torvos se paraban una y otra vez en el cuchillo con que Jasper pelaba los huesos de la carne. Este detalle me crispó los nervios. De pronto cogió el suyo y lo hundió en la pulpa de la chuleta. Las sienes me latieron desenfrenadamente. Se llenó el vaso de cerveza, lo bebió de un sorbo y lo volvió a llenar. En lo sucesivo llevó a cabo esta operación con tanta frecuencia, que Alexander le advirtió que no bebiera más.

Una vez terminada la cena, Martino y Alexander recogieron las migas de pan y los residuos adecuados para las ratas. Los dos se fueron al cuarto de los animales.

Jasper se levantó, cogió el cubierto del asesino y fue a sumergirlo en agua hirviente con carbonato de sosa. Precaución innecesaria todavía, pero acusadora de impaciencia.

Me acosté en seguida. Las sábanas estaban heladas. Me tapé la cabeza y empecé a respirar dentro, sin poder refrenar el castañeteo de dientes. Fueron unos minutos crudísimos, capaces de hacer que uno se arrepintiera de haberse desnudado. Me consta que no todos los hombres afrontan esta circunstancia. Alexander, por ejemplo, se acostaba con los calcetines puestos.

Sin haber advertido aún que ya me había dormido, me desperté de golpe creyendo que la cama daba una vuelta de campana. Me quedé agarrado al colchón mientras el corazón daba batacazos contra las paredes del pecho. A partir de esto soñé que me llamaba Benjamín Moore, que me sacaban de la celda de los condenados a muerte y me ahorcaban en la avenida, frente a la mansión de los Greene. Sobre mi pecho colocaron un letrero que rezaba: «Inocente.» La señorita Greene, vestida como la emperatriz Josefina, me arrojaba desde el balcón nardos húmedos de sus lágrimas.

Alexander me despertó y me preguntó por qué daba tantas vueltas sobre el lecho.

—Es que estoy suspendido de una soga.

Me tomó el pulso.

—¿Te subo un sedante?

—No.

A pesar de todo fue a buscarlo.

—Te he dicho que no lo quiero.

—Es para mí.

Me propuse no dormir, para no soñar. Mas de golpe y porrazo me encontré en la droguería de la calle de Durham ataviado como Napoleón Bonaparte. Insistía en que me vendieran un frasco de «Extrait de Nard». En cuanto lo tuve se me escapó de las manos y lo rompí.

Abrí los ojos de sopetón. La puerta del cuarto estaba abierta de par en par y la luz de una vela se movía por el corredor. Vi la cama de Alexander vacía. Salté del lecho y me clavé un vidrio en el talón. El tubo de cristal del quinqué se había roto, en lugar del frasco de perfume.

En el piso resonaban sordamente un batallón de pies descalzos. Me deslicé fuera del cuarto a toda prisa. Choqué con Alexander. Jasper chocó conmigo.

—¿Qué sucede? —pregunté.

—¡Martino ha desaparecido del mapa!

—¿Qué quieres decir?

—Que no está en ninguna parte.

Seguí sin comprender.

—Ni abajo, ni arriba, ni fuera, ni dentro. La aldaba de la puerta de la calle está echada. La cocina, el comedor, el consultorio, el laboratorio, el gabinete, el cuarto de los animales, el patio y el retrete están vacíos.

—¿Y el ropero?

—También hemos mirado el ropero.

—¿Y debajo de los muebles?

—¿Qué haría debajo de los muebles?

—Tal vez se cayera desmayado.

—Oye, Len: no des tantas ideas y búscale. Voy a subir a la azotea; si no está allí, no cabrá explicación.

Y Jasper, con el abrigo encima de su corta camisa, subió la escalera de la azotea mostrándonos sus fuertes pantorrillas. Alexander y yo aguardamos en silencio. Cuando se abrió la puertecilla de arriba, penetró una ráfaga helada; nos apagó la vela y nos hizo correr al cuarto tiritando. Busqué una prenda con que abrigarme. Tiré de la misma chaqueta que tiraba Alexander. Los dos la soltamos y fuimos a por otra cosa. Me calcé las zapatillas en chancleta y salí al corredor otra vez arrastrando el cubrecama por el suelo.

Jasper ya bajaba, mudo, contrariado. Empezó a encender el gas dejando la casa completamente iluminada.

—¡Vamos a mirar debajo de los muebles! —exclamó.

Me hallaba escudriñando el lavadero, quemándome las puntas de las uñas con un fósforo gastado. Resultaban absurdos los lugares donde ya mirábamos.

Repentinamente Alexander gritó:

—¡Sangre! ¡Un rastro de sangre!

Me estremecí de pies a cabeza. Tiré el fósforo y corrí al comedor. Alexander y Jasper, agazapados, seguían un hilo rojo que les conducía al patio, de donde yo venía.

De pronto todos los ojos toparon con mi pie. El corte producido por el cristal del quinqué manchaba el talón de la zapatilla que arrastraba.

Me senté en el sillón de la chimenea y removí las cenizas; no había una sola ascua, pero Alexander, de buena fe, se volvió de espaldas con la intención de calentarse los riñones.

Jasper, taciturno, se apoyó en la mesa.

—No debí dejarle esta noche —dijo—. Se hallaba en

un estado de nervios alarmante. Le oí pasear por su habitación hasta las dos de la madrugada. Entré a decirle que cesara de dar vueltas. Aún no se había desnudado. Comprendí que le excitaba la soledad y dejé abierta la puerta que comunica con mi aposento. Desde mi colchón le vi quitarse el cinturón y desabrocharse la camisa. De pronto apagó la luz. Creí que lo hacía para quitarse la ropa sin testigos, pero acto seguido quedó todo tan absolutamente silencioso que me llamó la atención. Le llamé y no me contestó. Encendí una vela y vi el cuarto vacío. Le supuse en un sitio; le aguardé por espacio de varios minutos y luego bajé a buscarle temiendo que le ocurriera algo. No le hallé, y volví a subir. Oí ruido en vuestro cuarto y me asomé... Por cierto, Len, ¿qué hacías con el tubo del quinqué?

—Se lo quería regalar a la emperatriz Josefina.

—Alexander y yo recorrimos la casa de cabo a rabo sin resultado alguno. Ya sólo cabe una posibilidad.

—¿Cuál? —exclamamos a un tiempo Alexander y yo.

—Que se haya suicidado arrojándose a la calle desde la azotea.

Alexander perdió el color.

—Iré a ver —cuchicheó.

Jasper le retuvo.

—¿No te das cuenta de que vas cubierto sólo con una colcha? Saldré yo.

Se fue arrastrando los cordones de los borceguíes. Alexander y yo aguardamos en el zaguán temblando de excitación y de frío. Oímos una maldición y asomamos la cabeza instantáneamente.

—¿Qué, Jasper?

—¡Este cordón del diablo!

Volvió la esquina, dio la vuelta por detrás del edificio y regresó sin ninguna novedad. Jamás nos sentimos tan completamente desconcertados.

Eran alrededor de las cuatro de la madrugada. Alexander y yo fuimos a vestirnos. Cuando bajamos, Jasper acababa de encender una hoguera monstruosa.

—Trae algo para beber, si lo hay —me dijo.

Recordé la botella de «Noyau» que yo había comprado el día en que abastecimos la despensa; nadie la había descorchado, por falta de costumbre. Preparé tres copas, busqué el sacacorchos, fui a la despensa, abrí la pequeña puerta y retrocedí vivamente.

—¡Está aquí! —grité.

Dentro de aquella especie de armario de irrisorias dimensiones, agazapado, doblado sobre sí mismo, apretado contra los estantes, las garrafas y las cajas de harina, estaba Martino.

Su cabeza se alzó dificultosamente. Agarraba con fuerza la botella de «Noyau», rota por el cuello y vacía. Jasper y Alexander acudieron inmediatamente.

Cogí al asesino por las axilas y le arrastré fuera. Iba sin camisa, con los pantalones casi caídos y empapados en licor. Su rostro había perdido nuevamente la juventud. Las pupilas contraídas por el alcohol parecían ciegas. Se movían sin cesar y balbuceaba expresiones groseras.

Alexander, apiadado, se inclinó sobre él y le tapó la boca.

—¡Pobre! —cuchicheó.

Jasper le apartó bruscamente, cogió al borracho

con sus potentes brazos, se lo cargó sobre el hombro como un fardo y se dirigió hacia la escalera con paso rápido.

—¡Sube el estetoscopio, Len! —gritó—. ¡Y una cucharada de sal! ¡Aprisa!

El traqueteo sacudía a Martino provocándole un violento hipo.

Cuando yo llegué arriba, la mitad del «Noyau» ingerido estaba ya sobre la alfombra; la otra mitad salió con el agua salada. Jasper lo había acostado elevándole la cabeza con dos almohadas. Alexander luchaba honestamente para impedir que con ese olvido de toda dignidad que acompaña a la embriaguez, Martino rechazara la poca ropa que le cubría.

Soportamos insolencias y ultrajes. Abominó de todo y de todos. Blasfemó del nombre que ningún mortal tiene derecho a profanar.

Alexander, lívido, se fue de la habitación.

A los pocos instantes el asesino se calló y los párpados le cayeron sobre los ojos pesadamente. Admirados de aquel inexplicable cambio, Jasper y yo cruzamos una mirada.

Eché una manta sobre el cuerpo medio desnudo del borracho.

—Otra almohada para la cabeza —susurró Jasper.

Entré en el cuarto contiguo, pero al ver allí a Alexander me contuve bruscamente. Estaba arrodillado ante su San Roque, con ambas manos cruzadas sobre los ojos.

Aunque parecía improbable que aquella noche tuviera también un amanecer, así fue.

A las siete de la mañana Jasper se bebió una exorbitante cantidad de café, se puso el abrigo y cogió el maletín.

—Iré contigo —murmuré.

—No, Len; no lo quiero. Quédate. Sé que te esforzarías, pero sufrirías más de lo que crees. Recuerda al doctor Bacchelli: quiso vencer su miedo al cólera durmiendo en un sillón junto a los coléricos... y no despertó. Además, te necesito aquí. No dejes a Martino. No le dejes un solo instante y mándame llamar al menor indicio de... Ya sabes. No olvides que estoy pendiente de ello.

Dio media vuelta, pero le detuve.

—Escúchame, Jasper... ¿Cómo consideras a Martino?

—Está agotado. Raya en la desesperación.

—No me refiero a eso.

—¿Pues a qué?

—¿Le estimas un hombre?

—Un condenado, Len.

Se fue.

La irresistible necesidad de sueño que acompaña las borracheras, mantuvo a Martino profundamente dormido durante toda la mañana. Lo velé dando continuas cabezadas. *Penique* entró en el cuarto, se subió a la cama y husmeó al asesino; le llamó con un profundo vozarrón, y en vista de que no obtenía respuesta, se dedicó a lamerle la barbilla. Su puosa lengua produjo un ruido peculiar al frotar la superficie rasurada. Fue animándose y pellizcó la piel como si machacara una pulga. Este sistema lo practican todos los gatos, no sé si con algún resultado. Fui vigilándole y temí que se extralimitara en su entusiasmo; lo cogí y me lo puse sobre las rodillas. Repentinamente estiró la cabeza y me lamió la barbilla a mí. Me puse en pie de un salto arrojándole lejos, enjugándome y frotándome como si me hubiera transmitido todos los microbios que germinaban en el cuerpo de Martino.

Cuando Jasper regresó al mediodía, me notificó que el doctor Garrett, de Londres, me había sustituido. El venerable anciano empezó a trabajar en cuanto llegó para que yo pudiera descansar. Le acompañaba una joven enfermera llamada Morrill. Por cierto, la señorita Morrill fue rápida víctima de la difteria. La muerte la derrotó cuando apenas había entrado en el campo de batalla. Soldado sin gesta memorable, héroe en la intención.

—¿Y la hija de *Sir* William Greene, Jasper?

—Difícilmente resistirá cuarenta y ocho horas más.

Le así por ambos brazos.

—¿Y piensas aguardar? ¿Piensas aguardar? —repetí, como si le abofeteara el rostro.

Me empujó y me dejó sentado en un sillón. Permanecí allí en la inmovilidad del idiotismo, hasta que Alexander me condujo al comedor. No probé bocado. No fui el único. Honora retiró los platos intactos. Ni Jasper esta vez.

Fui arriba. Martino se había levantado. Le hallé recostado en la repisa de la ventana, con la frente apoyada en el cristal. Al verme se dejó caer en una silla.

—Se siente muy mal, ¿verdad?

—En adelante escondan todas las botellas.

—Sólo queda una de crema de limón; si le tienta, no creo que pase más allá del primer sorbo.

—Me duele la cabeza.

—Naturalmente.

Me miró interrogante.

—No, no, Martino; ahora puede presentarse una verdadera mezcolanza de síntomas todos falsos.

El color pálido que había adquirido con los años de reclusión estaba más acentuado y alrededor de sus ojos había reaparecido el cerco oscuro. Las pupilas se movían inquietas de un lado a otro. Tenía en desorden el cabello, y se había puesto la camisa al revés, sin cuello ni puños.

Honora tenía razón: parecía un tísico.

—Abríguese más y suba conmigo a la azotea. Tomaremos el sol.

—¿Anda suelta por la casa la vieja?

—No se preocupe por ella. Ya le vio en una ocasión y no le reconoció. Además, ahora está abriendo y cerrando la puerta a la clientela.

Me siguió a la azotea. Al darle el sol en los ojos se deslumbró y al mirar abajo le dio vértigo. Vencidos estos obstáculos, gozó del horrible panorama. Con los ojos fijos en el horizonte dijo:

—¿Qué hay más allá?

—¿Más allá de dónde?

—Del mar; ¿no es el mar aquella raya azul?

—Posiblemente. Yo no lo distingo.

—¿No ve bien?

—De tan lejos, no.

—¿Qué hay frente a nosotros?

—Los tejados, eso sí que lo veo.

—Me refiero al otro lado del mar.

—Las costas de Holanda.

—¿Y hacia allá?

—Alemania, Dinamarca y, más al Norte, Noruega.

Le miré de reojo. Tenía levantada la cabeza; la luz chocaba contra su cara dispersando incluso las sombras del pensamiento. En aquellos momentos me pareció sumamente joven, apenas adulto, como realmente era. Miraba con avidez los puntos indicados, cruzando el mar con el deseo; escapando de todo, de la horca, de la enfermedad, de sí mismo...

—¿Dónde está Bucarest? —preguntó.

—En Rumania.

—¿Muy lejos?

—En la Europa oriental.

—Es donde nació Benjamín Moore.

Se oyó el ligero gemido de unos intestinos y no supe si habían sido los suyos o los míos.

—No ha comido nada aún, ¿verdad, Martino?

—Alexander olvidó subirme el almuerzo.

—Es que le supuso dormido.

Se volvió de cara a mí.

—¿No es cierto que Alexander cree en la Iglesia católica?

Asentí.

—Benjamín Moore también. El día antes de la ejecución pidió un cura y se confesó.

Lentamente me arriesgué a preguntar:

—¿Desearía hacer como él?

Se rió desdeñoso.

—¡Bah!

—Voy a la cocina a ver si hay algo preparado para usted. No se mueva, ya le llamaré.

Le vi abalanzarse sobre la baranda y mirar abajo fijamente.

—Es decir... venga conmigo, Martino.

Le hice aguardar en su habitación mientras yo bajaba a la despensa. Esta olía a «Noyau» todavía. Llené una bandeja y a guisa de camarero me vi precisado a cruzar el gabinete donde aguardaban los pacientes de Alexander. Por fortuna sólo eran dos y ambos dormitaban. Alcancé la escalera de puntillas, y para dar idea del cuidado que puse en no llamar la atención, bastará con decir que en el rellano choqué con el macetero y se cayó el jarrón de las flores de papel.

Martino comió una rebanada de pan con queso y jamón y se dio por satisfecho. Yo sentía el estómago agarrotado y, aunque quise acompañarle, no pude dar fin a la manzana que empecé.

De pronto Martino comenzó a jugar con un cuchillo. Mis ojos toparon con la acerada hoja y él lo advirtió. Lo echó al aire y quedó clavado duramente en la mesa. Disimulé mi impresión, pero el asesino acercó su rostro hasta rozar el mío y susurró:

—¿Qué piensa?

No articulé palabra.

—¡Volvería a matarla! ¡Cien veces si tuviera cien vidas!

Se produjo un silencio violento. Al cabo añadió, en un sibilante cuchicheo:

—Durante cinco años preparé mi evasión sólo para matarla.

Me erguí. Algo más que sus palabras me había helado la sangre.

—¡Hable más alto, Martino! ¡Grite!

De su garganta escapó un lamento discordante, quebrado, como si una aguja le atravesara las cuerdas vocales.

El pánico me paralizó. Me quedé tenso, inmóvil como una estatua. Luego me levanté y fui retrocediendo poco a poco, hasta que choqué con la puerta. Las pupilas de Martino me perseguían azoradas. Su cara había perdido todo rastro de color. Sólo yo podía darme cuenta de su miedo. Se me acercó vacilante. Tenté el tirador y lo así con fuerza.

—¡No se vaya! —susurró con horrible ronquera.

Leí en sus ojos una sorda desesperación. El debió de leer lo mismo en los míos. Nos quedamos escrutándonos mutuamente, buscando firmeza uno en otro.

Intervino *Penique*. Le oímos maullar y raspar la puerta con las uñas. Le abrí. Entró balanceándose, consciente de su importancia. Miró a Martino y le guiñó los ojos. Este, muy lentamente, bajó la cabeza, se agachó, abrió los brazos y el gato se alzó sobre las patas traseras encaramándose a su hombro.

—Ya volveré —le dije—. En seguida volveré.

Traspuse el umbral y me lancé escalera abajo saltando los peldaños de dos en dos.

Alexander me vio entrar en el consultorio, demudado, perdida por completo la serenidad. No pude decir nada porque había un viejo bañándose un dedo en timol. Cogí a Alexander por el brazo y le hice entrar en el laboratorio.

—¡Se ha presentado la afonía! ¡Hay que ir a buscar a Jasper inmediatamente!

—¡Yo iré! ¡No dejes solo a Martino!

Lanzó su blusa blanca, salió por el gabinete y corrió al ropero en busca del abrigo.

—¡Se acabó la hora de visita, Honora! —le oí gritar—. ¡No deje entrar a nadie más!

Corrí detrás de él.

—¡Si no le encuentras en Saint Constantine, ve a casa de los Greene!

Se precipitó a la calle.

—¿Ocurre algo malo, doctor? —me preguntó Honora, alarmada.

—Ese pobre muchacho... resulta que ese pobre muchacho sufre una... excitación revulsiva local producida por... por la violenta comezón de la urticaria.

Me fui escalera arriba.

Encontré a Martino sentado en la cama cortando pedazos de queso para *Penique*. Me senté en un ángulo de la estancia sin decir nada. Así permanecimos por espacio de media hora. El gato nos hizo exhibiciones de pecho y panza frotándose la espalda por la alfombra, y nos enseñó a acribillar pulgas a golpes de pata. Le interrumpió un golpecito dado en la puerta del dormitorio. Martino y yo, con los nervios de punta, dimos un salto.

—Soy Honora, doctor.

Abrí la puerta lo justo para sacar la cabeza.

—¿Qué sucede?

—¿Le parece que le vende yo misma el dedo, doctor?

—¿Qué dedo?

—El del señor de abajo.

—Es mejor que vuelva mañana. No estoy ahora para eso.

—Es que no sabe si puede sacarlo ya del timol...

¡Válgame Dios! Corrí abajo y me hallé al viejo con el dedo en remojo. Treinta y cinco minutos de baño. Le vendé un anular blanco, arrugado, resbaladizo como un espárrago hervido.

Cuando fui a abrirle la puerta de la calle, vi que se paraba un coche de alquiler. Se apeó Alexander.

—No he dado con Jasper; se fue de Saint Constantine en la ambulancia y nadie sabe concretamente dónde puede estar. En casa de los Greene no le han visto desde esta mañana; les extraña enormemente que a esa hora no haya ido todavía.

Subí en el coche y le grité al cochero:

—¡Métase en el centro de Spick!

Recorrí todas las callejuelas sin hallar rastro de la ambulancia; incluso me aventuré a pasar por delante de la vivienda de Nettie, la de los hoyuelos. Luego me adentré en la ciudad. Di la vuelta hasta la clínica de nuestro querido colega y pasé por la avenida. De pronto me hallé frente a la mansión de los Greene. Hice detener el coche. Me apeé y me quedé parado, con los ojos fijos en el balcón del primer piso. Estuve así hasta que el cochero me miró de soslayo. Después subí las gradas del zaguán y llamé. Me abrió el criado de la cara de muerto y me hizo pasar en seguida. Al cruzar el salón estilo Imperio saludé con un movimiento de cabeza a cuatro personajes masculinos, vestidos de negro, con raya en medio y barba en punta, que permanecían en pie junto a la chimenea, inmóviles, sin decir palabra. No sé siquiera si me vieron. Subí la escalinata aprisa, adentrándome en aquel mundo de balaustradas y mármoles fríos, con un ansia vehemente de ver de nuevo a la reina de cristal. Cuando entré en su regia alcoba, un etéreo perfume de nardo me envolvió. La esposa de *Sir* William, enlutada hasta las piedras de sus pendientes, permanecía junto a la cabecera, ni tan rígida, ni tan orgullosa, ni tan confiada. En cuanto me vio movió los labios como si me saludara y se levantó para que pudiera acercarme a la enferma. Miré hacia la cama. Vi una lámina de ámbar en forma de mujer. Un rostro demacrado y torturado. Unos ojos hundidos en las cuencas. La boca entreabierta, las delgadas manos asidas a las sábanas. De aquellos hermosos cabellos negros quedaba un nudo húmedo, medio deshecho sobre la almohada.

El ruido serrático de la respiración resonó en mi cerebro. Me quedé mirándola consternado. La madre tenía fijos en mí los ojos. Con un sobrehumano esfuerzo oculté mi impresión y tenté el pulso de la joven. Entonces me vio. Balbuceó algo imposible de entender; su voz se había extinguido por completo. Se llevó la mano a la cabeza, en un ademán de desesperación, y me indicó que no podía respirar.

—Ya lo sé —murmuré—. Serán unas horas malas, pero todo irá bien, se lo aseguro.

Sus ojos negros se clavaron en los míos con una fuerza capaz de descubrir toda mi angustia. Parpadeó repetidas veces, movió los labios y extendió las manos hacia mí. No supe lo que quería decir. Sus afilados dedos asieron la punta de mi chaleco y tiró de él, atrayéndome hacia ella. Me incliné y su índice me señaló insistente. La respiración anhelosa y entrecortada le contraía las facciones; de pronto echó atrás la cabeza emitiendo una sola palabra confusa, casi ininteligible:

—¡Gebbie!

Pestañeé, volví la cabeza y pregunté dónde estaba la enfermera.

—Yo soy la enfermera, doctor —me dijo la madre.

Vi brotar un raudal de lágrimas de aquellos ojos

y comprendí que ya nunca más volverían a ser fríos.

Le pedí un vaso de agua.

Cuidadosamente levanté la cabeza de la señorita Greene y le acerqué una cucharilla a los labios. Los blancos dientes estaban apretados; el agua resbaló sobre ellos y cayó por las comisuras. Sus ojos seguían desmesurados. Aquella extraña mirada me oprimía. No pude vencer la tentación de bajarle los párpados. Sentí temblar bajo mis dedos las largas pestañas y no pude apartar la mano. Poco a poco recorrí sus martirizadas facciones con fervor, con unción, casi religiosamente, como si intentara el milagro de devolverle la belleza y el bienestar. Quedóse quieta. Creía que se había dormido, pero en sus labios fue asomando una leve sonrisa de agradecimiento.

Me fui lentamente.

Me despedí de la madre con unas palabras de aliento y salí de la alcoba.

Bajé la escalera y crucé el salón estilo Imperio. Los cuatro sujetos de la raya en medio y la barba en punta tomaban el té con *Sir* William y oí un charloteo de negocios. Saludé con una inclinación de cabeza; creo que no me vieron. Salí; subí al coche de alquiler y le dije al cochero que me llevara a casa. Estuve mirando aquel balcón del primer piso hasta que volvimos la esquina.

Cerca de la plazoleta de Sterne por poco nos embiste un carruaje desenfrenado que surgió de una bocacalle: era la ambulancia y Jasper mismo, sentado en el pescante, conducía los caballos. Me asomé perplejo y le grité que los parase. Lo consiguió media manzana más abajo, saltó del coche y corrió hacia mí, gritando:

—¿Qué ocurre?

—¡Ya, Jasper!

—¡Despide el coche y sube conmigo a la ambulancia!

Pregunté al cochero cuánto le debía, mientras me revolvía todos los bolsillos. Tuve que añadir a aquellos instantes de ansiedad el apuro de no llevar dinero. Pagó Jasper, sin serle posible dar propina. Ambos nos encaramamos al pescante de la ambulancia y como ni uno ni otro había tocado unas riendas en la vida, tuvimos que dar la vuelta por la plazoleta con el consiguiente rodeo, por no saber cómo indicar a los caballos que se volvieran en redondo.

—Hemos estado buscándote por todas partes, Jasper, ¿de dónde vienes?

—Del cementerio. He enterrado a un hombre por mi cuenta, Len.

—¿Quién era?

—Tocaba el acordeón en el bulevar y fue empleado de la funeraria. Anteayer dejó el trabajo para emprender la travesía hacia su tierra... pero la difteria le ha cambiado el pasaje.

—En efecto, la enfermedad está declarada —dijo Jasper—. La anomalía de la voz constituye un síntoma de difteria cuando ya se conocen los antecedentes. Puede cerrar la boca, Martino.

Caminó hacia la ventana seguido de todas las miradas.

—De todos modos —agregó— hay que aplicar el remedio en el momento en que el examen clínico permite establecer claramente un diagnóstico.

El asesino frunció las cejas sin entenderle.

—Quiero decir que tendremos que aguardar a que esté más enfermo, Martino. Ahora adivinamos que es difteria sólo porque sabemos de antemano que se la transmitimos; pero esos mismos signos podrían indicar unas simples anginas. La eficacia del remedio ha de comprobarse a partir del momento en que se pueda determinar el carácter y naturaleza de la dolencia.

—No estoy conforme, Jasper —intervine—. En época de epidemia basta un mareo para poder diagnosticar.

Adiviné que lamentaba mi intromisión.

—Son puntos de vista —dijo secamente.

No quise insistir, pero a mi juicio era una temeridad esperar.

No obstante, en esa espera nos consumimos durante el resto de la tarde.

Jasper fue a devolver la ambulancia, pasó por la mansión de los Greene y regresó taciturno.

—McHath está con ella y vendrá a buscarnos cuando sea necesario. Lo tiene todo preparado para la operación.

Hacia las nueve de la noche, Martino sufrió un violento vómito. Esto le deprimió moralmente; quedóse azorado, casi humillado. Jasper le hizo acostar, colocó la pantalla del quinqué de modo que no le diera directamente la luz y le sugirió que tratase de dormir.

Ninguno de los tres quiso dejar el cuarto, pero a las once hubo un aviso urgente y, sin saber lo que hacía, tuve que ir a aplicar sinapismos en el pecho de un anciano que acababa de ser condenado a muerte por un ataque de apoplejía. Cuando regresé a casa, Alexander me dijo desde arriba:

—¡No eches la aldaba! ¡Jasper está fuera!

—¿La señorita Greene? —grité.

—No; la hija de Sawnie está asfixiándose.

—¿Cómo es posible? ¡Si se hallaba ya en la convalecencia!

—Sí, Len; pero se ha tragado el dedal.

Fuimos los dos a la cocina a por un bocadillo. Puse café en el molinillo y Alexander encendió el gas. Me notificó que Martino se había adormecido.

—...Sigue mareado y le duele mucho la cabeza. Crees que Jasper aguarda demasiado, ¿no es eso?

—Tiene que presentarse la angina —dije dando rápidas vueltas a la manija del molinillo para disimular mi inquietud.

—Estás haciéndolo al revés, Len. Me voy arriba. Cuando el café esté hecho, avísame.

Le di una palmada y murmuré:

—Todo irá bien, ya lo verás.

—Lo sé. Pero me da pena Martino.

—Si se salva hallará una recompensa sobrada.

Movió la cabeza.

—Tal vez si no se salva hallaría una recompensa mayor.

Y se fue cabizbajo, como si sus meditaciones se lo llevaran.

Le alcancé y le cogí del brazo:

—Dime, Alexander... ¿te ha dicho alguna vez por qué guarda una medalla del Sagrado Corazón de Jesús?

—Se la dio un preso que pudo haberle redimido,

pero no tuvo tiempo; la Justicia humana cometió el error de impedirlo.

Oímos la puerta de la calle e inmediatamente la voz de Jasper:

—¿Puedo echar la aldaba, o no ha llegado Len todavía?

Subimos los sillones de vaqueta del consultorio para pasar la noche más cómodamente en la habitación de Martino.

Hacia las cuatro de la madrugada los vidrios de la ventana retemblaron y los tres alzamos la cabeza: ¡se acercaba un coche a toda prisa! Jasper y yo corrimos al balcón, apartamos las cortinillas y pegamos las narices al cristal. La nítida luna llena nos permitió ver un landó verde con la capota abierta, que pasó de largo y se internó por la estrecha calle de Malcom. Jasper se pasó la mano por la frente y suspiró. Cuando un coche cruzaba el puente de Cragget sólo era para detenerse delante de nuestra casa... o delante de casa de Nettier, si se trataba de un landó verde.

Transcurrieron las horas en absoluto silencio y ejemplar aguante por parte de todos. Martino se despertó y permaneció tranquilo, casi inexplicablemente tranquilo. De su rostro había desaparecido el miedo; le quedaba una expresión de profundo cansancio y una arruga en la frente producida por la progresiva cefalalgia. Tenía cerrados los ojos y de vez en cuando los abría para contemplarnos unos instantes.

—¿Le pone nervioso que permanezcamos los tres en el cuarto? —le preguntó Jasper.

Negó con la cabeza.

La tensión en que me mantuve yo fue espantosa.

Aguardaba inclinado hacia adelante, clavados los ojos en aquel cuerpo quieto que respiraba con un levísimo ruido inspiratorio como si estuviese resfriado. Entretanto, el recuerdo de la gravedad de la señorita Greene me martilleaba la cabeza de un modo sordo y doloroso.

De repente, Martino se irguió y dijo:

—Está demasiado oscuro.

La voz sonaba velada.

Abrí los postigos y entró el sol.

—¿Es aún de día? —dijo desorientado.

Estábamos en plena mañana.

Jasper le exploró las amígdalas y los ganglios linfáticos; sacó su reloj y le contó las pulsaciones. Hizo una mueca de disgusto y empezó a pasear por la estancia como un león enjaulado.

—¿Qué, Jasper? —susurró Alexander.

—¡Lento! ¡Lento! ¡Lento!

Salió al corredor, se fue abajo y le oí abrir la puerta de la calle. Asomé la cabeza por la ventana del pasillo para ver si se iba. Aguardó en el portal recibiendo el frío de la mañana, y en cuanto llegó Honora la mandó a Saint Constantine para que avisara que le sería imposible ir. Volvió a subir, entró en el cuarto, pasó a la alcoba contigua y se echó sobre el colchón que tenía en el suelo. Se quedó inmóvil tal como había caído, como si su cuerpo pesara tanto que no pudiera modificar la posición. Alexander se le acercó lentamente.

—¿Por qué lo demoras tanto? —susurró—. Ten en cuenta que, a pesar de todo, cuanto más cerca del principio, mayor resultado puedes obtener.

—¡Yo sé lo que he de hacer!

Alexander se inclinó hasta rozarle la oreja y queda, pero firmemente, dijo:

—Quieres darle la misma desventaja que tiene la hija de *Sir* William y los perderás a los dos.

Jasper apretó las mandíbulas y no replicó.

Salí del cuarto nerviosamente. Temía sufrir un desmayo si permanecía respirando aquella atmósfera un minuto más.

Bajé; rondé por la casa sin rumbo fijo. Fui al comedor; por la chimenea apagada se oían los bufidos del viento. Me estremecí de frío y entré en la cocina. Sobre la mesa estaban aún los tres cubiertos que Honora nos había preparado la noche antes para cuando se nos ocurriera comer. En el armario vi croquetas, patatas fritas y jamón. Todo ello me dio náuseas. *Penique* aguardaba impaciente porque todos nos habíamos olvidado de él. En cuanto me vio empezó a frotarse la espalda contra mi pierna.

—No, *Penique*; déjame ahora, por favor.

Le alejé con discreción, pero se ofendió. Salió de la cocina sin volver la cabeza, con la cola erguida y tirante. Poco después nos encontramos en la escalera. Yo le llevaba una croqueta. Se la mostré y no quiso acercarse. Se la dejé sobre un peldaño y me fui arriba. Al momento olvidé a todos los gatos y todas las croquetas del mundo. Alexander y Jasper estaban exaltados mirando la amígdala de Martino. ¡Había aparecido el depósito opalino! Aquel horrendo síntoma nos animó. Nos tomamos una infusión de café concentrado y nos lavamos la cara con agua helada. Jasper y Alexander se fueron al laboratorio. Yo me senté en un rincón del cuarto de Martino escuchando el ligero silbido laríngeo que crecía paulatinamente.

Oí que Honora ya estaba de vuelta. Comprobé mi reloj y me exasperó la parsimonia de Jasper y Alexander. Me asomé por la barandilla de la escalera y les pregunté qué era lo que hacían.

—¡Cállate! —gritó Jasper.

—Ya vamos —repuso Alexander.

A los cinco minutos entraron los dos en el cuarto, con las blusas blancas puestas; depositaron sobre la mesilla de noche un rollo de algodón hidrófilo, una jeringa de inyecciones de gran capacidad y un frasco tapado herméticamente con una cápsula de estaño.

Las piernas me flaquearon y tuve que apoyarme en la pared.

—¿Qué te pasa, Len? —Jasper me asió fuertemente del brazo—. Escucha: vete de aquí o acabarás por destemplarnos a todos. ¡Vete!

Me empujó fuera; quise protestar, pero me hallé de manos a boca contra la barandilla de la escalera. Me quedé allí anonadado.

Después de unos instantes, Jasper reapareció. Su cara había perdido dureza.

—Entra, hombre —dijo.

Alexander desplegaba el algodón nerviosamente y Jasper se lo quitó de las manos.

—No te apresures tanto; hay para rato. Sentaos. Sentaos los dos. No os mováis continuamente.

Y empezó a pasear arriba y abajo.

Dieron las diez. Dieron las once.

Martino yacía aplanado en la cama con los ojos abiertos y agrandados, mirando hacia el techo. Respiraba peor a cada momento que pasaba. Repentinamente se incorporó. Dio un grito ronco y un golpe de tos sacudió su cuerpo con violencia.

Los tres nos precipitamos hacia la cama.

Vimos cómo su piel se cubría de sudor frío y cómo en un instante la camisa se le pegaba al cuerpo. Contraía angustiosamente los músculos inspiratorios a medida que el acceso de sofocación se intensificaba y sus ojos buscaban desesperadamente los de Alexander. Este le asió de la mano y se la apretó fuertemente.

Jasper miró a contraluz el contenido del frasco y procedió a destaparlo.

—¡Vamos, Alexander!

El aludido cogió el algodón y lo mojó en una palangana. Bajó la sábana, apartó las ropas, dejó al desnudo el tórax de Martino y le lavó la región operatoria.

Entretanto, el émbolo de la jeringa subía absorbiendo el suero sanguíneo de conejo.

La mano de Jasper empujó a Alexander, apartándolo; tentó el costado del enfermo y recogió la piel en un pliegue por debajo de las costillas...

Bruscamente introdujo la aguja. Martino no se dio cuenta. El transparente líquido fue penetrando con lentitud, formando una extraordinaria bola. Alexander no miraba la operación; tenía fijos los ojos en el rostro de Martino y sus labios se movían como si le hablara. Tal vez lo hacía, pues Martino parecía esforzarse en oírle a través del ruido serrático de su respiración.

La jeringa quedó vacía. Jasper retiró la aguja y la cabeza del enfermo rodó hacia la derecha mientras un gesto de vivo dolor descubría sus dientes. Luego se quedó quieto, con la boca muy abierta, sorbiendo el aire fatigosamente.

Aguardamos los tres, inmóviles, petrificados. Jasper había desplegado el estetoscopio, pero no hacía nada con él.

La reacción producida por el suero no se hizo esperar. Fue casi instantánea. Vimos palidecer la faz de Martino intensamente y una expresión de asombro le desorbitó las pupilas. Luego, de un modo pavoroso, empezó a oscurecérsele el cuerpo hasta adquirir un tinte pardo. Echó atrás la cabeza y de repente resbaló un raudal de sangre por su nariz. Alexander se cubrió los ojos aterrado. Arrebaté el estetoscopio de las manos de Jasper y lo apliqué al pecho de Martino. En mis oídos retumbó el sordo ruido del corazón caminando hacia el colapso.

—¡Está perdido! —cuchicheé.

—¡Cállate!

Y en un desesperado intento, Jasper le levantó la cabeza, aplicándole en la nuca una bola de algodón empapado en agua fría. La hemorragia disminuyó, pero la temperatura subía sin cesar. Aguardamos tensos, respirando profundamente, como si prestáramos aliento al moribundo.

—Trae una gasa y una toalla, Alexander. Acércate, Len. ¡Haz algo, hombre! Levántale el brazo derecho, aprisa... ¡La boca, que no cierre la boca! Introdúcele el mango de la cuchara, pronto... ¡Lávale la nariz; la sangre está ahogándole! ¡La gasa, Alexander!

El pecho de Martino se agitaba violentamente marcándole una depresión en el estómago. La cabeza se movía a sacudidas y la cara gesticulaba con incesantes contracciones de dolor.

Repentinamente, de un modo inesperado, su cuerpo perdió calor. Quedóse frío, quieto, alentando débilmente como si la vida optara por escaparse con el mayor sosiego y silencio.

Ante la imposibilidad de hacer nada por él, Jasper le palmoteó la mejilla. Ruda caricia que Martino ni siquiera notó...

Dieron las ocho de la noche.

Me hallaba hundido en el sillón de vaqueta, con los brazos colgantes y la cabeza caída sobre el respaldo. Alexander, en la alcoba contigua, sofocaba su tormento de rodillas ante su santa figurilla. Jasper seguía en la cabecera del lecho. De vez en cuando, rompía el silencio un gemido mezclado con tos. Ninguna horca del mundo hubiera prolongado de aquel modo la agonía. ¡Nueve horas!

No teníamos noticia alguna de la señorita Greene. Hacia las cuatro de la tarde, Jasper había dicho que iría, pero aún permanecía obsesionado junto a Martino.

Al oír el reloj del gabinete, susurró:

—¿Tan tarde ya?

Luego se inclinó sobre Martino y su rostro se descompuso.

—¡Acércate, Len!

Tambaleándome corrí al lado de la cama. Vi un cuerpo convulso, extenuado, desconocido. Una disnea continua le asfixiaba. Había llegado el período de obstrucción mecánica prematuramente, con una rapidez monstruosa. ¡El suero le había acelerado la enfermedad!

—¡No podemos aguardar más! —grité fuera de mí.

Aparté las cortinillas de la ventana y entró la velada claridad del crepúsculo. Extendí las manos desesperadamente.

—¡Falta luz! ¡Más luz! ¡Ayúdame, Jasper! —le arrastré fuera del cuarto hacia la escalera—. ¡Apresúrate! ¡Sube todas las bujías que hay en la casa! ¡Voy a operarle!

—¿Te has vuelto loco?

—¡Sin duda! ¡Pero hay que hacer algo!

—Sólo lo que estamos haciendo: ¡aguardar!

—¿Para qué? ¿Es que todavía esperas una reacción? ¿Has puesto fe en el suero de pronto?

—¿Y tú, la has perdido?

—Yo sólo veo que se muere.

—¿Y si le matas con el bisturí?

—Habré hecho todo lo que estaba en mi mano. Habré luchado por su existencia hasta el último instante.

—¿Y qué es lo que sabrás? ¡Ni siquiera el verdadero resultado de lo que perseguimos! ¡Me niego a que le hagas la intervención! ¿Lo oyes? ¡Me niego a que nadie más que yo disponga lo que hay que hacer! Encubrí a un asesino con la condición de darle la vida o la muerte con el nuevo suero. ¡No permitiré que se salve o sucumba por otra causa! ¡No lo puedo permitir!

Acudió Alexander precipitadamente y se enfrentó con Jasper.

—¡Olvídate de todo! ¿Entiendes? —gritó—. ¡De todo! ¡Recuerda sólo que hay un ser humano debatiéndose con la muerte y que tú eres un médico!

Jasper se apoyó pesadamente en el pasamanos de la escalera. Después de un gran silencio, dijo en un tono apagado y cansado:

—No es ni la vida ni la muerte de este hombre lo que me importa, sino el medio que le proporcione una u otra cosa. Es posible que no aceptéis ahora un escrúpulo mío; pero aunque me hunda yo, si Martino se salva por otra circunstancia que la establecida, me veré obligado a entregarle a la justicia.

—¡Convertido en mártir! —grité.

—Lo que sufre no disculpa sus crímenes. Es un ardid desesperado para comprar su libertad. ¡Esa libertad que no merece, que me condena a mí, que mantendrá siempre en juego mi reputación! ¡Esa libertad que sólo la locura de un ensayo satisfactorio hubiera hecho tolerable!

Me acerqué a él y le dije entre dientes:

—Ya no pensabas proporcionársela... ¡Le inoculaste el suero porque creías que moriría! ¡Porque era un condenado!

Se quedó mirándome fijamente. Las aletas de su nariz temblaron. Se llevó la mano al bolsillo, sacó un pliego de papeles, me los echó por la cara y se fue escalera abajo.

Era un pasaporte y una documentación a nombre de Ptolemy Dean... También había un pasaje para Dinamarca.

Perdí el aliento. Me quedé anonadado en un rincón de la escalera, convencido de que acababa de perder la amistad de Jasper. Un temblor anormal me agitaba y los papeles se me caían de las manos. Nunca me había arrepentido tanto de haber hablado. Me mordí los labios fuertemente hasta que Alexander exclamó:

—Te estás haciendo daño.

Su voz hizo que me recobrase. Alcé los ojos y topé

con los suyos. No vi reproche en ellos. Tal vez él también había dudado de Jasper.

Me alargó un pañuelo.

—Sécate la boca, Len... Tienes sangre.

Las rodillas se me doblaron y me hubiera desplomado si su mano firme no me hubiese cogido.

—Tienes que operar a Martino.

Meneé la cabeza.

—Jasper no lo quiere, Alexander.

—Naturalmente. Pero eso no puede decidirlo él.

Me condujo abajo y me puso un quinqué en cada mano. El recogió dos más y nos volvimos arriba. Un grito sofocado de Martino me estimuló. Inmediatamente le colocamos en la posición conveniente inmovilizándole las piernas por medio de una sábana, y atándole los brazos a los lados de la cama con vendas y tiras de gasa. No fue tarea difícil, puesto que el enfermo no intentó movimiento alguno; sus ojos abiertos no miraban a ninguna parte, no sabía ya qué ocurría a su alrededor.

—Ahora, Len, busca a Jasper y dile si quiere ser tu ayudante.

Obedecí mecánicamente.

Le hallé recostado en un sillón del comedor y me quedé detrás de él. No supe qué hacer. Aguardé unos segundos. Luego di la vuelta y me coloqué delante. Sus ojos eran de acero.

—Jasper... te ruego que subas... necesito que me ayudes.

Siguió inconmovible, frío. Pudo haberme aplastado contra la pared de una bofetada, pero no lo hizo... y me dolió más. Pestañeé y me fui.

Me vestí la blusa blanca esterilizada, me lavé las

manos apresuradamente y me situé a la derecha de Martino, dispuesto a empezar.

—Cógele la cabeza y manténla recta en extensión forzada, Alexander. No le sueltes, ocurra lo que ocurra, hasta terminada la intervención. Yo mismo cogeré el instrumental.

Alargué la mano buscando el bisturí y topé con otra mano que me lo tendía. Era la de Jasper. Le miré a los ojos y los desvió; serio, grave, maquinal.

Tomé el bisturí y me volví de cara a Martino. Un sudor frío empapó mi frente. Sentí la garganta reseca y áspera. Las manos me temblaban enfundadas en los guantes de goma; las estiré y las cerré repetidas veces para dominarlas, pero, contra todo mi prestigio, me fue imposible. Tenía la sensación de no ser el mismo de siempre, como si de repente me hallara dentro de un cuerpo pesado y torpe con una mente farragosa y unas manos flojas, sin tacto. Coloqué el índice izquierdo sobre el cuello palpitante, busqué el borde del cartílago y puse el bisturí vertical sobre él. De repente lo hundí. Martino se estremeció. Un hilo de sangre se escurrió rápido por su garganta. Mis manos empezaron a actuar vertiginosamente, por instinto, sin que las guiara el cerebro. No me daba cuenta de lo que hacía. Jasper secaba mi frente continuamente. Nunca sudé tanto. Alexander seguía sujetando la cabeza del enfermo: su papel era esencial, puesto que el menor movimiento podía dificultar peligrosamente mi trabajo. Busqué los anillos de la tráquea para cortarlos. Había llegado el momento más arduo para el enfermo y para mí. Asustado, miré a Jasper. No sonreía. Era la primera vez que me ayudaba a operar sin sonreír. Se echó sobre los brazos de Martino para impedir el más leve movimiento. Vacilé.

—¿Qué esperas? —dijo.

—No puedo...

—¡No te detengas ahora!

Corté. Se oyó un crujido. Martino emitió un chirrido extraño, se revolvió y empezó a toser. Su sangre lo salpicó todo. Vi sus puños golpeando el lecho frenéticamente.

—¡El dilatador! —gritó Jasper—. ¡No te detengas, Len, prosigue!

Busqué el dilatador a ciegas. De súbito el puño de Martino cesó de golpear. Su mano se abrió espasmódicamente y dejó caer algo que rodó hasta mis pies. Era la medalla del Sagrado Corazón de Jesús.

Retrocedí aturdido. Jasper y Alexander me hablaban con precipitación, pero yo no les entendía. Sus voces sonaban confusas en mi cerebro. Las sábanas manchadas de sangre se alejaban de mí y las paredes giraban lentamente.

De sopetón se hundió el suelo y caí en un pozo de tinieblas.

Abrí los ojos al notar la frialdad de las baldosas. Estaba boca abajo, aplanado, incapaz de moverme. Junto a mi mejilla vi la pata de la cama. Entre mis piernas se movían los pies de Jasper y de soslayo le vi inclinado sobre las sábanas continuando mi trabajo interrumpido. Alexander seguía en su sitio.

Cuando el sopor me volvía a la inconsciencia, se agarraron a mi garganta las hojas espinosas de un cardo. Empecé a toser convulsamente, contorsionándome por el suelo. Sentí que me cogían y me incorporaban. Los ojos de Jasper, agrandados por el asombro, recorrían mis facciones.

—¡Len! —gritó—. ¡Y yo me negué a creerlo!

Cerré los ojos, mortalmente cansado. Sentí que me trasladaban en brazos a mi cuarto. En seguida noté el vidrio del termómetro debajo de la axila.

—¿Y Martino? —cuchicheé con voz discorde.

—Bien.

Abrí los ojos.

—Dime la verdad, Jasper.

—Ya te la digo. Tiene colocada la cánula y puede respirar.

—¿Y el corazón?

—Mejora.

—No le dejes.

—Alexander está con él. ¿A ver la garganta?

Me acercó un quinqué y me examinó con sumo cuidado. El pelo se le pegaba a la frente y por la barbilla le resbalaban las gotas de sudor.

—¿Sabes que en realidad esto empezó hace dos días, Len?

Se levantó y golpeó el respaldo de la silla frenéticamente.

—¡Y me negué a creerlo! ¡Estás en el período de espasmo, Leonard! ¡No comprendo cómo te has aguantado!

Un acceso de tos me agitó con brusquedad. Me incorporé ansioso, notando ya claramente la obstrucción de las vías respiratorias. Jasper me aflojó la ropa, me quitó los zapatos y empezó a desnudarme.

—Oyeme... —balbuceé asiéndole del brazo—;

óyeme bien... No aviséis a mi padre ni a mi hermano... no les digáis nada hasta... hasta que... que sepáis algún resultado... ¿Comprendes, Jasper...? No quiero... no quiero que me vean ahora... ¿Comprendes, Jasper?

—Claro que sí. No hables más; descansa.

Salió del cuarto y no tardó en reaparecer seguido de Alexander. Este se acercó lívido como un muerto.

—¡Pésima broma, Len! —susurró.

Me alisó los cabellos y me inclinó la cabeza hacia la izquierda. Seguidamente sentí un paño mojado sobre los ojos y otros sobre el pecho. Me pareció oír como si una jeringa sorbiera líquido y quise apartar el lienzo para mirar, pero Alexander me lo impidió. No tuve tiempo de meditar nada. Un calor progresivo, rápido, intenso, me invadió el cuerpo. Terribles silbidos me ensordecieron por completo y perdí la noción de todo.

El mundo entero dio un tumbo. Fue una sacudida soberbia que me arrancó de la esfera terrestre arrojándome al vacío. No sé si descendí o me elevé... Quedé desprendido de todo y sentí terror de no hallar apoyo en nada. Vagaba por el espacio sin conciencia de adónde iba. No podía detenerme ni orientarme. Todo estaba envuelto en tinieblas... espesas tinieblas de ceguera. Apreté los párpados y surgieron círculos rojos, etéreos, escurridizos, que se agrandaron y se disolvieron en la sombra. La tupida negrura, bochornosa, sofocante, me impedía respirar, me taponaba la garganta produciéndome un ahogo lento, pero implacable. Mi lengua reseca se movía incesantemente tratando de humedecer los labios agrietados. De repente, el ruido de una cucharilla revolviéndose dentro de un vaso atronó mis oídos y caí sobre un lecho de un modo brusco y violento. Abrí los ojos. Vi el rostro de Alexander oscilando ante mí. Tenía la suprema bondad del de San Roque y me vertía un líquido fresco en la boca. Traté de deglutir, pero una astilla atravesada en el cuello me lo impidió. Empecé a toser hasta que el estómago me quedó agarrotado. Luego cerré los ojos, exhausto. Sentí los latidos del corazón, pastosos como si mi cuerpo estuviera relleno de suero de conejo. Incliné la cabeza e inmediatamente se vertió todo sobre la almohada. Pestañeé asustado, comprendiendo que me vaciaba... San Roque me acercó una medalla para que la besara, y aunque me esforcé en hacerlo, fui resbalando de nuevo hacia la terrible oscuridad. Un remolino lento, calmoso, me absorbió haciéndome girar en espirales cada vez más pequeñas, agitando mis cabellos y mis ropas de un modo pausado y monótono. Llegué al fondo y me quedé tendido, alargado sobre una superficie lisa y mojada, alumbrada tenuemente por una lucecita verdosa parecida a la del fósforo. Mi cuerpo empezó a destilar gota a gota todo el líquido que contenía. Se formó un charco a mi alrededor; creció, se ensanchó, subió su nivel, me cubrió y me ahogó. Intenté sacar la cabeza, agité los brazos desesperadamente; varias manos me asieron y me enderezaron. Parpadeé. Dos rostros borrosos se balanceaban sobre mí; se acercaban tanto que casi me rozaban. Movían los labios hablando continuamente, pero yo tenía aún las orejas llenas de mi propio exudado y sólo oía un rugido parecido al del oleaje. De pronto, me rodearon el tronco, me cogieron las piernas, me alzaron y me estiraron sobre una camilla. Una voz clara, timbrada, penetró en mi cerebro súbitamente:

—Yo llevaré la cabeza; tú, coge los pies, Alexander; pasa delante. Deberíamos ponerle un poco inclinado.

Noté un vaivén. Me dio vértigo. Sentí un desgarramiento, quise gritar, todos los cartílagos de la tráquea me saltaron, se desprendió la primera vértebra cervical y quedó mi cabeza suelta, separada del tronco. El que debía llevarla la cogió clavándome las uñas en la garganta y siguió a la comitiva de la camilla. Bajaron la escalera. El ramo de flores de papel del macetero me arañó la cara. Tuvieron que alzar mi cuerpo por encima de toda la clientela de la consulta que se apiñaba en los peldaños.

—¡Pobre, pobre doctor! —gritaba una vieja reseca, llorando y chillando.

—Cállese, por favor, Honora; váyase, se lo ruego; déjenos pasar...

Y la camilla seguía hacia abajo a empellones, llevando mi cuerpo descabezado. La gente empezó a cantar un responso y miles y miles de cirios se encendieron corroborando la solemnidad del momento. Me depositaron en el ataúd, juntaron mi cabeza con mi tronco, empezaron a echarme puñados de serrín y me rociaron con ácido fénico. Seguidamente colocaron la tapa. Se hizo la oscuridad, la horrible oscuridad. Floté nuevamente en el espacio...

—Apártate, Alexander; es inútil, ni siquiera nos oye. Apártate, le quitas el aire.

—Pero es que tú no le das importancia y la tiene, Jasper.

—Sí le doy importancia, pero, ¿qué quieres? Espera. Espera y tal vez pueda comprenderte. No permanezcas ahí tieso como un palo; vete a dar una vuelta. Mira, vete a comprar pastas.

—¿Pastas?

—Sí; ahí en la esquina las he visto en un escaparate. Cómpralas y trae cerveza. Tengo el estómago vacío.

Vacío... vacío... seguía ondeando en el vacío... balanceándome en la luz fosforescente, cayendo suavemente con el camisón ondulante y los cabellos meciéndose de un lado a otro.

—Cierra la puerta.

No vi puerta alguna. Me incorporé y miré hacia el infinito. Me puse en pie tambaleándome y avancé por el camino sin fin. A cada lado había una hilera de cajas mortuorias destapadas; yo no las miraba, para no ver los muertos. Arrastraba colgado del cuello un hilo de alambre espinoso, y cada vez que sin querer pisaba su extremo, todas las púas se me hundían en la garganta. Al final vi la escalera. Otra vez la escalera. Siempre la escalera. Seguía la gente allí, apiñada en los rellanos con los cirios encendidos y las bocas abiertas, cantando a gritos. Jasper vociferaba que le dejaran pasar, alzando por sí solo el ataúd mientras se abría paso a puntapiés. Alexander le seguía, elevando los ojos al cielo, cargado de pastas y botellas de cerveza. De repente, *Penique* saltó sobre la caja lanzando un maullido escalofriante. Tenía el pelo del lomo erizado. Empezó a arañar fieramente la tapa; el féretro cayó dando tumbos por la escalera, agrietándose de arriba abajo y dejando ver en su interior el cuerpo desfigurado de Martino. La gente huyó aterrorizada gritando: «¡El asesino! ¡El asesino!» Lanzaron los cirios y se desparramaron por la casa. Se prendió fuego en las cortinas del ropero. El humo no me dejaba respirar. Me cayó una chispa en el cuello y me produjo una quemadura tan viva y dolorosa que me erguí de un salto.

—¡Sujétalo! ¡No dejes que se me mueva!

—¿El corazón?

—Otra vez. Aparta eso. Inclínalo.

—¿Cafeína?

—Estricnina. Tú mismo, aprisa.

Dos dedos me pellizcaron el brazo. Me invadió un bienestar infinito, extraño, sobrenatural...

Comprendí que me moría.

No sentí ningún pesar, sólo un anhelo de descanso.

Miré a Alexander serenamente; estaba inclinado sobre mí y tenía arrasados en lágrimas los ojos. No era ningún engaño, puesto que el desvarío había cesado. Jasper me frotaba el pecho con la mano plana en un vano intento de favorecer la acción de mi corazón.

—Len... —cuchicheó Alexander.

Traté de expresar mi último deseo: verla a ella... No sabía su nombre, sólo podía llamarla «señorita Greene»... Mis labios se movieron sin emitir sonido alguno... Alexander esbozó una sonrisa.

—Sí, Leonard... en seguida estará a tu lado.

Se volvió lentamente y cuchicheó embargado por la emoción:

—Tenías razón, Jasper. Nos hemos comprendido... Está pidiendo un sacerdote.

Cerré los ojos aturdido. «¡Dios mío! ¡Perdóname! ¡Me había olvidado de Ti...! Señor mío, Jesucristo, Dios y Hombre verdadero... No sé nada más... no me acuerdo de nada más... ¡Perdóname! Creo en un Dios, Padre Todopoderoso... Nada más... no me acuerdo... Creo... creo... creo...»

Surgió una figura blanca, alargada, pura, con los brazos en cruz y la frente resplandeciente. Me dio la absolución *in extremis.*

Al principio pude ver un acordeón de plata suspendido en el intenso azul del cielo. Empezó a ondularse y a arquearse y sonó una musiquilla escandinava. Luego vi las verdes copas de los árboles de Dinamarca y quise respirar aire puro; me enderecé... un brazo me sostuvo... el acordeón se acercó, rozó mis labios y me vertió en la boca agua fresca. Una mano me alzó bruscamente la cabeza y me atraganté. Empecé a toser angustiosamente. El desasosiego me enloqueció. No me soltaban, la garganta me dolía... Contraje todos los músculos; siguieron echándome agua a la fuerza... se hizo imposible la deglución y la expulsé violentamente.

—¡Sigue así, Len! ¡Sigue así!

Algo se desprendía de mi garganta. Realicé esfuerzos sobrehumanos. Sentí un vivo desgarramiento y el aire penetró en mis pulmones libremente. Me estremecí de pies a cabeza. Lanzando un suspiro me dejé caer en brazos del hombre que me sostenía.

—Todo pasó, Leonard... —susurraba a mi oído—. Todo pasó... Estás curado.

Desplegué las alas y emprendí el vuelo. Revoloteé por el espacio riéndome y cantando, bañándome en la luz y en la brisa. El cuerpo no me pesaba más que una pluma y marchaba en la dirección que quería. Volé sobre los prados de Dinamarca y vi infinidad de pastores tocando el acordeón. Todos me saludaron con grandes reverencias como si yo fuera Su Majestad. En su entusiasmo echaron al aire puñados de chufas. Volando como un pájaro pasé cerca del suelo y la hierba fresca me rozó el tórax y el abdomen, produciéndome un escalofrío de placer. Volví a elevarme y volví a descender... Repetí lo mismo infinidad de veces, cuando de pronto me di cuenta de que estaba tiritando de frío. Quise emprender el vuelo hacia el sol, pero no me vi las alas en parte alguna. Eché a correr por aquella pradera húmeda. Todas las gotas de rocío centelleaban, cegándome y mareándome. Tenía los pies entumecidos y los dientes me castañeteaban.

—No puede, no tiene fuerza. Tócalo; está helado.

—Vete a dormir, Alexander. Ya me quedaré yo; no seas pesado.

—No tengo sueño.

—¡Tómate morfina, pero vete a dormir! ¿O piensas mantener todo el sistema nervioso en actividad constante durante otra semana?

Otra semana... otra semana... otra semana... Empezaron a caer copos de nieve sobre mi cuerpo... se formó una montaña que me apretó el pecho y me aplastó sobre el témpano de hielo.

Permanecí así indefinidamente. A veces abría los ojos y miraba un rato las mascarillas humanas que bailoteaban a mi alrededor. Pero todo era confuso y agrisado. Los sonidos también se congelaban y rebotaban por el espacio glacial.

Fue una cucharilla que a la fuerza me introducía un jugo caliente en la boca. Tuve que paladear... Tragué. Toda la sangre de mis venas empezó a circular vertiginosamente. Abrí los ojos. La cucharilla insistía y la mordí.

Me incorporaron y me acercaron un bol humeante, de jugo de carne. Sorbí ávida, frenéticamente. Me dio hipo y lo apartaron. Lancé un alarido y lo volvieron a acercar inmediatamente. Con los dientes cogí el borde y apuré hasta la última gota.

—¡Más! —balbucí—. ¡Más!

Vino una masa de crema y la deglutí en el acto.

—¡¡¡Más!!!

Alexander, consternado, quiso meterme una pasta en la boca. Jasper se lo impidió.

—¡Esconde eso! ¿Quieres rasparle la garganta de arriba abajo? —Se arrodilló a mi lado—. Trata de dormir, Len.

—¡¡¡Más!!!

Sus ojos muy abiertos, de un gris casi azul, se arrasaron de lágrimas.

—No sigas pidiendo, te lo suplico... Ya sé que tienes hambre, pero no puedes comer de golpe; te haría daño...

—Démosle un poco de leche, Jasper.

—¡Cállate, demonio!

—¡¡Quiero leche!!

Me dieron leche. Todo sabía igual.

En seguida se me puso tenso el estómago. Me invadió una ola de calor. Empecé a sudar copiosamente. Alexander me dio aire con un abanico. Jasper me practicó una fricción.

No recuerdo cómo acabó aquello.

Cuando desperté, vi frente a mí una ventana alta y estrecha que enmarcaba el cielo y la copa de un eucalipto; pestañeé repetidas veces.

—Estás en una celda de Saint Constantine.

Volví los ojos hacia donde había sonado la voz. Jasper sonreía exhibiendo todos los dientes. Había adelgazado enormemente. La chaqueta le venía grande y la nuez del cuello amenazaba perforar la piel.

—¿Ya... ya... ya estás bueno? —balbucí desorientado.

Me dio una palmada en la mejilla.

Entró Alexander con la blusa blanca flotando alrededor de su figura desnutrida.

—El extracto de quina —dijo. Al ver que yo le miraba, sus pobladas cejas se elevaron—. ¡Se nos despertó!

Y salió corriendo. A poco reapareció con un enorme flan rodeado de natillas.

Empecé a temblar de emoción.

Tuve conciencia de que pasaban los días lentamente. Me hallaba sumergido en una grata somnolencia, olvidado de todo, pensando sólo en el momento de comer. Jasper y Alexander pasaban muchos ratos a mi lado, sin decir palabra, silenciosos, velando mi sopor. Yo notaba su presencia y me sentía bien.

Cuando se iban dejaban apostada una «hermana azul» con cara de luna, que no tardaba en dormirse. A veces sus ronquidos me desvelaban. Por las mañanas se sentía activa. No sé si hacía algo, pero iba continuamente de aquí para allá.

Una vez me encontró incorporado, apoyándome en el codo, y me preguntó si deseaba...

—No, no —repliqué—. Sólo sentarme. Sentarme en la cama; me duele todo de permanecer tendido.

Me colocó dos almohadones y suspiré satisfecho.

—¿Qué hora es?

—Las nueve de la mañana, doctor.

—¿En qué día estamos? ¿Cuántos días llevo aquí?

Sonrió evocando la luna más vigorosamente.

—Parece que empieza a preocuparle lo que ocurre a su alrededor, ¿no es eso?

Cogió una palangana y una esponja y salió del cuarto.

Me destapé las manos y me las miré. No sólo estaban delgadas, sino secas. Huesos envueltos en piel. Las uñas habían crecido. Pensativo, me froté la barbilla y de pronto sentí una rara impresión: mi cara estaba cubierta de pelo. Una barba de tres semanas por lo menos.

Se abrió la puerta y apareció Jasper.

—¿Qué significa esta barba? —exclamé.

—¿Te creías lampiño?

—¿Cuánto tiempo ha pasado?

Sonrió y se sentó a los pies de la cama.

—Ahora lloverán las preguntas, ¿eh? Para empezar, llevas veinticinco días justos aquí.

Fruncí las cejas.

—¿Por qué tanto...? El corazón, ¿verdad?

—Verdad.

—¿Qué clase de complicación?

—Ninguna. Lo tenías ya malo. De ínfima calidad, Len. Parecía un órgano comprado de viejo. Ahora marcha bien.

—Déjate de broma; nunca fui cardíaco.

—¡Qué sabes tú! ¡Eres un almacén secreto de dolencias! A lo mejor albergas muchas otras cosas.

Apareció Alexander con una caja envuelta en papel satinado. Me miró y seguidamente preguntó a Jasper:

—¿Qué hace sentado?

—Ya tiene iniciativa propia, Alexander.

—¿De veras? —Se quedó frente a mí, enternecido, y musitó:— Hola, Len, ¿qué tal, chico...? Te traigo comida sólida.

Desenvolvió el paquete y aparecieron rubicundos huevos quimbos.

Me rodearon los dos y permanecimos mudos unos minutos, celebrando con este silencio mi vuelta a la vida.

Al cabo, dije anhelante:

—¡Contádmelo todo!

Jasper se levantó, hundió las manos en los bolsillos, se mordió los labios y dijo:

—La señorita Greene nos jugó una mala pasada...

El corazón me dio un vuelco.

—¡Ha muerto! —exclamé.

—¡No! —gritó Alexander.

Jasper me puso la mano sobre el pecho inmediatamente.

—¡Cálmate, Len...! Len, te lo juro: está curada. Cálmate. Iba a decírtelo... Nos jugó una mala pasada porque no aguardó ni la operación ni el suero. ¡Se curó por sí misma! Cuando llegué junto a ella, la fiebre había descendido, el pulso se había modificado, respiraba con facilidad y ya pedía que le dieran de comer... pero no ha engordado: sigue como una anguila. Continúa oliendo a extracto de millonaria. No te engaño, Len. ¡Está curada! ¡Te lo juro!

Caí sobre las almohadas. Notaba claramente el precipitado ritmo de las palpitaciones.

Jasper se rascó el mentón, preocupado.

—Me temía esto, Len. Estás débil y todo va a alterarte. Sería mejor que prosiguiéramos la información más adelante.

—Ahora, ha de ser ahora. Me sería más difícil sobrellevar una espera.

Se sentó a horcajadas en la silla y pilló un huevo quimbo. Alexander tapó la caja.

—En esas críticas circunstancias cualquiera te dice que la señorita Greene pregunta por ti a diario...

—¿Eso es cierto, Jasper?

—Como esa luz.

—¿Hoy también, Jasper?

—Hoy también.

—No irá a casa a preguntarlo, ¿verdad, Jasper?

—No pidas tanto.

—Entonces es que a pesar de los veinticinco días sigues visitándola, Jasper.

—Así es.

—¡Hum! ¿También el corazón, Jasper?

—En efecto.

—¿El suyo... o el tuyo, Jasper?

Se puso en pie de un salto y no me pegó porque a los enfermos no se les pega, y, además, porque Alexander le sujetó el brazo. Rojo de irritación, bramó:

—No me gastes bromas con esa anguila de millones, ¿entiendes? Bastante hago con soportar su perfume asfixiante.

Alexander, visiblemente nervioso, reventó:

—Comprendo la importancia de este tema, Jasper, pero no estaría de más que, de paso, le contáramos a Len alguna tontería, como, por ejemplo, el resultado de los seis ensayos de tu suero.

Me incorporé. Jasper me empujó contra las almohadas.

—¡Alto ahí! Si te mueves damos media vuelta y nos pierdes de vista.

—¿Seis? ¿Seis inoculaciones?

—Con el consentimiento de todo el mundo científico. Se halla en Saint Constantine una Comisión del Instituto Howes de Londres. También lo he comunicado a la Sociedad de Biología. Tu caso fue el máximo acontecimiento, Len... —Se calló en seco, pero se rehizo inmediatamente:— Por supuesto, también te inoculamos. Ya sé que te diste cuenta a pesar...

—A pesar de que procurasteis ocultármelo. ¿Por qué, Jasper? ¿Acaso me hubiera negado a que probaseis conmigo?

Ambos cruzaron una mirada rápida. Alexander se levantó bruscamente y caminó hasta la ventana. Jasper se aferró al respaldo de la silla y exclamó:

—Escúchame, Len: después de la experiencia con Martino, un nuevo intento era una temeridad imperdonable... pero prescindimos de todo irreflexivamente. Cometimos contigo un verdadero atropello.

—Las consecuencias alivian la gravedad de la imprudencia, Jasper.

Meneó la cabeza con la perturbación de la culpabilidad y musitó:

—¿Pero... acaso la borran?

Se produjo un silencio de plomo. Los tres quedamos confusos. Jasper clavaba en mí sus ojos claros y pestañeaba por primera vez en la vida. Alexander, vuelto de cara a la ventana, tenía inclinada la cabeza y agitaba una rodilla como si los nervios se le escaparan por allí. De repente cedió, no sé si porque era el más débil o el más valiente: volvióse en redondo y gritó:

—¡Basta!

Jasper se puso en pie de un salto.

—¿Qué te pasa a ti?

—¡Basta, Jasper! ¡Eso menos aún!

Me erguí.

—¿Qué, Alexander? ¿Qué hay detrás de todo? ¡Hablad claro de una vez!

Se miraron de hito en hito, olvidados de mí. Jasper rezongó entre dientes:

—Prefieres decir la verdad, siempre la verdad, ¿no es eso? ¡Nada te importa que a Len le dé un colapso! —Se volvió hacia mí, exaltado.— ¡Pues oye esto, Leonard: nada de lo que te he dicho es cierto! Te inoculamos sobre seguro. Martino tenía desprendidas las falsas membranas cuando le puse la cánula. ¡Le operaste inútilmente, le atormentaste en vano!

Debí de quedarme más blanco que las sábanas, Jasper apartó bruscamente a Alexander y me puso una inyección, llorando de rabia.

—¡Maté a Martino! —dije, aterrado, con voz apenas perceptible.

Me tapó la boca instantáneamente.

—¿Qué te parece, Alexander? —dijo—. ¡Tráeselo ahora aquí para que se convenza de que está vivo! ¡Arréglatelas para que te crea alguna vez!

Pegó el oído a mi pecho, murmurando:

—He luchado día tras día por tu vida, Len. ¡No

vayas a derrumbarte ahora por algo que pudo ser, pero que no ha sido! ¡Olvídate de Martino!

—Está bien —le dije—; no me marees más.

Mientras Jasper hablaba iba rapiñando uno tras otro todos los huevos quimbos.

—Fue necesario trasladarte aquí aun a costa de todos los riesgos. Con un enfermo secreto en la habitación contigua ni siquiera podíamos ponerte una enfermera. Resultaba ya embarazoso crear más misterios y declaré que te habíamos inyectado el nuevo suero. McHath, Lee y el anciano doctor Garrett sabían de antemano que yo trabajaba en él, aunque, naturalmente, suponían que lo hacía con animales. La noticia les produjo enorme impresión. Todos deseaban observar los sensacionales efectos. Te convertiste en el caso más interesante de la ciudad. Por espacio de cuarenta y ocho horas, esta habitación estuvo repleta de doctores que no te quitaban ojo de encima, negándose a salir para comer o descansar. También metió sus narices nuestro querido colega el doctor Pressburger, aunque, por supuesto, él abandonó su puesto a la hora del té. El mejoramiento de tu estado general les anonadaba. Los ganglios cervicales se desinfartaron, respiraste mejor, el pulso se normalizó y descendió la curva térmica. El total desprendimiento de las falsas membranas colmó todas las esperanzas. Me felicitaron efusivamente y entonces les confesé que no habían visto la peor parte. Los primeros momentos fueron en ti más violentos que en Martino. Sangrabas por la nariz, la boca y los intestinos...

—Me vaciaba.

—Exacto. Hemorragia, agitación incesante, fiebre y, por fin, hipotermia. Terrible y prolongada hipotermia de la que no salías. Te dábamos por perdido. Ni siquiera recuerdo en qué momento tu cuerpo volvió a recobrar el calor.

—¿Y el corazón?

—Flojo, pero cumplió durante los momentos más comprometidos. El derrumbamiento vino cuando se hubo salvado todo peligro. Fue una recaída lastimosa, pésima, Len. Me avergonzaste.

—¿Quién me siguió en la inoculación?

—La «hermana azul». Fue el caso más rápido y satisfactorio. Tal vez porque era el organismo mejor predispuesto. Ni siquiera perdió el conocimiento. Se quejó mucho de los efectos locales de la inyección y se le hinchó el abdomen; pero a la mañana siguiente habían desaparecido los síntomas de la enfermedad.

—¿Y después de ella?

Apretó los puños.

—El primer fracaso, Len. La señorita Morrill, enfermera del doctor Garrett, se contagió de un modo rápido, fulminante. Le dimos el suero y falleció a las pocas horas. La infección era muy profunda. Insistimos con un muchacho de dieciséis años a quien todos dábamos por perdido. Se salvó. Fue asombroso. Luego lo inyectamos a un niño de tres años y vivió cuatro días mejorando continuamente. De súbito murió de parálisis cardíaca. Lo mismo estuvo a punto de ocurrirte a ti. Eso es todo lo que de momento sabemos.

—Cuatro casos a favor y dos en contra... ¿Por qué

no seguías aplicándolo? ¿no hay suficiente suero?

—Eso es. Lo preparamos con una lentitud terrible, ya lo sabes. No hay manera de obtenerlo en cantidad con la urgencia necesaria. Podrían hacerlo quizás en Francia, en el Instituto Pasteur, o en Alemania, en los Laboratorios Eberhard. Les he escrito y estoy esperando contestación. Garrett, por su parte, hará lo que pueda en Londres. Estamos interesando a la Ciencia, Len. He recibido un radiograma de Nueva York pidiendo una muestra del nuevo suero. He de contestarles que apenas ha entrado en el período experimental y que aún no me satisface plenamente.

—Pero ¿cómo se ha divulgado hasta allí?

—Por las gacetillas de *The Times.* Cada día tengo a un repórter en la sala de espera aguardando mis declaraciones. Llevan una semana exhibiéndome en primera página. Ayer salió Alexander retratado ante las jaulas de los conejos inoculados con dosis de toxina diftérica, futuros productos del suero.

—*Pepper* quedó movido y se le ven cuatro orejas —interrumpió Alexander entusiasmado.

—A propósito, Len... Insisten en publicar tu retrato y no encontramos más que aquel de la raya en medio y el geranio en el ojal.

—¡Quiá, hombre!

—¿Y si recortásemos...?

—¡Quiá, hombre! ¿Qué diantre he de hacer yo en primera página?

—Hazte cargo de las circunstancias... están convencidos de que fuiste el primer ser humano inoculado..., es decir..., para quedar bien situados declaramos que tú mismo habías insistido en que hiciéramos la prueba contigo. Ahora eres un héroe.

—¡Qué vergüenza, Jasper!

—Lo siento, pero aún hay más: quieren poner tu nombre en una plazoleta de Spick.

Alexander me hizo aire con la bandeja de las yemas azucaradas. Jasper se mordía las uñas.

—¿Dijisteis algo a mi padre y a mi hermano? —musité.

—Verás, Len: se dio el caso que tu hermano escribió hará cosa de una semana. Parecía ser que estaba en vísperas de casarse y, encima, quería celebrarlo. Te invitaba para la boda, incluyendo a tus dos socios, que, a mi entender, somos nosotros. No supimos si aguarle la fiesta o mentirle... En el telegrama sólo hablamos de urticaria...

—¡Conque por fin Charles se casa!

—Se casaba. Mandó otro telegrama diciendo que acababa de romper su compromiso.

—¡Yo no sé qué le ocurre con las muchachas!

—Sería una ventaja conocer el truco; pregúntaselo en cuanto llegue.

—¿Viene?

—Con tu padre y la tercera parte del pueblo. Leyeron los diarios.

Entró la «hermana azul» de la cara de luna y avisó a Jasper de que acababa de ingresar un nuevo enfermo.

—¿Es que no disminuyen los atacados? —pregunté.

—Desde luego, Len. En estos últimos días apenas se han declarado nuevos casos. Incluso se ha suavizado notablemente el número de defunciones. Les tenemos ya aislados a todos en Saint Constantine y tienden a mejorar. —Esbozó una sonrisa.— Los que van de mal en peor son los de la clínica de nuestro querido colega el doctor Pressburger. Es algo inexplicable. Se agravan continuamente a pesar de las habitaciones aireadas y de los medios modernos de higiene.

—No te alegrarás, ¿verdad? —le espetó Alexander.

Jasper enrojeció y farfulló:

—¡Claro que no!

Dio media vuelta y se fue tras la «hermana azul».

Alexander me arregló las almohadas y me dio una dosis de extracto de quina, y me dijo:

—Estás cansado, ¿no es cierto?

Asentí.

Sus pacíficos ojos recorrieron mi cuerpo lánguido, perdido en el lecho.

—Pero todo pasó —dijo para sí.

Alargué la mano y tiré de su corbata hasta que se inclinó.

—Dime —murmuré sonriendo—: ¿le diste mucho trabajo a San Roque?

—¡Bah! —replicó—. Este pavo real de Jasper se metió por medio y por poco lo resuelve todo. —Mudó de expresión, y añadió:— De veras, Leonard: o los dos trabajaban en colaboración, o no sé cuál de ellos te rescató.

—Siéntate, Alexander.

—He de irme. Tengo mucho que hacer...

—Siéntate.

Obedeció.

—Cuéntame detalladamente todo lo referente a Martino.

Parpadeó y se humedeció los labios.

—Es muy normal todo lo ocurrido, Len.

—¿Sabe que le operé sin necesidad?

—Sabe que luchaste por su vida hasta el último instante.

—¿Qué dijo cuando volvió en sí?

—Nada. Estaba mudo.

—Claro...; pero ahora hablará, ¿verdad?

—¿Es que hay alguno que luego no haya recobrado la voz, Len?

—Me parece imposible que operara bien aquel día...; las manos..., era como si no fuesen mías. Si se repitiera alguna vez aquello, dejaría la cirugía, Alexander. ¿Se cerró con dificultad la herida traqueal?

—Normalmente. Apenas alcanzaba una pulgada. A pesar de todo, trabajaste bien.

—¿Cómo reaccionó al darse cuenta de que estaba curado?

Alexander carraspeó como si el súbito recuerdo le conmoviera.

—Me sujetaba la mano —dijo—. Me miraba continuamente, sin pestañear ni una sola vez... sus ojos parecían de vidrio. Yo le repetía que todo había terminado y que pronto emprendería un viaje a través del mar... Pasé catorce horas velándole sin interrupción. Notaba el cambio de temperatura de su mano...

Se calló, impresionado por los momentos que revivía. De repente se enderezó, sonrió y dijo:

—¿Sabes por qué no me soltaba, Len? Se creía muerto y me tomaba por San Roque. Temía perderme de vista y pasarlo mal sin mi santa influencia. A ti también te ocurrió. Estuviste una noche entera rezándome el credo..., por cierto muy mal.

—¿Qué dijo Martino cuando vio el pasaje para Dinamarca?

—Nada. En su rostro fue reflejándose lentamente

una gran tranquilidad. Nunca había visto sus facciones tan apacibles. Era incluso agradable mirarle. Parecía como si por primera vez en la vida alcanzara la fortuna.

—¡Qué terrible que sea un asesino!

Me miró oprimido.

—¿No podrás olvidar esto alguna vez, Len?

—Nunca.

—No hagas tan mezquina la caridad humana. ¿Acaso somos nosotros quienes debemos llevar la cuenta de los yerros ajenos?

Se abrió la puerta y asomóse la cara de Jasper.

—Basta por hoy, Alexander. No le llenes más la cabeza.

Así quedó interrumpida mi comunicación con el mundo exterior. Alexander me abandonó en manos de la hermana «Cara de luna», y durante una infinidad de horas estuvieron todos completamente olvidados de mí. Mi mente había quedado revuelta y agitada. Estuve nervioso, desasosegado. Pedí un reloj para poder contar el tiempo. Me lo negaron. Vigilé el romboide de sol que la ventana arrojaba sobre la cama y lo vi estrecharse y retroceder lentamente hasta que se cayó al suelo. Luego supe que era mediodía porque me entraron la comida. Me dieron vino generoso y en vez de tonificarme me excitó. Pregunté a gritos si Jasper y Alexander habían regresado ya al convento. Me dijeron que el primero no se había movido de él en todo el día, y que incluso comía y dormía allí. Vociferé que viniera a verme inmediatamente. Tuve que calmarme solo. Mareé en lo que pude a «Luna llena» haciéndole bajar y alzar las almohadas sucesivamente. La ropa de la cama se me iba por un lado; se me enfriaba una pierna; las migajas del pan me invadían el pecho y se me clavaban en todo lo que se llama «plano posterior»; la camisa se me adhería al cuerpo como si fuera esparadrapo. Otro malestar más lógico y normal se sumó a éstos. Me empeñé tenazmente en que la hermana se fuera unos instantes y me dejara obrar por mí mismo. Luego me caí sobre la alfombra cuan largo era; me fue imposible levantarme y tuve que llamar. Entró la «Cara de luna», a pesar de que yo había pedido que fuera Jasper. No sé cómo se las compuso. De pronto estuve estirado sobre la cama sin ninguna angustia, con un camisón limpio y las sábanas cambiadas.

Me dormí como un tronco.

Me desperté porque me noté el estetoscopio aplicado sobre el corazón. No era Jasper quien me auscultaba. Se trataba de un viejecillo enhiesto, cuyos cabellos y barba a contraluz parecían un nimbo blanco.

—¡Doctor Garrett!

Sonrió; puso su mano sobre mi mejilla y sentí frescor como si me rozara la suave hoja de un árbol.

—¡Mi querido muchacho! —dijo—. ¡Cómo haces el ridículo! ¿No sabes que los médicos no deben enfermar? ¡Qué mal ejemplo, cielo santo! Cuando te tenía en el *South London Hospital* debí prohibírtelo, del mismo modo que te prohibí traer perros heridos al quirófano.

—Ese era Alexander, doctor Garrett.

—Pero tú los operabas.

—Sólo una vez.

—¡Dos! ¡Y qué bien lo hacías, bribón...! Te hiere los ojos tanta luz, ¿verdad?

Asentí con un pestañeo que me hizo resbalar las lágrimas. El anciano entornó los postigos apresuradamente. Lloraba como yo. Dijo que también le dañaba la claridad, y así quedamos justificados.

—¿Por qué no vino a verme más pronto, doctor Garrett?

—No empecemos con reproches, Barker. Llevo dos horas a tu lado y por todo saludo has estado dedicándome una salva de ronquidos... Respiras muy fatigosamente; ¿te duele el pecho?

—No.

—¿Roncas de ordinario?

Negué. Nadie se atribuye el ronquido nocturno, aunque lo sospeche.

Me quitó una manta y me dio de beber antes de que yo le dijera que tenía calor y sed. Siempre sabía de antemano lo que un enfermo necesitaba. A veces me pregunto si no se enteraba de ello por telepatía.

Se sentó y cruzó los brazos.

—¡Hasta dónde se nos eleva Jasper Sidney, eh! ¡Bendito muchacho! ¡Aún le veo triturando una probeta graduada con el puño apretado! ¡Era una fiera cuando le gastaban bromas con Mary Mason...! Hace un par de años me dijo que estudiaba un método antidiftérico y cometí la vulgaridad de no entusiasmarme.

El anciano se mostraba hondamente conmovido y orgulloso como si Jasper fuera hijo suyo. Años atrás, en el centenario de la fundación de la Escuela de Cirugía de Milner, nos había dirigido un discurso en el cual nos llamaba «hijos míos» a todos los estudiantes, como un párroco hace con sus feligreses.

Hablamos por espacio de media hora del trabajo de Jasper. De pronto se interrumpió para preguntar:

—¿Y tú, Barker? Dijeron que habías llevado a cabo la amputación de un pie encaramado en una escalera de bomberos. ¿Qué hay de cierto en ello?

—Todo menos eso de la escalera de bomberos. Era una escalera corriente.

Y dedicamos media hora más a la cirugía, a mis posibilidades y a mis ideas acerca de la regeneración de los huesos.

Nos interrumpió «Cara de luna» para advertir que en la planta baja requerían la presencia del anciano doctor inmediatamente. Una muchachita recién operada, en un estado palpable de gravedad, hacía desesperados signos para que le trajeran algo y nadie podía comprender el qué. Jasper le había dado un lápiz y un papel, pero la muchachita ni lo había podido coger ni tenía trazas de saber escribir; Alexander le había acercado un crucifijo y le había puesto delante al reverendo Mushins. Las enfermeras se rompían la cabeza tratando de descifrar el enigma. Sólo el doctor Garrett sería capaz de interpretar aquellas incesantes gesticulaciones.

Me quedé solo aguardando los resultados.

El crepúsculo enrojecía el cielo y dejaba en sombra la pequeña y austera celda.

No tardó en reaparecer la «hermana azul» con un candil que le iluminaba sólo el lado derecho de la cara como si fuera cuarto menguante.

—¿Qué es lo que quería la muchacha? —pregunté.

—Un espejo y una cinta para el pelo.

Jasper y Alexander entraron un momento por puro compromiso. El primero exclamó agriamente:

—Me han dicho que esta mañana te has portado como un párvulo, Len.

—En efecto —repuse sin pestañear—. Pero pudiste venir a comprobarlo por ti mismo. De paso me habrías contado ciento veinte pulsaciones rítmicas. Para alardear de interés en que me avive, me dejáis muy a la buena de Dios.

—Me doy cuenta de que te han entrado muchas ganas de hablar.

Tuvo el sarcasmo y la parsimonia de contarme ochenta pulsaciones en voz alta. Pegó el oído a mi pecho, directamente, sin entretenerse en desplegar el estetoscopio, y acto seguido me abandonaron sin más.

A la mañana siguiente, en cuanto desperté, la «hermana azul» salió disparada de la habitación. A los cinco minutos entró Alexander a toda prisa.

—¡Buenos días, Len! ¿Cómo te encuentras? Animado, ¿verdad? ¿Quieres desayunar antes?

—¿Antes de qué?

Sacó del bolsillo un paquete largo y estrecho atado con un bramante y empezó a luchar con el nudo. De repente se rompió el papel y cayeron varios objetos al suelo. Alexander los recogió apresuradamente y los depositó sobre la mesilla de noche. Se trataba de mi navaja de afeitar, mi brocha y mi barra de jabón.

—Más tarde, Alexander... aún estoy adormilado...

—Déjame que te afeite, hombre.

—¿Por qué tanta prisa?

—Es probable que... que llegue tu familia, y...

—¿Están ya aquí?

—No, no, pero...

—Tráeme un espejo.

—Deja que te afeite primero.
—¿Muy mala facha, Alexander?
—Afeitado, mejorarás.
Le así del brazo fuertemente.
—Mi padre es viejo y muy impresionable.
—Estarás mejor cuando te afeite.
Se puso manos a la obra, nervioso, sonrojado.
Tuve la convicción de que mi padre y mi hermano aguardaban detrás de la puerta.
Alexander, aparte de la prisa que llevaba, no tenía temperamento de barbero. Me secó el jabón que me había metido en las fosas nasales y en los canales auditivos, tomó aliento y cogió la navaja. Cerré los ojos.
Pudo terminar peor. Fueron varios cortes, pero no precisamente en mi cara, sino en sus dedos.
Se quedó mirándome un rato, mudo, ceñudo.
—Dame el espejo.
Concentrado en su trabajo, cogió un frasco de colonia y una toalla y me friccionó la cara. Dio dos pasos atrás y me contempló.
—¡Dame el espejo!
Con el entrecejo fruncido me remojó los cabellos y me los peinó.
—¡¡Dame el espejo!!
Bruscamente me lo puso delante.
Me eché hacia atrás y me quedé sin repirar. Todos los espectros del sanatorio de tuberculosos de Woodley acudieron a mi mente.
—¡Que no entre mi padre!
—No está aquí aún...; además, podemos prepararle, Leonard.
—¡¡Que no entre!!

Arrojé el espejo a los pies de la cama y me cubrí los ojos para que Alexander no me viera llorar. Sentí su mano sobre el brazo.

—No te apures —susurró—. No está aquí todavía, de veras.

Unos nudillos golpearon la puerta. Al instante, ésta se abrió y asomóse la cabeza de Jasper.

—Tienes visita, Len. ¿Se puede pasar?

Unió el hecho a la palabra. El corazón me dio un vuelco. En el umbral apareció la señorita Greene.

Pestañeé una y otra vez, pero la esbelta figura vestida de negro seguía siendo real. Lentamente fue acercándose. Me encogí dentro de las sábanas deseando taparme la cabeza. Una fragancia de «Extrait de Nard» invadió la habitación acumulándose en mi cerebro e intentando transportarme a un mundo quimérico...; pero me así a la realidad estrujando la ropa de la cama. Abrí los ojos forzándolos, reteniendo la luz del día que quería apagarse.

—¿Qué tal, doctor Barker?

Aquella voz fresca y clara tuvo el poder de disipar todas las sombras.

Intenté hablar, pero la señorita Greene sólo debió de ver la nuez de mi garganta subir y bajar. La miré fijamente desde el fondo de mis horrendas cavidades orbiculares, extrañado de que no se espantara.

—¿Qué te sucede, Len? —dijo Jasper, tentándome el pulso, ajeno por completo a lo que cualquiera menos él habría captado.

—Está nervioso —repuso Alexander—; ha de venir a verle su padre y teme que se impresione al hallarle tan desmejorado.

Jasper le dio un golpazo, sonriendo.

—¿Y por su padre le has afeitado y relamido tanto?

Alexander enrojeció vivamente. Yo, no lo sé. Dudo que la sangre me llegara a la cabeza.

Las negras pestañas de la señorita Greene se bajaron rápidamente.

—No se preocupe por su padre, doctor Barker —murmuró sin mirarme—. Está usted muy delgado, pero no tiene mal aspecto.

Alexander le ofreció una silla y la joven se sentó a mi lado.

—Tal vez esté usted fatigado, doctor... Me iré en seguida.

Meneé la cabeza y tartamudeé:

—Celebro que esté usted aquí, señorita... Deseaba... deseaba... la última vez que la vi me llenó de inquietud y deseaba volver a verla tan..., tan bien.

Sonrió dulcemente.

—¡No sabe, doctor, la extraña impresión que me produjo usted aquella tarde! Por eso he venido... Tenía que venir. Su...

Fue terrible que en aquel momento la interrumpiera la «Cara de luna». Entró de puntillas y se deslizó en el mayor silencio para no importunar y pasar inadvertida; los cuatro volvimos la cabeza.

—Perdón —susurró—. Del Laboratorio de Análisis Bacteriológicos preguntan por el doctor Jasper Sidney.

—Voy. Con su permiso, señorita.

Alexander le vio marchar y se revolvió intranquilo. No sé qué le dio. Sus cejas se fruncieron y farfulló algo incoherente.

—Yo también...; yo debería...; yo también...; el análisis... Con su permiso, señorita.

De sopetón se fue, dejándonos a la señorita Greene y a mí en un mundo de visiones. Me estremecí.

—Siga usted, señorita... ¿Decía...?

—Tenía que venir. Su rostro lívido y cansado me persiguió en todas mis pesadillas. Aquel recuerdo era imposible de borrar.

Su voz languideció, y vi sus hermosos ojos negros velados por las lágrimas. Buscó el pañuelo de encajes.

—¡Doctor Barker! ¡Aquella tarde lo adiviné! ¡Vi toda la verdad reflejada en su rostro!

La respiración se me entrecortó. ¿Qué iba a decir, Dios mío? No tuve fuerzas para seguir mirándola. Cerré los ojos atento a su voz, pendiente de cada una de sus palabras.

—En su expresión, en su mirada, en cada uno de sus rasgos lo llevaba dibujado... ¡Doctor!

Tragué saliva. Un tic me agitó la comisura de la boca y el repliegue del ojo. Entorné los párpados porque no podía estar sin mirarla, ni mirándola. Ella prosiguió, grave, emocionada:

—¡Doctor...! Tal vez no debería decírselo en estas circunstancias.. Ya no parece oportuno, pero ha sido para mí una obsesión... —Su mano se acercó a la mía sin que osara tocármela.— ¡En aquel momento vi que usted estaba enfermo! ¡Le ensombrecía la misma enfermedad que marchitó el semblante de Gibbie! ¡Todo en usted lo revelaba! ¡No había duda alguna...! ¡Comprendí que estábamos perdiendo a uno de aquellos magníficos hombres que lo cedían todo: su juventud, su fuerza, su vida...! Cuando tras largàs, infinitas horas de espera vino el doctor Jasper Sidney, me dio miedo preguntarle por usted... presentía con demasiada fuerza que no me había equivocado. Entonces, él mismo me lo notificó. —Se calló y trató de sonreír.— En fin, doctor Barker, se ha disipado ya el peligro y no hay por qué recordarlo.

Jasper y Alexander regresaron en ese preciso instante y ya me hallaron perfectamente situado en el mundo de las realidades.

La señorita Greene desplegó una revista que llevaba enrollada debajo del brazo y exclamó:

—Le traigo un semanario francés, para cuando pueda leer. Hay unas interesantes declaraciones del doctor Robert Koch sobre la curación de la tuberculosis... —miró a Jasper y sonrió tiernamente—, y otras interesantes declaraciones del doctor Jasper Sidney sobre la terapéutica de la difteria.

Siguió hablando. Progresivamente fue perdiendo aquella ternura, para adquirir de nuevo su aire casi altivo. Habló del suero, de sus poderes antitóxicos, de las posibles inoculaciones preventivas... Profundizó en la materia con inteligencia y agudeza. Jasper fruncía las cejas y respondía a sus objeciones de un modo complicado y metódico, para confundirla. Alexander se apresuraba a aclarar todos los puntos y a cambiar los nombres científicos por los vulgares. Yo escuchaba admirado, contemplando aquel plato de terciopelo negro que había atado a su cabeza con una ancha cinta. Pendía un velo en su espalda. Vestía de luto riguroso. Las solapas de su abrigo, tiesas hasta rozarle la cara; el peinado tirante hacia arriba, liso, brusco... Pero con la austeridad del traje seguían contrastando la fragilidad, el eterno perfume y el pañuelo de encajes.

De pronto me di cuenta de que se ponía de pie y se

despedía de mí. Mostraba sus hermosos dientes en franca sonrisa, agitaba una mano, la embutía en el manguito, se volvía, caminaba hacia la puerta... Jasper y Alexander la seguían. Desaparecieron de pronto los tres.

Se hizo el silencio. Quedé quieto, paralizado en el lecho. Sólo mi corazón galopaba sin cesar.

—¡Que no! ¡Que no entre mi padre! ¡Que se vaya!

—¡Ya se ha ido, cálmate, Len, por Dios!

—¡Es mentira, está aquí aún! ¡Quiere entrar!

—¡Te juro que no!

Jasper y Alexander me sujetaban para impedir que siguiera brincando. Mis rodillas subían y bajaban sacudiendo el cubrecama y la colcha. Alexander atrajo mi cabeza hacia su pecho. Jasper me arremangó. Sentí el pinchazo de la inyección.

—¡Suelta! ¡Me haces daño! ¡Quita!

—Pero si no puede dolerte, Len...

—¡La frente! ¡Me duele la frente!

Alexander aflojó la presión que ejercía sobre mi cabeza y debió de verme marcado en la sien el botón de su camisa.

Me recostaron suavemente en la almohada; Jasper me frotó la cabeza igual que si acariciara a *Penique*. Alexander no sabía qué hacer, y me contemplaba con su expresión resignada y paciente, con todos los cabellos sobre la frente, tal como mi garra se los había dejado.

Yo me daba cuenta de mi calentura y de mi excitación, pero no podía refrenarme. El pensamiento de mi padre se me clavaba en el cerebro como una cuña. Le recordaba en el pueblo, fumando su pipa, sentado en el banco que había en el portal de la fundición. Mi hermano, que entonces contaba cinco años, yacía en sus brazos, demacrado, esquelético; acababa de salvarse milagrosamente de una infección intestinal; no podía tenerse derecho y su cabeza pendía inerte. Mi padre le abrazaba con infinita ternura, pero no podía mirarle. Mantenía fijos los ojos en el horizonte, apretando entre sus dientes la pipa. Cuando alguna vez, involuntariamente, le veía, empezaba a besarle desesperadamente, frotándole el enorme bigote por la flaca carita, hasta que el pequeño se echaba a llorar. Lloraban los dos.

—¡Que no entre, por Dios, os lo suplico!

Un peso terrible en el pecho me impidió seguir hablando. Lentamente me llevé la mano al corazón. Jasper me la apartó.

—Descansa, Leonard.

Cerré los ojos, fatigado.

Sentí el estetoscopio arriba, abajo... de las aurículas a los ventrículos... arriba... abajo... a derecha... a izquierda... arriba... abajo...

Amaneció otra vez. Llevaba despierto desde que apuntó el día. Estaba sosegado, respiraba bien; el pecho ligero, la frente fresca, las pulsaciones normales.

Jasper vino temprano. Apenas el sol rozaba la ventana y las ramas del eucalipto. Me hizo un reconocimiento metódico. Me tomó la temperatura y la anotó en la gráfica.

—Déjame verla —dije.

—No tienes fiebre.

—Ya lo sé, pero déjame ver la gráfica.

—No te preocupes de eso ahora.

—¿Encuentras muy extraño que a pesar de todo me preocupe? —dije con todo el sarcasmo de que fui capaz.

—Oye, Len: no confundas tu profesión con tu situación. Has de saber actuar de paciente cuando lo eres.

—Dame la gráfica.

—Pareces un chiquillo.

—Lo pareces tú. ¿Es que piensas ocultarme que ayer me dio un berrinche? ¿Qué es lo que no puedo ver? ¿El registro de la crisis máxima?

—Te lo diré, Len: llegaste a la ebullición. Esterilizábamos el material de cura sobre tu abdomen.

Con toda calma sacó el estuche de inyectables, cargó la jeringa, me frotó el brazo y clavó la aguja. Tranquilamente me dejó una bola de líquido debajo de la piel.

—Me voy. Me espera un montón de trabajo. Si en mi ausencia me echas de menos, puedes patalear y vociferar; quizás esta vez consigas los cuarenta grados de temperatura.

—Jasper... ¿Cómo lo tomó ayer mi padre?

—Pudo creer que te despellejábamos vivo, pero le hicimos marchar a tiempo.

—¿Con qué pretexto?

—Con el de que dormías como un lirón. ¿Quieres verle hoy?

—No. Que se vuelva al pueblo. Yo iré allá en cuanto me levante. Díselo así... Está con él Charles, ¿verdad?

—Sí. Tu hermano me preguntó al oído si estabas mutilado. Vas a dar pie a muchas deducciones.

—Diles eso del corazón francamente. Que lo tengo débil, que el alborozo me perjudica; que la emoción me produce taquicardia o arritmia... no sabrán qué es ni una cosa ni otra.

—Tu hermano me preguntó si padecías atrofia hiperplásmica o degeneración ósea y granulograsosa. Me quedé de una pieza.

—Alexander habló largo rato con tu padre. Debió de ponerle en autos de tu facha.

—¿Qué le dijo?

—No lo sé. —Miró su reloj—. En seguida vendrá y te lo dirá él mismo. Yo tengo que irme.

Me dejó y me quedé sin otro recurso que el de aguardar a Alexander.

¿Oíste como dijo que vendría en seguida? Va para ti la pregunta, lector. Pues eso mismo creía entender yo.

Se presentó alrededor de las doce del mediodía.

—¡No hay derecho, hombre! ¿Te importa un bledo el que me chinche toda la mañana esperándote? ¿Qué diablos puede fastidiarte una visita si cuando vienes te estás aquí dos segundos? ¿Acaso crees...?

Me callé en seco. Mi padre estaba detrás de él. Vi sus bigotes y su pipa. Sin darme tiempo de reaccionar, se acercó a la cama y me tendió la mano.

—¡Hola, hijo! ¡Así debieran verte todos los pacientes que sometes a dieta! —soltó una carcajada.

Quedé frío.

Acto seguido entró un muchacho, fuerte y cuadrado; era Charles, mi hermano. Corrió a mi lado y me trituró la mano entre las suyas de fundidor.

—¡Caray, señor doctor! ¡Qué lucido te has quedado! ¿No será la sangre de conejo que te introdujeron en el vientre? Se dice que te horadaron con una aguja del calibre de un cigarro puro. —Me echó abajo la ropa de la cama.— ¿Se puede ver el agujero?

—¡Quieto, Charles! —saltó mi padre—. ¡Déjale en paz...! ¿Qué hay, Leonard? ¿Es cierto todo lo que dicen los diarios?

—No hablemos de mí, padre, por favor. Siéntate... ¿Qué tal tu fundición? ¿Es de veras que vas a ampliarla?

Era su punto flaco. Inmediatamente se puso a hablar. Charló a borbotones; me enseñó una libreta atestada de dibujos y planos hechos por él mismo. Me contó la disposición de los hornos, el crisol que debía cambiar, el... en fin, no me acuerdo. Charles también metía baza. A veces exponían sus ideas los dos a un tiempo. Yo les escuchaba sonriente, aun a sabiendas de que tarde o temprano me daría jaqueca.

Alexander se había alejado del grupo familiar, como si temiera ser un intruso. Estaba recostado en el antepecho de la ventana; parecía muy solo.

Mi hermano, que en nada se me parecía salvo en el modo de arrugar la nariz al sonreír, se había refinado y urbanizado bastante. Ni siquiera vestía ya al estilo pueblerino como mi padre. Y sobre todo había perdido aquel aire bravucón tan común en los adolescentes dotados de un vigor de toro. Cuando se me dirigía, trataba de mostrarse chirigotero como siempre; pero, en el fondo, mi ascendiente de hermano mayor le infundía respeto. En realidad habíamos cambiado los dos. Nuestra intimidad se había roto cuando entré en el Colegio de Médicos de Londres. Había transcurrido desde entonces mucho tiempo de separación; la profesión y el ambiente habían sido demasiado distintos y ya era imposible que nos compenetrásemos. En aquel mismo momento, a pesar de quererle, a pesar de alegrarme con su presencia, en lo profundo me confesaba que mi verdadero, mi auténtico hermano era Alexander.

Este seguía aparte, junto a la ventana, creyéndose olvidado.

Mi padre me desconcertaba. Físicamente era idéntico al de quince años atrás; no quiero decir con esto que no envejeciera, sino que quince años atrás, cuando murió mi madre, él ya se había quedado viejo. Seguía con su calva, su gran bigote y sus largas patillas. Pero en el carácter me parecía más pueril, más aniñado... en algunos momentos, ridículo. Muchos viejos son ridículos y me guardaré bien de criticarles. No obstante, mi padre se chanceó, se rió y se comportó como un fresco delante de un esqueleto que era hijo suyo como aquel que años atrás le hizo morder la pipa.

Por fin decidieron marcharse... Es decir, Alexander les decidió a ello cuando la cabeza ya me daba vueltas y los oídos me zumbaban.

Charles me palmoteó el hombro rudamente y se fue charlando con Alexander. Mi padre volvió a alargarme la mano.

—¿Cuándo regresaréis al pueblo? —le pregunté.

—Mañana o pasado mañana.

—Iré a veros yo luego.

—Eso es, Leonard. ¿Sabes?, te traje una botella de «Noyau». La dejé en tu casa.

—Gracias, padre.

—Adiós, Leonard.

Cogió el tirador de la puerta, pero se acercó de nuevo.

—Escucha, hijo... Si no te disgustara...; en fin, tu hermano y yo nos iríamos esta misma tarde.

—Cuando quieras, padre.

—Hay mucho que hacer allí... y tú... pareces animado.

—Sí, sí.

—¿No te duele, Leonard?

—¿El qué?

—Que nos vayamos. Ahora ya te hemos visto, y...

—Naturalmente. Ya iré a veros yo.

De repente mudó de expresión. Se le cayó la máscara ridícula. Sus viejos ojos recorrieron mis facciones. Se tambaleó; creí que se caía. Sentí su áspero bigote frotándome las mejillas. Sus labios me besaban desesperadamente una y otra vez.

—No te vayas, Jasper..., ni tú, Alexander. Sentaos. Aquí, junto a la cama.

Mi tono les hizo obedecer. Carraspeé, y me incorporé. Jasper frunció el ceño.

—Sigue tendido, Len.

—¡Al diablo!

Después de una pausa empecé, lleno de hiel:

—Llevo ocho días mirando las paredes de esta fosforera. Me encuentro bien. Fuerte, regulado, ajustado. Ayer pedí mis ropas y me fueron denegadas. No puedo levantarme sin órdenes facultativas. ¿Qué significa esto?

Alexander ponía cara de aburrido. Jasper bostezó.

—¿Qué significa esto? —grité.

—Te traeremos la ropa. Prueba si las piernas te aguantan.

Sonreí maléficamente.

—¿Quieres saber un secreto, señor facultativo?

—Lo sé. Llevas toda la mañana paseándote en camisa por la habitación.

—¿Me denunció la «Cara de luna»?

—Te hemos estado mirando desde el patio de abajo. Cada vez que te asomabas por la ventana redoblábamos las apuestas a favor de la pulmonía.

Me pasé la mano por la cara.

—¿Y de la escasez y la fugacidad de vuestras visitas? ¿Se puede saber algo?

—No sé cómo dices eso. Venimos normalmente. Debe de ser una alucinación producida por el aburrimiento. Cuentas las horas vacías y las demás te pasan inadvertidas.

Estuvo a punto de convencerme.

—No es eso, Jasper. Escatimáis adrede las entrevistas y rehuís mis preguntas.

—¿Qué preguntas, Len?

Me quedé confuso, indeciso.

—A veces... no sé... estamos hablando y de pronto, inopinadamente, se os hace tarde y os vais.

—Por eso, porque se nos hace tarde.

—O porque la conversación rueda en torno de algo que queréis evitar...

Jasper cambió de postura tranquilamente; giró la silla y se puso a horcajadas, apoyando los codos en el respaldo.

—Está bien —dijo perezosamente—; es posible esto que dices. Eludimos todo lo que pueda emocionarte. Sabes de sobra que cualquier choque de esta índole te conduce al colapso. Estás hecho un cacharro.

—Ahora ya no.

—De acuerdo. A partir de este momento, no disimularemos nada; ni siquiera que a diario pregunta por ti una *madame* de habla chapurreada y con quien, según afirma ella misma, a espaldas de su marido te entretuviste...

—¡Eh!

—...en limarle una sortija. Hay un montón de gente interesada por ti, Len; desde el guapetón del barrio al reverendo Mushins, y desde el inspector Wyatt al propio... A propósito, a ver cómo te sienta esta noticia: Martino se nos fue con rumbo a Dinamarca.

Me quedé mirándole como si no comprendiera.

—¿Cuándo? —exclamé por fin, incrédulo.

—Hace muy poco. El pasaporte le caducaba y no podía arriesgarse a renovarlo. Cogió el tren para Yarmouth el viernes. Le acompañamos a la estación; surgían agentes de policía por todas partes. Fueron unas horas pésimas. Cuando por fin supimos a ciencia cierta que el *Amter* había zarpado llevándoselo a bordo, lanzamos un suspiro como el de los que acaban de nacer.

Me quedé callado, quieto, respirando sosegadamente, con una extraña sensación... como si me hubieran librado de un rancajo largo tiempo hundido en la carne a cuyo dolor casi me hubiera habituado y que ahora, a pesar de saber que estaría mejor sin él, la extracción me hubiese mortificado.

Alexander también parecía aturdido. Se levantó y fue distraídamente a contemplar el patio desde la ventana. No había despegado los labios y no llevaba trazas de hacerlo. Siempre que hablábamos de Martino se ponía sombrío. ¿Acaso había fracasado en su intento de depuración? Era algo que no me atrevía a preguntarle.

A Jasper, por el contrario, se le notaba que se había quitado un peso de encima.

—¿Escribirá alguna vez? —pregunté.

—Le he dicho que no lo haga. Quiero resumir su recuerdo al paréntesis de estas cinco semanas.

—¿Estaba... cambiado?

—Parecía un hombre distinto. Es curioso, Len... —bajó mucho la voz, de modo que sólo le oyera yo—, su expresión me recordaba a Alexander.

Se me ensanchó el corazón. Pensativo, comenté:

—Entonces es cierto que la bondad también se contagia.

Me recosté en la almohada y crucé los brazos.

—¿Qué hará en Dinamarca, Jasper?

—Sabe trabajar de curtidor y buscará colocación.

—¿Habla danés?

—No.

—¿O sueco?

—Nada de esto; no conoce ningún idioma.

—Será difícil entonces...

—Está dispuesto a luchar y saldrá adelante limpiamente.

Me erguí, atormentado.

—¿Tendrás la certeza de eso algún día?

Desde la ventana resonó, clara y segura, la voz de Alexander.

—Sí, Leonard —dijo simplemente.

Cuando me puse en pie me dio la sensación de que mis piernas eran de manteca y mi cabeza de hierro colado.

Alexander me abrochó el chaleco porque yo, en mi emoción, no daba con los ojales. En cuanto estuvo, me deshice de su brazo y me precipité hacia la puerta. Eché mano al tirador y abrí con vigoroso empuje.

—¡Alto! —me gritó Jasper.

Acababa de disponer junto a la ventana un sillón con dos almohadas y una manta.

—¿Dónde vas, Len?

—¡No pretenderás que me vista de pies a cabeza y me abrigue con camisetas y calzoncillos de lana para quedarme ahí sentado!

—Yo sólo pregunto que adónde vas.

—Abajo, al patio; a tomar el sol, a respirar aire puro, a fortalecerme el cuerpo, a ensancharme los pulmones. Lo que tú y lo que yo recetamos a diario.

—De acuerdo. ¿Te damos el brazo?

—¡Qué ocurrencia!

Traspuse el umbral, erguido, sacando el pecho.

Me hallé en un pasillo amplio, atestado de puertecillas iguales a la mía. Seguí hacia la derecha, ávido de caminar. Jasper y Alexander me siguieron pisándome los talones. Vi una puerta negra y gruesa. Así la manija del cerrojo y di un tirón colosal. De resultas, me quedé sentado en las losas.

La puerta no se había movido.

—¿Alguna dificultad, Len?

—Está cerrado con llave.

Jasper cogió la barreta de hierro con dos dedos y tiró suavemente. La puerta quedó abierta de par en par.

Me alzaron y me sacudieron el polvo del pantalón. El golpazo me había repercutido a lo largo de la espina dorsal. Busqué el brazo de Alexander y proseguí.

Caminábamos por un claustro sin fin. Las columnas se sucedían ininterrumpidamente. Cuando a mí ya no me quedasen piernas, en la galería aún quedarían columnas. Era un trecho de pesadilla. Los intradós de las macizas arcadas caían aplastados sobre los capiteles. Mi cabeza no soportaba el peso de tanta piedra y se doblaba sobre el pecho. Me agarraba a Jasper y a Alexander como una lapa. No me di cuenta de que habíamos llegado a la escalera y continué caminando. Instantáneamente quedó iniciada la vuelta de campana, pero cuatro manos se me soldaron al cuerpo y tiraron de mí. Luego, el descenso fue sencillísimo: me alzaron por las axilas y aunque mis pies se movieron voluntariosos, ni siquiera rozaron los peldaños.

Llegamos al patio lleno de sol. Vagaban alrededor de los eucaliptos algunos esqueletos infantiles.

Jasper me depositó en un banco de granito cerca de unos rosales que serían hermosos dentro de cinco meses. Desenlacé los brazos de su cuello y me quedé jadeando como un azogado.

—¿Estás bien, Leonard?

Asentí.

El sol se me metía a través de las pestañas y me quemaba las pupilas. Me hice pantalla con la mano y la vi tan translúcida y afilada que volví a bajarla aterrado. Alexander extendió la suya. El aire me ponía la piel de gallina y tiritaba de pies a cabeza.

—¿Nos volvemos arriba, Len?

—Bueno —dije.

El gigantón me pasó los brazos por debajo de los muslos, me así a su cuello y emprendimos el regreso.

Hasta las seis de la tarde estuve jugando al chaquete, sentado en el sillón de los almohadones, junto a la ventana. Mi contrincante era la «Cara de luna». Ella no conocía el juego. Yo tampoco. A esa hora perdí la paciencia y aparté de mi vista el tablero y las fichas.

—¿Quiere acostarse ya, doctor?

Al oírme llamar «doctor» me invadió una oleada tibia. Recordé que lo era. Mi sangre empezó a circular vigorosamente y el corazón repicó como una campana en día de fiesta.

—No, no quiero acostarme todavía. Desearía tomar algo... café, por ejemplo. Súbame una taza, por favor.

Se fue presurosa. No tardé dos minutos en salir del cuarto a mi vez.

Pegué el oído a una de las múltiples puertas del pasillo. Llamé con los nudillos... di vuelta al tirador... asomé la cabeza. Vi un lecho blanco con una forma tendida. Me acerqué. Era una mujer de mediana edad. Estaba dormida. Su seno subía y bajaba acompasadamente, pero no aspiraba el aire ni por la boca ni por la nariz, sino por la cánula que emergía de su cuello. Le tenté el pulso. Toqué su frente. Ya no me daban miedo los enfermos; volvía a quererlos profundamente, más profundamente que antes.

Sobre la mesilla de noche había apósitos de gasa, unas pinzas y algunos instrumentos más, preparados para proceder al escobillado de la cánula. Suavemente, con el mayor cuidado, deshice la «corbata de Trousseau», extraje el tubo de plata con suma facilidad y cubrí la herida con un apósito. La enferma se revolvió inquieta, pestañeó e hizo una mueca de incomodidad. Pero siguió respirando por sí sola, lenta, apaciblemente. Permanecí tenso, observándola. Transcurrieron alrededor de veinte minutos. De pronto abrió los ojos y lanzó un profundo suspiro de satisfacción. Suspiré a mi vez, experimentando el mismo bienestar; dejé la cánula sobre la mesilla. Ya era innecesaria.

La mujer notó el ruido y ladeó la cabeza. Al ver mis facciones demacradas, por poco se le saltan los ojos de las órbitas. Retrocedí azorado.

Se habían vuelto las tornas. Ahora era yo quien espantaba a los enfermos.

Regresé a mi cuarto. En cuanto entré, la mano de Jasper se empotró en mi hombro dejándome inmovilizado frente a él. Sus ojos claros como el agua se hundieron en los míos furiosamente.

—¿Dónde has estado?

Me rodeaban Alexander, el doctor Garrett, el doctor Lee, la «Cara de luna» y tres monjas francesas.

—La paciente del cuarto de al lado puede prescindir de la cánula —tartamudeé.

—No salgas más hasta que yo lo disponga, ¿entiendes?

El corro de gente fue disgregándose. Todos iban con las blusas blancas puestas y se veía algún objeto de cura entre sus dedos. Habían interrumpido sus tareas para buscarme y volvían a ellas, visiblemente molestos. Hubiérase dicho que sólo el anciano doctor

Garrett me perdonaba. Al cerrar la puerta tras de sí me largó una mirada que parecía decir: «¡Bravo!»

Sólo quedaron conmigo Alexander y Jasper. Este último abrió la cama de modo brusco y ablandó las almohadas a puñetazos.

—Está muy enfadado —me dijo Alexander al oído.

Me solté el cinturón; los pantalones cayeron por sí solos. Empecé a quitarme camisetas de lana. Jasper se impacientaba y daba vueltas por la estancia. Se paró ante la mesilla y de un manotazo echó a rodar las fichas del chaquete. Alexander se le acercó y le dijo dulcemente:

—La brutalidad quita fuerza a la razón, Jasper.

Consiguió que el aludido derribara una silla de una patada.

Me acosté sin poderle quitar ojo de encima, obsesionado por su figura gigantesca y rabiosa. Hubiera jurado que no provocaba yo toda su ira. Algo más le pasaba.

Se plantó a mi lado y con rudeza me puso el termómetro en la boca. Me asió la muñeca y sacó su reloj. Temblaba. Temblaba tanto que escondió la mano.

Le miré a la cara fijamente. Bajó los ojos. Su boca se curvaba hacia abajo; los tensos músculos de la cara trazaban un surco en sus quijadas. Sufría. Soportaba una viva tortura y no podía ocultarlo. Era un dolor físico como si por sus venas corriera sangre ardiente; como si sus nervios tirantes como cables fueran mordidos y desgarrados.

Le así fuertemente por la blusa blanca y exclamé, ronco:

—¿Qué tienes? ¿Qué te pasa?

La mole de granito se estremeció y se encogió. Quedóse de rodillas, caída su rojiza cabeza sobre mi pecho, como si me auscultara... En realidad, se había derrumbado.

Alexander acudió.

—¡Jasper! —dijo—. ¿Te sientes enfermo?

El aludido negó; con un esfuerzo balbuceó, humillado:

—Es ridículo... Vais a reíros de mí, pero ya no puedo luchar más. ¡Ella me ha ganado!

Lentamente fui comprendiendo. Muy lentamente, porque yo mismo trataba de engañarme. Me dio frío..., un frío capaz de congelarme el alma.

Tenía a Jasper tan cerca que la explicación llegaba hasta mí, tenue, silenciosa, por el olor que despedía su cabello, su ropa, su persona misma... Era una sutil fragancia de «Extrait de Nard».

De pronto revelaba que era humano. Había querido aletargarse, ignorar la vida... y la vida misma le sacudía y le despertaba. Aquella dulce droga a que había cerrado los ojos obstinadamente, lleno de soberbia, ahora le envenenaba y le abrasaba el cuerpo y el alma. ¡Pobre Jasper!

Alexander, sin adivinar, me interrogó con la mirada.

Hice un esfuerzo y sonreí.

—Se nos ha enamorado.

Traté de llevarme una mano al pecho, pero hallé la cabeza de Jasper, y mis afilados dedos se hundieron en su pelo. Primero, suavemente; después apreté hasta hacerle daño.

Apagaron la luz y ambos se fueron de puntillas, cerrando la puerta con cuidado.

Se habían quedado perplejos al ver que tan de improviso me había hundido en aquel profundo sueño. «Está fatigado», dijeron. Y era una justificación.

En cuanto hubieron desaparecido, abrí los ojos y seguí el proceso del anochecer. Quieto, plano como un muerto, con la única diferencia de que los muertos no piensan.

Un sudor frío resbalaba por mi cara y me cosquilleaba en las comisuras de los labios. Mi aliento arrastraba un silbido que nacía en el pecho. Seguía sintiendo cargada sobre el corazón la cabeza de Jasper. Me aplastaba. Apreté la base del cráneo en la almohada, clavé los talones en el colchón y arqueé el cuerpo hacia arriba, desperezándome, intentando librarme de aquel peso. Pero inmediatamente volví a quedar postrado.

Las cortinillas de la ventana estaban recogidas hacia arriba, prendidas en el postigo abierto, tal como yo las había dejado a media tarde para que me diera el sol. Ahora dejaban paso a la luz de la noche. Era plenilunio. El cielo invernal, como un cristal moteado de estrellas, parecía empañado por el frío. La primavera tardaría aún en iniciarse, y en las ramas del eucalipto no se posaba ni uno solo de aquellos pájaros que no faltan nunca en las noches de melancolía. Fijé los ojos en la vacía y desolada inmensidad. Dejé que transcurrieran las horas, sin esforzarme en dormir, ni en velar... ni en pensar.

La luna, en su pausada vuelta alrededor del mundo adormilado, pasó sigilosa por delante de mi ventana.

Su esfera fosforescente, suspendida por el vacío, cautivó mis pupilas igual que si se tratara del reloj de plata de un hipnotizador. La luz se tornó refulgente y me cegó. Batí las pestañas como si fueran alas... dejé que volara la voluntad...

El sopor cataléptico me envolvía.

Me hallé en un páramo devastado. Todo era cielo. La luna en medio como un enorme farol. En su tez clara había infinidad de pupilas que me escudriñaban.

—¿Qué haces aquí? —me dijo.

—No lo sé. Creo que esto es un sueño.

—¡Un sueño! —repitió riendo—. ¿Y en qué se distingue de la realidad? En una y en otra forma, yo estoy sola y tú también.

Su carcajada retumbó en el espacio hueco.

—¿Y eso te mueve a risa? —exclamé indignado.

—Tú has llorado, ¿verdad? Te brillan hilos de lágrimas en las mejillas.

—Es sudor.

—No mientas.

Bajé la cabeza. No sólo mentía, sino que seguía llorando.

La luna se compadeció y habló cariñosamente:

—¿Qué es lo que te duele tanto? ¿Acaso es motivo de pena el que tu amigo haya renunciado a su austeridad casi bárbara? ¿Acaso la mujer que ha escogido no es digna de él? Sabes de sobra que la arrogante emperatriz y el gigante irritable se amarán con toda la fuerza de que son capaces aunque sus soberbios temperamentos choquen y echen chispas a diario. ¿Querías un hombre vulgar para ella?, ¿un pelele sin inteligencia que no supiera de dónde sacar diez libras mensuales? Tu amigo se está encaramando ya en la cúspide de la fama y pronto doblará el montón de dinero rancio que *Sir* William Greene tiene guardado en su palacio. Te das cuenta de todo esto, ¿verdad? Entonces, ¿qué es lo que te aflige, pobre muchacho? Ni siquiera sabes si estás despierto o estás soñando.

Me había quedado embobado escuchándola y sentí que me caía un lagrimón.

—No sigas llorando como un niño —reprochó la luna—. Tienes cerca de treinta años.

Cabizbajo y desorientado, farfullé:

—¿Qué te parece que haga?

—Vuélvete a la cama y procura tranquilizarte. Ya les has mareado bastante con tu corazón. ¿No te das cuenta de que les tienes sobre ascuas? Obedece en todo a tu médico y no le apures más. Si te mueres, al menos que no haya sido por descuido tuyo.

—Es muy fácil que me muera, ¿verdad?

—No pienses ni un minuto en la muerte. Intenta una convalecencia sosegada y te pondrás como un roble otra vez.

—Nunca he sido como un roble. De niño me daban vahídos.

—Entonces tu amigo estuvo en lo cierto cuando dijo que ya padecías del corazón antes de contraer la enfermedad.

—Pero no me había enterado. De pequeño jamás fui al médico. La primera vez que se aplicó un estetoscopio a mi pecho fue en el *South London Hospital* siendo yo estudiante. El que me auscultaba era otro estudiante. Debió de percibir un ruido anómalo y preguntó si me había enamorado. Negué, y no me creyó. Luego no se preocupó más. Yo tampoco.

—¡Fue una lástima!

—No, no. He estado mejor sin saber nada.

—Quiero decir que fue una lástima que no te hubieras enamorado. Había infinidad de muchachas lindas en el hospital. Era el momento.

—Te parezco viejo ahora, ¿verdad?

—¡Vamos, hombre! ¡Jasper te lleva cinco años y acaba de enamorarse como un estudiante! ¡Para eso hay tiempo siempre! Pero ¿por qué me has hecho esta pregunta? ¿Piensas casarte?

—¿Con quién?

—Eso lo sabrás tú. Yo sólo pregunto si piensas casarte.

Me quedé pensativo, sumido en profundas reflexiones. Lentamente moví la cabeza.

—No —dije con firmeza.

La luna soltó una carçajada.

—¡Entonces serás joven hasta los ochenta!

—Si no me he muerto.

—No vuelvas a eso. Vete a la cama.

—Jasper no me lo dice, pero sé que la lesión cardíaca me quedará para toda la vida.

—Quizá te equivoques...

—No soy un médico excepcional, pero nunca he errado un pronóstico.

—Alguna vez tiene que ser la primera.

—Es absurdo que trates de consolarme; no estoy desconsolado, ni me asusta la idea de la muerte.

—Vete a dormir.

—A pesar de la estrecha vigilancia, ayer logré pillar el estetoscopio y escuché los ruidos que produce mi corazón.

—Mal hecho. Va contra tu carácter. ¿No dices

siempre que prefieres ignorar lo que ya no puede remediarse?

—Tienes razón.

—Vete a dormir.

—Tienes razón.

Me volví y miré alrededor: estepa pelada, infinita, de confuso horizonte.

—¡Cielos! ¡Si no sé dónde estoy!

—¡Muévete, cocea, patalea!

—Tengo trabados los pies.

—Esfuérzate. Trata de dar un brinco.

Lo di y pasé de un mundo a otro. Bruscamente me quedé agarrado al colchón, palpitando y jadeando.

Miré al cielo. Las estrellas seguían allí, congeladas, pero mi pícara interlocutora se había ido. Sólo dejaba un rastro de platino que bañaba la copa del eucalipto y la pared de la habitación.

La ventana estaba mal cerrada y un hálito frío agitaba las cortinas. Si no me decidía a cerrar me enfriaría, y si me decidía a hacerlo, posiblemente también. Aparté la ropa, saqué las piernas fuera del lecho y busqué las zapatillas. No había alfombra y los dedos de los pies rozaron unas losas tan heladas como el mármol.

En medio de la habitación distinguí un pequeño ser negro que se movía. Era un escarabajo. Se arrastraba difícilmente, como si padeciera ciática. Metía gran ruido; hubiérase dicho que usaba polacas de tacón. ¿Adónde demonios iría con el frío que hacía? Pasé por su lado, asqueado, sin mirarle.

Los dientes me rechinaban y la cama caliente me aguardaba; era cuestión de cerrar la ventana y virar en redondo sin perder un segundo. Pero no pude vencer la tentación: pegué la nariz al cristal y miré de reojo hasta que los músculos abductores me dolieron.

Alcancé a verla: redonda y lívida se deslizaba por el firmamento, perseguida por la aurora.

—¡Embrollona! —susurré—. ¡Aún no me has dicho si estaba despierto o dormido!

Siguió su camino impávida, muda, lúcida como la bola de cristal de una pitonisa... al acecho de otras ventanas abiertas, de otras mentes supersensibles a quienes aletargar con el fluido magnético de sus rayos.

Y aquí estaba el misterio: ¿había sido natural mi sueño o se trataba simplemente de un diálogo sostenido conmigo mismo en estado de sonambulismo?

Estremecido de frío y de miedo di media vuelta. Algo se chafó bajo mi pie con un crujido. ¡Válgame Dios, el escarabajo! Miré aterrado. No, no era el escarabajo. Se trataba de una ficha del chaquete.

Corrí hacia la cama, me eché en ella y me tapé hasta la nariz.

En el silencio de la noche oí claramente las polacas de tacón. Abrí un ojo y vi al bicharraco tratando de introducirse por debajo de la puerta. Pero no pasaba; su casaca negra tenía demasiado vuelo. Me dormí antes de que a él se le acabara la paciencia.

A la mañana siguiente tuvieron que quitarlo con una escoba. Ya no se movía. Había sucumbido en su empeño.

Me senté en la cama y me desperecé. Eran las nueve. La «hermana azul» acudió con la toalla, la palangana y la colonia. Me lavé y me desayuné.

—Hoy hace un día magnífico, doctor. No se mueve ni una sola hoja. Podrá vestirse y pasear por el patio.

—Lo haré si al doctor Jasper Sidney le parece bien.

—¿No se siente con ánimos, doctor?

—Sí; pero aguardaré a que él lo disponga.

—Desde luego —dijo, cariacontecida.

Rondó por el cuarto sin hacer nada definitivo, como siempre. Era un modo de invitarme a que pidiera algo; estaba allí para prestarme el menor servicio. Cambió de sitio un montón de periódicos que Alexander me traía y ella me leía con tonillo y voz nasal, y exclamó:

—Aquí hay un semanario francés que nunca hemos leído. ¿Quiere que intente descifrarlo?

—Me lo sé de memoria.

Recordé a la señorita Greene ofreciéndomelo, gentil: «Para cuando pueda leer...» Pude en seguida. A pesar de lo cansados que tenía los ojos, a pesar de que se me nublaban cuando los mantenía fijos. Y había repetido la hazaña cada vez que me quedaba a solas, como si en aquellas páginas fuese a hallar alguna reliquia. Y verdaderamente, la había: al volver las hojas, el «Extrait de Nard» volaba tenuemente, embalsamando el aire que yo absorbía.

«Todo cuanto la roza huele a nardo...»

Y volvía a sentir apretada sobre el pecho la revuelta cabeza de mi amigo.

De sopetón se abrió la puerta del cuarto y el gigante rubio apareció en el umbral. Nos quedamos mirándonos como si llevásemos años sin habernos visto. Lentamente se acercó esbozando una débil sonrisa. Estaba dolorido aún por su ruda caída en la servidumbre del amor. Cogió una silla y se sentó pesadamente, haciendo crujir los listones. Me miraba los labios, receloso, temeroso de que apareciera en ellos una risita socarrona. No los despegué. Fue tranquilizándose paulatinamente. Y de pronto recordó que había venido como médico. Me tocó la frente. Su mano ardía.

—Estás frío, Len. —Me tentó los pies, y se volvió hacia la «Cara de luna».— ¿No hay otra manta?

—Entregamos media docena a los desinfectadores pero iré a ver, doctor.

Salió, presurosa.

—No te fastidiará, ¿verdad, Len?

—No lo creo.

—¿No tienes ganas de levantarte hoy?

—¿Puedo?

—Naturalmente. Son las diez y media; si te parece, aguarda hasta las once. ¿Te sientes resfriado?

—No, no; estoy bien.

—El patio está caldeado... no es necesario que te pongas tantas camisetas.

—Se me caerán los pantalones.

—Te he traído unos tirantes.

—Me pondré las de franela y suprimiré la de Alexander, ¿qué te parece?

—Me parece bien.

—La lana es un poco áspera, ¿sabes?

—Pica, ¿eh?

—Es por ser nueva.

—Y ordinaria.

—Lavada se ablandará.

—Quizá.

—Veremos.

Se produjo un silencio, pesado, embarazado, horrible. Pero era mejor que el asunto de las camisetas.

De pronto resonó en el cuarto una voz extraña,

desconocida, sumamente pausada y serena. Era la mía.

—¿Cómo ocurrió, Romeo? ¿Quieres contármelo ya o prefieres seguir versando sobre la calidad de las prendas interiores?

Sonrió, confuso. Pero habló inmediatamente, a borbotones, satisfecho.

—¡Es extraordinario, Len! Ni yo mismo me lo explico. Iba a diario, mientras estaba enferma. Seguí yendo en la convalecencia. Días y días. Fastidiado por tanto perfume, con enojo, con rabia. Días y días. De sopetón me pregunté por qué iba si ya estaba curada. Me irrité y no volví más. Eso fue después de la visita que te hizo. Cinco días sin verla. Y no me acordaba de ella, te lo juro. Ayer tarde me urgía ir al laboratorio de Análisis; salí apresurado, corría por el camino. Y no sé cómo fue, te lo juro: me hallé llamando en casa de los Greene. Estaba irritado. Me introdujeron en el salón. Apareció ella, altiva, enfadada. El nardo aumentó mi furor. «¿Cómo está usted?» «Perfectamente, doctor, gracias.» No recuerdo, te lo juro, no recuerdo quién se acercó el primero. De golpe y porrazo estaba en mis brazos y yo la besaba una y otra vez sin saber siquiera cómo se hacía.

Sus ojos grises, casi azules, despedían llamas.

—¿Sabes desde cuándo la amaba? ¡Santo Dios, Len! ¡Ahora me doy perfecta cuenta! ¡Desde que me pidió el suero! ¡Me dio un retruque ahí dentro...! Quisiera casarme con ella inmediatamente. Pero me da frío hablar con su padre.

—Nunca en la vida te habías acobardado ante nada.

—No me comprendes, Len. Temo dar ese paso

porque sé de cierto que voy a hundirle la mandíbula de un puñetazo.

—¡No pierdas los estribos, por Dios!

—Me aborrece, me detesta.

—Aguántate. Antes de hablarle, completa tu trabajo, triunfa plenamente, sitúate. Preséntate ante él cuando puedas arrojarle un fajo de dinero a la cara.

—Me odiará más. No resiste que me salga adelante. Le aterra que el suero dé buenos resultados, porque él no lo quiso para su hijo. Esa es la causa.

No supe qué objetar. Yo mismo hubiera deseado hundir la mandíbula del ricacho.

Entró Alexander y notificó a Jasper que abajo preguntaba por él un ayudante del profesor Todd, del laboratorio de Análisis. Al parecer, desde el día anterior le estaban aguardando con un cultivo del *Bacterium difteriae* expuesto en el microscopio.

Por el rostro de Jasper pasó una gama de colores. Se fue sin decir ni pío.

Alexander se apoyó en los pies de la cama y me enfocó sus ojos limpios. Estuvo contemplándome sin trazas de despegar los labios hasta que me puse nervioso.

Siguió callado. Sus espesas cejas negras se encogían lentamente.

—¿Qué es lo que estás pensando?

No replicó.

Poco a poco fui incorporándome, obsesionado por aquellas pupilas que mansamente socavaban, penetrando en todas partes.

—Alexander... habla... ¿Qué piensas? ¿Qué estás pensando?

Quedé arrodillado sobre la cama. Le así por el

brazo. Apreté los dedos con toda la fuerza que me permitía mi estado. Debí de hacerle daño. Pero siguió imperturbable.

Le solté. Quedé rendido, con la cabeza caída sobre el pecho y los ojos bajos.

—Está bien —dije al fin—. Por lo menos, no la perdí por no ir bien afeitado y bien relamido. Te lo agradecí mucho, Alexander.

No le veía; sólo sentí que me daba palmaditas en la base del cráneo. Luego me tiró de la camisa para que me estirara.

No hubo más palabras.

Tres niños, dos adolescentes, un hombre de mediana edad y yo, paseábamos por el patio como muertos ambulantes. Buscábamos alternativamente la sombra y el sol, según nos entraba calor o frío. Me senté en el banco de granito rodeado de rosales sin hojas y sin flores. Al poco rato se acercó el doctor Lee llevando en brazos a una jovencita que colocó a mi lado.

—Buenos días, amigo Barker. Tiene usted mejor aspecto, ¿eh? Dejo aquí a esta chica para que le acompañe. Es la más bonita que he hallado.

Rió campechanamente. En tono distinto, dijo:

—En seguida bajará una hermana.

Preguntó a la jovencita si estaba bien y aguardó la respuesta durante un buen rato. Como no llegara, alzó los hombros.

—Es que tiene frío y la deslumbra el sol —dije yo, anudándole la bufanda y poniendo la mano de pantalla.

Lee sonrió.

—Tiene usted algo de nuestro anciano Garrett —dijo—. Comprende a los enfermos con sólo mirarlos.

Nos dejó en aquel macizo banco de granito que parecía una burla a nuestro peso mezquino.

La jovencita no sabía qué hacer de su cabeza de plomo. Apoyé el codo en el respaldo para que ella pudiera recostarse en mi brazo. Lo hizo así dirigiéndome una aturdida mirada de agradecimiento. Vi unas pestañas espesas como un fino cepillo y unos ojos verdes y grandes, muy desproporcionados para su carita flaca y pequeña como la mano cerrada. El pelo, de color de espliego seco, estaba cortado a tijeretazos; tan corto, que se le ponía tieso y arremolinado como el de un rapazuelo. No sé quién cometió aquel desastre. Por el cogote le pendía una cinta que habría rodeado la cabeza en un intento de darle aire femenino. Iba embutida en un abrigo apolillado que tuvo las solapas de piel y ahora quedaban medio peladas como un cuero cabelludo enfermo. Allí hubieran caído bien unos tijeretazos.

—¿No se te pasa el frío, pequeña?

Negó, aturdida. Tiritaba y escondía ambas manos en un solo bolsillo medio descosido, apuntado con imperdibles. Le tomé la diestra y la metí dentro de mi chaqueta, junto a mi chaleco de lana.

—Abrígala ahí.

Subieron las pesadas pestañas y recibí otra mirada de agradecimiento.

—¿Cómo te llamas, pequeña?

—Loretta.

—¿Cuántos años tienes?

—Veintidós.

Me quedé de una pieza. Su cabeza sobre mi brazo y su mano junto a mi chaleco me hicieron sonrojar, me moví inquieto tratando de apartarme un poco; pero ella, aturdida y creyendo que quería acogerla más, pasó la cabeza por debajo de mi brazo y se me recostó en el pecho apretujándose, estremecida. ¡Pobrecilla, Loretta!

Temí que llegara la hermana y echara a volar el pensamiento. Mantuve el brazo tieso para no abrazarla y alcé la barbilla a fin de no rozarle la frente. Su pelo corto me cosquilleaba el cuello. Se arrimó más. Hurgó dentro de mi chaqueta y ¡madre mía! sentí sus brazos rodeándome la cintura. Luego vino la tercera mirada de agradecimiento. Los ojos verdes semivelados chisporrotearon. Me quedé atontado. Pobrecillo Len.

Desenrollé los flacos brazos que ceñían mi flaco cuerpo y devolví aquellas manos al bolsillo de los imperdibles; amontoné sobre el banco de granito el conjunto de huesos embutidos en el abrigo pelado y me alejé vigilando con el rabillo del ojo que la débil cabeza de rapazuelo no se viniera abajo antes de que la «hermana azul» llegara para prestarle apoyo.

Busqué la sombra de un eucalipto, junto a la pequeña gruta artificial donde un rollizo niño de piedra, con las mejillas hinchadas y los labios en bocina, escupía un hilo de agua transparente como el vidrio.

Vi que en los botones de la bocamanga se me había quedado prendida la cinta de Loretta. Mientras la desenredaba, el anciano doctor Garrett me palmoteó la espalda.

—¿Qué es eso, Barker? ¿Una cinta de mujer? ¡Malo!

Sonreí. El viejecillo era capaz de gastar una broma tras otra sin que su pensamiento dudara nunca de nadie. Se sentó a mi lado con el blanco cabello alborotado, como un halo, y recogió un botón de mi bocamanga, que acababa de salir disparado.

—¿Cómo se lió tan bien, Barker?

Reí.

—La tuve abrazada.

—Vi desde arriba cómo te asustabas.

Se me heló la risa.

—Haces bien en guardarte de esa lagartija, muchacho. ¡Ya la verás cuando tenga veinte años!

—Me dijo que tenía veintidós.

—Se añadió seis. Es un caso de coquetería precoz. Cuando acababan de operarla pidió un espejo y un lazo para adornarse. Hoy le han lavado la cara y han salido polvos, colorete y demás mejunjes. Nadie sabe de dónde los saca.

Seguimos hablando durante un rato. De pronto me notificó que se iba de Saint Constantine.

—Aquí la epidemia toca a su fin, y a mí me queda mucho que hacer todavía.

—¿Sigue en su clínica de Londres?

—Seguía. No volveré allí.

Hurgó en el bolsillo y sacó un *The Times* doblado. Me lo alargó con la uña del pulgar clavada en un encabezamiento.

> *Fiebre amarilla en Bogotá. Más de mil casos diarios. El doctor Fichte, víctima de la enfermedad, fallece en su hospital de*

Girardot, rodeado de ciento quince atacados.

Alcé los ojos impresionado. La arrugada cara del anciano resplandecía; el halo de su cabello y de su barba le llenaba de claridad.

Contaba setenta y ocho años y se iba a Colombia, al otro lado del mundo, a través de aquel mar de las Antillas que había transmitido el veneno de sus costas hasta Bogotá y hasta las venas del malogrado doctor Fichte.

—¡Logró morir entre ellos! —susurraron los viejos labios.

Y entonces comprendí con qué esperanza perseguía las epidemias. Y comprendí que alguna vez se cumpliría su afán.

Con paso inseguro se acercó un chiquillo convaleciente y se quedó subyugado mirando al gordinflón de piedra que echaba agua por la boca, en el surtidor. Debió de darle vértigo tanta lozanía. Se tambaleó; sus piernas de palo se doblaron por el prominente nudo de la rodilla y se cayó. Se echó a llorar desconsolado, mirándose las palmas de las manos raspadas por la gravilla. Traté de acudir en su ayuda, pero el anciano, mucho más ágil que yo, le cogió en brazos y se lo llevó susurrándole festivas palabras y soplándole la piel mortificada.

Seguí sentado en el mismo rincón. La mañana se deslizaba lentamente. Se me acercó una joven religiosa francesa llevando una bandeja; me ofreció una infusión de olorosas hierbas. Cogí una taza y le di las gracias. Se alejó con su toca de paloma y su hábito negro. Era una figura alta y austera.

Cogí un guijarro redondo y lo arrojé al surtidor para oír el «gloc» del agua. No oí el «gloc» porque erré la puntería.

Volvió a mi mente la figura alta y austera, pero ya no llevaba la toca de paloma, sino un sombrero de terciopelo negro en forma de plato; pendía un velo a su espalda... ¿Es que iba a recordármela cualquier forma de mujer?

Me pasé la mano por la frente una y otra vez.

—¿No se borra el pensamiento, Leonard?

La voz de Alexander había sonado casi en mi oído. Me volví y le vi detrás de mí, recostado en el eucalipto.

—¿Estás espiándome?

Afirmó sonriendo. Luego, se sonrojó. Tomó asiento a mi lado y empezó a buscarse algo en los bolsillos.

—¡Es curioso! El inspector Wyatt me ha dado un cigarro puro para ti, y lo he perdido.

—¡Tanto mejor!

—Se interesa por tu estado mucha gente, Len... El otro día, precisamente, fui por una micrografía a la clínica de nuestro querido colega el doctor Pressburger, y me salió al paso una enfermera blanca y almidonada, con unos ojos muy azules. Me preguntó ansiosamente si ya habías salido de peligro. Bonita, Len.

Capté su buena intención y guardé silencio.

Jugueteé con el botón que se me había caído de la bocamanga y exclamé:

—Deberías traerme la otra chaqueta. Esta se cae de vieja.

Bajó la cabeza con un bochorno inexplicable.

Cogió un guijarro y lo echó al agua nerviosamente: «¡Gloc!»

—Verás, Len... la otra chaqueta... en resumen: ya no tienes otra chaqueta.

Le miré sin comprender.

—¿Y la que me desinfectaron?

—Ni chaqueta, ni pantalones, ni chaleco, ni camisa, ni ropa interior, ni zapatos, ni calcetines, ni capa, ni sombrero. Sólo abrigo. Te queda el abrigo y lo que llevas puesto. Lo demás... hazte cargo, Len... Martino no podía irse desnudo.

Pestañeé atónito.

—Pero ¿y lo vuestro, Alexander?

—Yo le di unos puños y Jasper una corbata.

—Ya entiendo. Estabais convencidos de que no me sería posible reclamarlo, ¿eh?

—¡Calla!

Su mano me tapó la boca rudamente. Tan rudamente que mis labios dieron contra los dientes y noté sabor de sangre. Alexander no se dio cuenta de que me había hecho daño.

—No pude darle lo mío —dijo a media voz— porque sólo tengo lo que llevo puesto. En cuanto a lo de Jasper, le venía grande de un modo ridículo.

—¿Os fue posible proporcionarle algún dinero?

—Muy poco. Oyeme, Len: Honora vendrá a verte esta tarde. Quiere traerte una torta de anís. No vino antes porque...

—Porque están sus nietos aquí y la vuelven loca. Me lo dijiste ayer. Dime: ¿tienes reparo en seguir hablando de Martino?

Sus cejas negras se encaramaron en su centro.

—Quisiera, Len, que los tres nos olvidáramos

completamente de él. En realidad, Martino ha dejado de existir... Para nosotros sólo debe tener vida Ptolemy Dean.

—Debisteis advertirle que no fuera por el lado de Svenborg. Creo que al acordeonista le quedaba algún pariente por allá.

Sonrió apagadamente.

—Si se zafaba de todo el Cuerpo de Policía, sabrá zafarse de algún pariente.

Ensimismado, me miré las marcadas articulaciones de los dedos.

—¿Se quedó tan ahilado como yo?

—No tanto —reconoció de mala gana.

Imaginé a Martino a bordo del barco, delgadísimo, amarillento, con las inmensas ojeras formando oscura mancha en el rostro, calado mi sombrero y flotante mi vieja capa. Debió de asustar a los pasajeros como si se tratara de la estampa de la muerte.

—Ni en el mejor de los casos podía hallarse en condiciones de hacer la travesía, Alexander.

—La caducidad del pasaporte se impuso. Valía la pena arriesgarse.

Sonreí sin humor:

—Por otra parte, habría sido una verdadera lástima que Ptolemy Dean tocara el acordeón durante tantos años para que, al fin, no pudiera aprovecharse nadie.

Mi propia broma me disgustó. Me levanté cabizbajo.

—Demos una vuelta, Alexander. Llevo tanto tiempo sentado...

Seguimos a lo largo de la tapia forrada de plantas trepadoras. Casi rodeamos el edificio por completo; nos detuvimos en un rincón cercado de boj, donde había una pila de piedra empotrada en el muro: era una pequeña fuente casi perdida en la exuberancia de la hiedra. El repiqueteo del agua invitaba a beber. Me incliné y la absorbí afanosamente. Era fría como si procediera de un manantial. Tan fría que me quemó los labios. Por la barbilla y el cuello se escurrió un hilo helado que me estremeció de pies a cabeza con una sensación casi de agrado.

—¿Tienes un pañuelo, Alexander?

Hurgó en los bolsillos y salió inesperadamente el cigarro puro del inspector Wyatt. Luego me alargó el pañuelo. Iba a secarme, cuando me lo arrebató de la mano otra vez.

—¡Está sucio, Len!

Quiso esconderlo tan rápidamente que se le cayó. Vi unos manchones rosados y llegó a mi olfato un tufillo a colorete barato.

—¡Hola! —exclamé boquiabierto.

Alexander se sofocó hasta la raíz del cabello.

—Lavé la cara de una chiquilla que se pintarrajeaba.

—No me debes explicación alguna, te lo aseguro —le dije para martirizarle.

Al instante me arrepentí. Alexander no merecía ese tono reticente.

Sonrió a pesar suyo y metió la cabeza entre la hiedra para refrescarse la garganta en la fuente.

—Es curioso, Len —dijo enjugándose con el revés de la mano—; si no se embadurnara podría pasar por un muchacho.

—Porque lleva el pelo cortado.

—Hoy la he visto sentada... —se interrumpió reflexionando—. Sí que lleva el pelo cortado. ¿Cómo lo sabes, Len?

—Se llama Loretta y tiene dieciséis años, aunque a los ingenuos les dice veintidós... y se lo creen.

Se quedó mirándome con los ojos muy abiertos.

—Ven —me dijo taciturno, sentándose en un parterre sin darse cuenta de que chafaba los geranios—. Siéntate, Leonard... Anoche me ocurrió una cosa horrorosa.

Le vi tan serio que le pregunté casi al oído:

—¿Te abrazó?

Bajó la cabeza torturado.

—Peor, Len: ¡la abracé yo!

Me quedé sentado sobre las flores, de improviso.

—¿Qué quieres dar a entender, Alexander?

—Ni más ni menos —bajó los ojos—. Te explicaré. Salimos Jasper y yo de tu cuarto. El entró a ver a la mujer aquella a quien quitaste la cánula. Yo me dirigí abajo. Estaba a mitad del corredor cuando oí que alguien me llamaba y vi asomada la cabeza de un muchacho. «Entre —dijo—; me siento muy mal.» Estaba en camisón, agazapado, agarrado a la puerta porque no se tenía en pie. Le cogí en brazos y le acosté. «¿Qué tienes?» Se echó a llorar. Me tendió los brazos desolado. Traté de consolarle. Me senté al borde de la cama, le rodeé los hombros. Me daba pena. Se acurrucó y lo abracé. Me ciñó el cuello fuertemente... «¡No me dejes! —hipó—. ¡Me siento tan *sola*!»

La voz de Alexander se quebró en ese punto. Tragó saliva y reemprendió:

—¿Te das cuenta, Len? ¡Era una mujer!

Contuve las ganas de reír.

—¿Y qué hiciste, Alexander?

Me miró anonadado.

—Me daba pena —susurró.

—Desde luego, pero...

—Seguí abrazándola. No había mal en ello.

En efecto: llevaba razón.

—Entonces —dije—, ¿cuál es la cosa horrorosa que te ocurrió anoche?

Se levantó nervioso y se volvió de espaldas a mí.

—Entró la monja.

Nos dirigimos los dos a la galería. Todo el mundo se retiraba del patio. Era la hora de comer. Las hermanas llevaban cogidos de la mano a los niños; el anciano doctor Garrett acompañaba a un mozo. Era el contraste de la vejez y la juventud, con el vigor invertido.

Jasper, recostado en la balaustrada, nos vio llegar.

—¿Cómo ha ido la mañana, Len?

—Pronto podrás darme de alta —exclamé.

Pasó por nuesto lado el doctor Lee con Loretta en brazos. La muchacha era como un paquete de ropa arrugada, con unos delgados tobillos y unos pies muertos que colgaban por un extremo.

—¡Pobre coqueta precoz! —murmuré.

—¿Sabes algo de esa chicuela? —me preguntó Jasper.

—Que si te halla descuidado se te mete dentro de la chaqueta.

—No me refiero a eso... ¿Has entablado conversación con ella? ¿Te ha dicho algo?

—El nombre de pila y la edad. ¿Por qué, Jasper?

Sus dedos repiquetearon sobre la piedra de la baranda.

—Es un caso raro: nadie la reclama y ella no dice ni de dónde viene ni a dónde va. La he interrogado mil veces, y adquiere una mudez animal.

—Pero ¿cómo es que está aquí?

—Una noche la trajo a cuestas un muchacho harapiento y desaliñado que dijo ser su hermano. Pero no ha vuelto para verla ni para saber de ella.

—Escucha, Jasper —intervino Alexander con las cejas fruncidas—; esta mañana he sabido quién era.

Le miramos estupefactos. Habló de mala gana, como si lamentara tenerlo que decir:

—Se llama Anna Loretta. No tiene apellidos. Hace dos meses se fugó del asilo de la señora Massey y se refugió en una de las cabañas de hojalata del vertedero de basuras, en compañía de un pilluelo.

—¿Cómo has averiguado eso? —preguntó Jasper sorprendido.

—He estado hablando por espacio de dos horas con el inspector Wyatt. Me he topado con él en el puente de Cragget; me ha dado un cigarro para Len y, con enojo, ha confesado que de un tiempo a esta parte la tierra se tragaba a la gente que él quería detener. Me ha hablado de la chica y le he preguntado cómo era: «La cabeza rapada —me ha dicho—; allá van todas así; el color del pelo es de un rubio gris.»

Jasper quedó satisfecho.

—¿Entonces vendrán por ella, Alexander?

—No he dicho que estuviera aquí.

Sentí frío en la nuca.

—No tendrás intención de encubrirla, ¿eh? —le dije, apurado.

—No puede ser —contestó—, porque se trata de una mujer.

«¡Gracias, Dios mío, por no haberla hecho varón!»

—Pero lamento que tengan que llevarla allí. —Inclinó la cabeza preocupado.— Yo estuve en un asilo, ¿sabéis? Llevé la cabeza rapada y paseé en fila por el patio asfaltado rodeado de una tapia gris.

Rarísimas veces hablaba de su niñez. Cuando lo hacía, a Jasper se le revolvía el estómago y le quería más. Años atrás, cuando estudiábamos en la Escuela de Bacteriología, Jasper le había roto las narices a un chismoso que comentaba la procedencia de Alexander.

—¿Cuándo te sacaron? —le preguntó encogido.

—A los seis años. Querían un niño más pequeño, pero ella... mi madre... me vio y le dijo a mi padre: «Que sea éste, John.»

Me imaginé los ojos de Alexander en un niño de seis años y comprendí.

Jasper le pasó el brazo sobre los hombros y andando hacia el interior del convento le dijo:

—Veremos lo que hacemos en favor de Anna Loretta.

Por la tarde vino a verme Honora.

Yo estaba sentado junto a la ventana leyendo «Los tres mosqueteros», que así era cómo nos habían definido varias veces en el *South London Hospital.*

La vieja entró preparada, convencida de que vería a un muerto resucitado. En cuanto me tuvo delante no supo qué decirme. Le alargué la mano sonriendo y ella insinuó una especie de genuflexión con matices de veneración religiosa.

—Le traigo una torta —dijo por fin.

—¡Magnífico! ¡Las tortas de anís me traen loco!

—Esta es de avellana.

Pestañeé. ¿No es cierto, lector, que Alexander me había dicho que sería de anís?

—Siéntese, Honora.

Hubo un silencio largo, largo.

—¿Cómo se le ocurrió traer a los nietos?

—Mi yerno me escribió, doctor. En Yarmouth empezaba la escarlatina y aquí se terminaba el crup.

Otro silencio.

—Y bien, Honora, pensaba usted ver al doctor Barker y se encuentra con una lombriz, ¿no es así?

Se echó a llorar.

—Estaba convencida de que no le vería más, doctor. ¡Cómo les trajo de preocupados! ¡El doctor Jasper Sidney ni comía, ni dormía, ni siquiera me gritaba! ¡Aún le veo a usted con aquel aspecto de moribundo! Le bajaban por la escalera, estirado, blanco, con las cuencas hondas, como el Señor del Sepulcro. ¡Encendí todos los cirios! Cuando le subieron en la ambulancia, por más que le llevaban con gran cuidado, se le quedó la almohada llena de sangre.

Carraspeé con el corazón en la garganta.

—Todo eso ya pasó, mujer. ¿Y... y qué tal los nietos?

—Fui a buscarlos en seguida. Me alegré de tenerlos. Me hicieron mucha compañía. Sola, por las noches, no podía dormir. Se me representaba continuamente aquella cara torturada que al menor traqueteo echaba sangre por la boca y las orejas... ¡Y el otro! ¡Cielo santo, el otro!

—¿Qué otro?

—El huésped del cuarto de arriba. Que me fui a poner la lamparilla a San Roque, y le vi tieso como un muerto, mirando hacia el techo con los ojos blancos, que ya no parecía de este mundo. El doctor Alexander le velaba y le susurraba cosas al oído. ¡Que ya me temía yo que el crup había cogido al pobrecito y que me engañaban ustedes para que estuviera tranquila! ¡Con los gemidos y los gritos que me habían llegado al oído mientras cosía!

—Pero todo pasó.

—El gato trataba una y otra vez de saltar sobre el lecho y...

—¡Todo pasó, Honora!

Sugerí que probásemos la torta de avellana. La hermana «Cara de luna» nos trajo servilletas y un cuchillo. Hicimos que nos acompañase y los tres merendamos opíparamente. Honora empezó a ensalzar a sus nietos, y la «Cara de luna», destinada a no ser abuela en toda su vida, la escuchó embebecida.

Acabé la tarde aburrido, muerto de tedio, leyendo «Los tres mosqueteros». Las dos mujeres seguían charlando de lo lindo.

Honora, cada cinco minutos había dicho: «¡Cielo santo, les dejo! ¡Con el trabajo que tengo!» Y por fin fue cierto.

La acompañé hasta la escalera, con ganas de estirar las piernas entumecidas.

Una vez solo, rondé por los claustros distraído, dando rienda suelta a todos los pensamientos. Atardecía. La semioscuridad de las pétreas galerías se me hundía en el pecho. Sentía la quietud y la soledad del convento dentro de mí. Me paré ante un grabado al aguafuerte donde la Caridad, vigorosa y lozana, amparaba a los niños. «Está delgada como una anguila», pensé, esbozando una sonrisa.

No sé cuánto tiempo permanecí allí. De pronto,

una mano blanca, alargada y fina, se apoyó sobre mi brazo. No era ninguna alucinación. Me volví lentamente, temiendo asustarla...

Rozó mi cara una toca almidonada y vi a la religiosa alta y austera.

—Retírese —me dijo en francés—; es tarde y hace frío, doctor.

Obedecí sin pronunciar ni una palabra.

Por el camino fui observando algunas celdas abiertas de par en par, con las camas desarmadas y las sillas, las mesillas de noche y los palanganeros amontonados en el centro. En un ángulo del corredor había un aparato formógeno, y en el ambiente volaba el olor del gas sulfuroso.

Se iniciaba la desinfección definitiva de aquellas cámaras; sus ocupantes habían cruzado el umbral del convento sanos y salvos, o el umbral de la Vida, vencidos por la Destrucción. Pero ya no quedaban otros enfermos para ocupar sus sitios.

Al abrir la puerta de mi cuarto oí un oscuro ronroneo como si alguien cantara por lo bajo. Eran Jasper y Alexander. Les hallé repantigados sobre mi cama aprovechando el último pedazo de torta de avellana, con un vaso de vino generoso cada uno.

Me acerqué admirado.

Las dos cabezas y las cuatro piernas colgaban por los lados.

Al darse cuenta de mi presencia intensificaron el canto. Parecía una plegaria india monótona y pesada. Sus voces hacían pensar en los lejanos y temblorosos truenos que anuncian la tempestad.

—¿Qué sucede?

Hicieron caso omiso de mi pregunta. Ni siquiera

movieron un dedo. Alexander perdió la tonada y recibió un puntapié en las canillas.

Me cansé de aguardar el acorde final. Ellos también se asombraban de que no llegara. Empecé a sospechar que se producía el círculo vicioso.

Les asesté un golpe rápido en el diafragma. Se oyó un doble hipo. Acto seguido, el silencio.

Inesperadamente Jasper se incorporó en la cama y vociferó:

—¡Debías estar acostado ya, maldito bicho!

Se me echó encima, me quitó la chaqueta y la camisa en una fracción de segundo; me cogió por la cintura y por las piernas, me puso horizontal y lanzó un silbido a Alexander. Este se levantó de un salto y empezó a tirarme de las camisetas como si despellejara a un conejo. Mi ropa salió disparada en todas direcciones. Los botones del chaleco de Jasper me pillaron los cabellos y se me restregó la nariz contra su pechera; un tenue olor de nardo me penetró hasta el fondo del cerebro y cerré los ojos. La broma duró varios minutos. Me sentía relajado y dolorido. Por fin me machacaron en la cama y me arroparon hasta la cabeza. Soplaron el candil y se fueron.

A los cinco minutos se abrió la puerta y entró un fósforo encendido. Las sombras de todos los muebles se convirtieron en gigantes y se encaramaron por las paredes.

—Hermana... —susurré.

—Soy Alexander.

Miré detrás del fósforo y le vi pacífico y sosegado.

—Venía a preguntarte si habías tomado el reconstituyente y las píldoras, y si habías cenado.

Le dije que no.

Volvió a encender el candil y me bajó la colcha, que me ahogaba.

—¡Qué le vamos a hacer! —exclamó meneando la cabeza—. Esta noche, Jasper estaba contento.

Me dio los mejunjes y me dijo que avisaría a la hermana para la cena.

—Yo me voy, Len. No necesitas nada más, ¿verdad?

—Sí —aventuré tímidamente—. ¿Te molestaría quitarme los zapatos?

A la mañana siguiente entró la «hermana azul» con una enorme caja de cartón. Dentro había un traje nuevo.

—¿Quién lo ha pagado? —pregunté a Jasper en cuanto compareció.

—Los ingresos del consultorio de esta semana. ¿Tú sabes lo que es ponerse de moda? Tendremos que empapelar y poner otra decoración; también habrá que aumentar el precio de la consulta. Los elegantes no se sienten curados pagando sólo tres chelines... ¿Quieres que te afeite?

—Ya lo haré yo.

Pero mi pulso andaba muy lejos de estar firme y el trabajo de navaja preferí confiárselo a él.

—¿De veras aumenta la clientela, Jasper?

—Por lo menos de categoría. Ayer atendimos al dignísimo señor Timmis.

—¿Timmis? ¿Dignísimo señor Timmis...? ¡Ah! ¡Ya caigo! ¡El de la vena cortada!

—¿Quién es ese Timmis, Jasper? —pregunté.

—Aquel a quien sangraste.

—Ya lo sé; me refiero a quién es personalmente. Qué hace. En qué se ocupa. Qué cargo tiene en la ciudad. Qué misión desempeña en la vida.

—¡Pero, Len! ¿Es que no lo sabes?

Negué humillado.

—¿De veras, Len? ¡Qué plancha! ¡Si lo conoce todo el mundo!

—Ya lo sé; pero yo no.

—¡No!

—No.

Jasper se me acercó y bajó la voz:

—¡Qué plancha, Len! ¡Confiaba en que tú me lo dirías! ¡Yo tampoco sé nada de él y me da vergüenza preguntarlo!

Me puse el traje.

—Te sobra algo, pero en seguida lo rellenarás.

Me miré al espejo del palanganero. Ya no causaba ninguna mala impresión a pesar de que la blancura de la camisa que Honora me había almidonado dejaba mi rostro color de azufre. Los pómulos recortados, los ojos hundidos en las cuencas, la nariz afilada y la espesa mata de pelo que casi asomaba por debajo de las orejas, me daban cierto aire de trasnochador, algo así como un hombre que está dilapidando su juventud en holgorios.

Jasper me contempló unos instantes. Luego exclamó:

—¿Qué te parece si mañana nos fuésemos a casa?

Asentí inmediatamente. El notó mi emoción y sonrió.

—Pero en plan de convaleciente, Len. No lo olvides.

Me acompañó al patio y se fue.

Entre los eucaliptos vagaba la monja alta y austera con su bandeja de infusiones aromáticas. Los niños amontonaban la gravilla y arrancaban lamentablemente los geranios del parterre para colocarlos sobre sus pequeños montículos; una «hermana azul» se dio cuenta y cariñosamente les hizo modificar el juego. El chicuelo flaco del día anterior seguía obsesionado ante la gorda figura infantil de la cascada. Recostados en la tapia, donde el sol daba de lleno, había dos mozos; uno de ellos se mareó y lo acompañaron arriba; mirándole estuve muy cerca de marearme yo. Hacia las doce bajaron a Loretta y la colocaron en el banco de granito; estábamos muy distantes, pero sus ojos verdes me hallaron en seguida.

Eché a andar lentamente; di la vuelta en busca de la pila de piedra y el agua de nieve. Me recosté en el brocal y contemplé por espacio de mucho tiempo las burbujitas que motivaba el delgado y transparente hilo. Era imposible vencer la tentación de acercar los labios. Con tiento, procurando no mojarme el traje nuevo, incliné la cabeza. Mientras bebía vi de refilón la silueta de la esbelta religiosa que se acercaba. Saqué la cabeza de entre la hiedra y me volví. Me hallé inesperadamente ante la señorita Greene.

—Buenos días, doctor Barker.

Me quedé mirándola, sin habla. Un suave airecillo revolvía el «Extrait de Nard» y yo lo percibía a rachas.

No sé hasta cuándo se habría prolongado mi mudez de no realizar un esfuerzo sobrehumano.

—Buenos días, señorita Greene.

Me tendió la mano sonriendo.

—¡Por fin le tengo, doctor! Incluso he mirado dentro del surtidor por si se había caído allí.

Repasó mis facciones y exclamó entusiasmada:

—¡Tiene usted un aspecto magnífico! ¡Ha perdido por completo aquella terrible palidez!

¡Dios mío, debía de estar rojo hasta las orejas!

—Es porque he paseado por el sol... Muy pronto volveré a quedarme amarillo como el azufre.

Estuvimos unos instantes sonriendo los dos sin saber qué decir. Por fin ella comentó la belleza de la fuente escondida en los colgajos de hiedra.

—...Parece una pila bautismal, ¿no es cierto? Todo tiene un aire religioso aquí. ¿Quién construyó este convento?

Tuve que confesar que no lo sabía, a pesar de lo ridículo que resulta para un hombre ignorar lo que le pregunta una mujer.

Su larga mano, más fina y cérea que la de la monja, se acercó al chorrillo de agua y lo quebró.

—Basta tocarla para que entre frío —dijo estremeciéndose.

Salimos del sombreado rincón y buscamos el sol.

—Antes de utilizar este edificio como hospital, era ocupado por ancianos y huérfanos, ¿no es eso, doctor?

—En efecto.

Hablamos del convento hasta llegar a los eucaliptos. Cuando me preguntó si los dentículos de la cornisa eran jónicos, tuve que decir que no lo sabía, y cuando me preguntó qué comunidad religiosa había habitado Saint Constantine en la antigüedad, hube de reconocer que tampoco lo sabía. De este modo conservé mucho rato el calorcillo que me había dado el sol.

Durante el paseo mantuve continuamente los ojos fijos en el suelo, mirando nuestras sombras. Aparecíamos tan alargados que movíamos a risa. Ella parecía una de aquellas lánguidas siluetas que dibujan en las revistas de modas femeninas; yo, un palo vestido. De vez en cuando, el aire arremolinaba el velo negro que ella llevaba y a mí me alzaba un penacho sobre la frente. Me daba prisa en aplastarlo; temía que, poco a poco, mi cabeza cargada de cabello fuera adquiriendo trazas de plumero.

La invité a sentarse junto a la cascada.

—Unos minutos tan sólo, doctor. Es muy tarde; mamá se habrá levantado y se preguntará a dónde he ido.

—¿Se halla indispuesta su señora madre?

—No, no; se levanta siempre a esta hora. En casa yo soy la más madrugadora. A veces ya estoy en pie a las once de la mañana.

Vimos pasar a Jasper por los claustros del primer piso. Iba con la blusa blanca y llevaba el estetoscopio colgado al cuello. Conducía cuidadosamente al mozo que se había mareado y ambos desaparecieron por la galería.

La señorita Greene y yo le seguimos con los ojos y, al perderle de vista, nos quedamos sin saber a dónde mirar. Ella se echó atrás el velo negro con un altivo movimiento de cabeza; pero me dio la impresión de que había intentado alejar el rubor que teñía sus mejillas. Nunca la había visto sonrojada; no formaba parte de su temperamento. Era un detalle desconcertante, como su perfume y su pañuelo de encajes.

Se alisó la falda y murmuró:

—Jasper me ha dicho que mañana podrá usted ir ya a su casa.

Oír que llamaba a mi amigo por su nombre de pila me produjo una sensación indefinible. Ella se quedó mirándome fijamente, bailoteándole la risa en los ojos, como si hubiera revelado aquella intimidad adrede. Me quedé azorado leyendo su pensamiento con toda claridad: «¿Qué aguarda para felicitarme? ¿Acaso la presentación oficial?»

Pero me fue imposible articular una sola palabra.

La señorita Greene bajó los ojos defraudada y en un tono casi seco exclamó:

—Jasper me habla siempre de usted. ¿No le ha hablado de mí alguna vez?

Su velo negro ondeó ante mis ojos y creí que me hundía en la oscuridad de una pesadilla.

—Sí; me habló de usted... pero no era necesario... El nardo se prendió en su ropa y supe que la había abrazado.

La señorita Greene se puso en pie rígida. Automáticamente, también me levanté. Estuvimos mirándonos por espacio de mucho tiempo. Sus oscuras pupilas se hundían en las mías y sus finas cejas se arqueaban.

Lentamente, muy lentamente, dije:

—Ahora adivina, ¿no es eso? Ahora ve la verdad reflejada en mi rostro, como aquella tarde en que fui a visitarla...

Sentí una opresión dolorosa en el pecho. Los eucaliptos empezaron a girar a mi alrededor.

—En mi expresión, en mi mirada, en cada uno de mis rasgos lo llevo dibujado...

Conturbada, perpleja, asintió.

—¡Señorita Greene! Tal vez no debería decírselo en estas circunstancias... pero no puedo ocultarlo... —apreté los dientes—. No puedo ocultar que me siento muy mal... que estoy al borde de un colapso cardíaco, que hago inauditos esfuerzos para atenderla, pero no puedo... Ni siquiera sé lo que digo... No puedo más. Perdóneme.

Huí hacia la escalera tambaleándome. La señorita Greene, desconcertada, corrió a mi lado y me cogió del brazo para ayudarme a subir.

—¡Jasper! —gritó—. ¡Jasper!

Estridentes silbidos me ensordecieron. La escalera dio una vuelta y perdí pie. Me agarré a la balaustrada, encerrando, sin querer, a la señorita Greene entre mis brazos. Su corazón palpitó tumultuosamente junto al mío y su velo negro me envolvió el rostro.

El intenso perfume de nardo me quitó las últimas fuerzas que me quedaban.

Abrí los ojos casi instantáneamente. Sólo vi la bóveda claustral sobre mí. Los fuertes brazos de Jasper me sostenían y el traqueteo de sus firmes pisadas sacudía mis miembros desfallecidos. Una mano fría y suave me sujetaba la cabeza para que no me colgara.

Se abrieron puertas y se percibieron pisadas rápidas y crujidos de hábitos.

Me dejaron sobre el lecho de mi cuarto. Quedé inmóvil, jadeando como si hubiera corrido, mirándoles a todos y sin poder decir palabra.

La hermana «Cara de luna» cargaba una jeringuilla

apresuradamente. Jasper me desabrochaba la ropa y me aflojaba el cinturón. La señorita Greene me echaba atrás el penacho de cabellos.

—¿Se te pasa ya, Len? —dijo Jasper. Me hizo incorporar cuidadosamente y añadió:— Echa atrás el brazo. Voy a quitarte la chaqueta.

—¿Te ayudo, Jasper? —murmuró quedamente la señorita Greene.

—Tira de la manga.

Las céreas manos manipularon con delicadeza. Luego Jasper me arremangó la camisa y me puso la inyección en el brazo.

—Descansa un poco ahora.

Me quitó los zapatos, me echó una manta a los pies y entornó los postigos. Cogió del brazo a la señorita Greene y le dijo:

—Vámonos, Deborah.

«Se llama Deborah... se llama Deborah... se llama Deborah...»

Alexander entró de puntillas.

—No te apures, estoy despierto.

—¿Qué ha sido, Len?

—Nada. Me mareé. Abre los postigos.

Me senté en la cama y me abroché el cinturón.

—Acércame la chaqueta. ¿Qué te ha dicho Jasper? ¿No me dejará ir a casa?

Me puse los zapatos y me acerqué al espejo.

—¿Tú me ves de muy mal aspecto? ¿No dices nada, Alexander?

Me volví, extrañado de su silencio. Estaba inmóvil en medio del cuarto; cogía mi chaqueta y la acercaba paulatinamente a su nariz. El color iba desapareciendo de su cara, resaltándole las fruncidas cejas negras.

Sonreí.

—¿Huele a nardo, Alexander?

Me alargó la chaqueta rápidamente, envuelto en la mayor confusión. Me acerqué a él y le puse ambas manos sobre los hombros.

—¿Qué sospechas? ¿Que le quito la novia a Jasper?

Toda la sangre le afluyó al rostro.

—Ya sé que no —dijo. Volvióse y exclamó—: ¿Sabes que el doctor Garrett nos deja?

Me puse delante de él.

—Iba a caerme en la escalera y ella me sostuvo hasta que llegó Jasper.

Esbozó una avergonzada sonrisa y siguió hablando del doctor Garrett.

Fuimos al encuentro de Jasper para suplicarle que no modificara el plan de llevarme a casa al día siguiente. Por el camino le dije a Alexander:

—¿Sabes quién es ese dignísimo señor Timmis que ayer fue a nuestro consultorio?

—No le hagas esa pregunta a nadie, Len. Te tomarán por un ser rústico.

—Ya, ya; pero, ¿quién es?

—Lo siento; yo soy un ser rústico.

En adelante no nos preocuparemos más del señor Timmis, lector. Haríamos el ridículo.

Preguntamos por Jasper a la hermana portera después de haberle buscado por todos los departamentos de la casa.

—Está en el despacho —nos dijo—. Unos señores han preguntado por él.

A través de la puerta del despacho se percibía la

enérgica conversación que sostenían, mas no podía entenderse una sola palabra. Me picó la curiosidad y, casi al oído, le pregunté a la portera qué nombre habían dado los señores. La vieja hermana me miró por encima de las gafas y, con voz de trompeta, de modo que incluso debieron de oírla los visitantes, exclamó:

—La señora Massey, del Asilo Massey, y su señor hermano.

—Vendrán a por Loretta —dijo Alexander—. Jasper les escribió.

En aquel instante, la lánguida figura de la chicuela de ojos verdes apareció por la escalera, acompañada de la monja que ya nunca la desamparaba. Bajó con pie inseguro, vacilante. Pasó con la cabeza gacha, abrumada como si la llevaran al cadalso. La monja la empujó hacia el despacho.

Cuando se hubo cerrado la puerta tras ellas, me di cuenta de que a Alexander se lo había tragado la tierra. Di una vuelta, desconcertado.

—Estoy aquí, Len.

La voz provenía de detrás de una pilastra. No supe si se escondía por Loretta o por la monja, pero no pregunté nada.

—¿Tú crees que ya se la llevarán, Len?

—Dejarán que se restablezca; será sólo para identificarla.

En aquel momento, dentro del despacho se desencadenó un llanto convulso, desesperado.

El rostro de Alexander se relajó como si todos los músculos hubieran perdido la vitalidad. Entreabrió los labios, pero no emitió palabra alguna. Lentamente traspuso el desnudo vestíbulo y salió por la galería.

Le seguí. Vi que se recostaba en la balaustrada. Unía las manos y miraba por encima de las copas de los eucaliptos... Guardaba la misma actitud que cuando se arrodillaba ante el San Roque de su cabecera.

Lo dejé solo.

El día siguiente llegó. Me desperté temprano, aguijoneado por la idea de la marcha.

Jasper no estaba en el convento, pero había dejado órdenes concretas al doctor Lee y a la «Cara de luna». Entre ambos, y con no poco ruido, introdujeron un enorme barreño en el cuarto. Lo llenaron de agua hirviente y me indicaron que me metiera en él, según las reglas de desinfección prescritas por mí en unos folletos repartidos entre los ciudadanos, donde constaba que todo convaleciente de enfermedad transmitible debía darse un baño jabonoso antes de abandonar el hospital de un modo definitivo.

Me quemé un pie y lancé un alarido. Lee agitó el agua con la mano, tranquilamente.

—No quema, Barker, se lo aseguro. Está tibia.

—¡Está hirviendo! ¡Me va a provocar un ataque!

—¡No sea ridículo! ¡Podríamos bañar en ella a un niño de dos meses!

—¡Meta el termómetro y que se sepa!

Vigilé cómo lo hacía agazapado detrás del barreño.

Treinta y dos grados. Fue preciso echar cubos de agua caliente hasta hacerla subir a los treinta y siete.

Limpio y aseado, desayuné. Poco a poco iba ganando en «belleza física».

La hermana «Cara de luna» rondaba continuamente a mi alrededor. Casi me abrumaba. Cogió un diario y lo plegó y desplegó tres veces; recogió la toalla y la camisa de dormir y no supo qué hacer con todo ello;

quitó las fundas sucias de las almohadas y, distraída, las volvió a poner. Finalmente, sacó un pañuelo y se sonó. Hubiera jurado que hacía pucheros.

Miré el reloj. Las once. Dentro de una hora vendrían a buscarme con un coche.

Abrí la estrecha ventana de par en par y me asomé respirando aire a pleno pulmón. Me estremecí de frío y volví a cerrar. Los eucaliptos temblaban de pies a cabeza. El cielo estaba cubierto de nubes. No seducía la idea de bajar al patio.

—Haría mejor en aguardar a mañana para irse, doctor. El tiempo no es a propósito.

—Ya lo veo —refunfuñé—, pero no se le ocurra decir eso delante de Jasper.

—¿Tantas ganas tiene de dejarnos, doctor?

Ahora, claramente, sin embozo ni disimulo, el gesto que precede al llanto le torcía las comisuras.

—¡Vamos, hermana! Estoy magníficamente aquí, pero anhelo sustraerme a la idea de que estoy enfermo; en casa pasaré la convalecencia sin darme cuenta.

La puerta se abrió de golpe, empujada por un pie mal educado. Era el mozo desinfectador, con su larga blusa, su gorro, su bigote y su cara de estúpido. Venía arrastrando un aparato formógeno.

—¡Eh! ¡Eh! —gritó la hermana, poniéndose delante de él—. ¿A dónde va usted? ¿No ve que aún está ocupada la habitación?

—Es igual —intervine—; me iré abajo.

Pero el mozo incivil me miró de pies a cabeza y sin decir ni pío se fue a reculones con la música a otra parte.

Di una vuelta buscando al doctor Garrett para

despedirme de él. La «Cara de luna» me ayudó fervorosamente en la tarea.

Hallé al anciano cortándole las uñas a un desgraciado que aún lucía la «corbata de Trousseau». Miré al enfermo, consternado. Era Howells. Es posible que no te acuerdes ya de Howells, lector. Por poco tampoco me acuerdo yo. Era el agradecido padre de un niño que yo había salvado operándole con el mismo cuidado y la misma agilidad con que había operado a otros muchos que ya estaban enterrados. Me reconoció inmediatamente y me saludó jubilosamente con la mano. Le palmoteé el hombro. Empezó a señalarme con insistencia e hizo un gesto que no comprendí. El anciano doctor Garrett murmuró:

—Te dice que estás muy delgado.

Sonreí.

—He estado enfermo, Howells. También tuve crup.

Los ojillos del hombre, despoblados de pestañas, quedaron arrasados en lágrimas y su rostro se volvió terroso. Su intensa emoción casi me turbó.

Me despedí de él cariñosamente y salí al corredor con Garrett. La «Cara de luna» aún correteaba por allí, desmoralizada, como un alma en pena.

—Bien, bien —murmuró el anciano, antes de que yo hablara—. Te vas a casa, ¿eh, Barker?

—¿Se lo dijo Jasper?

—No, no; me lo dicen tus ojos. Estás cansado de estar aquí como paciente, ¿no es eso? Y te vas aunque el día se haya puesto gris y sea una imprudencia moverse del cuarto. Pero, en fin. En tu casa tienes mucho que hacer; y contra las órdenes de Jasper Sidney, y contra los consejos míos, y contra los preceptos que debe guardar un convaleciente, y contra toda sensatez y contra viento y marea, trabajarás y trabajarás, ¿no es eso, Barker?

—Le aseguro...

—No me asegures nada. No cumplirás ni una palabra, ni una promesa, ni un juramento. ¡Si te conoceré! ¡Harás de las tuyas! ¡Aunque te hagas cisco el corazón! ¡Aunque tengan que volverte a Saint Constantine estirado en otra camilla!

—Procuraré...

—¡Y qué vas a procurar, Barker! ¡Si te conoceré! ¡Trabajar y trabajar! —y me dio un codazo y agregó bajando el tono—: ¡Así debe ser, muchacho!

Me paseaba por el amplio vestíbulo, nerviosamente. Eran las doce y cinco y Jasper y Alexander no daban señales de vida.

De pronto las estrechas vidrieras retemblaron; se había detenido un coche. Sonó la campanilla y la hermana portera fue a abrir. Aguardé, tenso.

No eran ellos. Se trataba del encargado del Servicio de Desinfección.

A pesar de los nubarrones, salí al patio.

Rondé entre los árboles y me detuve ante la cascada artificial. El niño de piedra no se cansaba de impeler agua a fuerza de soplar; parecía imposible que no le dolieran los músculos buccinadores. El hilillo de cristal se torcía con el viento y salpicaba los bordes de la fuente. Me pregunté qué sería lo que subyugaba al diminuto convaleciente que cada mañana se quedaba allí parado. Era un detalle ínfimo cuyo secreto residía en aquella mente infantil. Yo no lo sabría nunca; ni siquiera me acordaría más de ello. Pronto perdería de vista al chiquillo de las piernas de palo, a la monja esbelta, a la coqueta del pelo corto de color de espliego seco y a todos los rostros de Saint Constantine. Irremisiblemente se confundirían en aquel mundo inmenso en donde cada día surgían y se esfumaban nuevas caras, nuevas historias y nuevos misterios... Unos no me dejarían recuerdo; otros querría no acordarme de ellos; otros gozaría recordándolos...

De pronto me hallé recostado en el brocal de la pila de las hiedras, mirando las burbujas que surgían continuamente y continuamente se esfumaban. El chorro de agua nunca se detenía, cayendo con monotonía fatigosa. Así era yo. Volvería al consultorio, a mi viejo trabajo, a la rutina cotidiana... a esa rutina que no deja huella, que no marca anales en la vida, que lentamente adormece las aspiraciones y empaña los ánimos.

De pronto golpeé el agua de la pila con la mano. Mis pensamientos se rompieron.

¿Acaso tenía derecho a desalentarme y a perder la esperanza de emprender un rumbo más brillante? ¿Acaso podía saber qué sería de mi vida en realidad? ¿Acaso Jasper no se había desbordado para formar cascadas y ríos cuando ya desesperaba de sí mismo?

Pensé en mi amigo detenidamente. Había dejado de ser la mera fuentecilla insípida. Había hallado un camino rutilante. Ya no divagaría como Alexander y como yo, cuyo futuro quedaba en suspenso. El de Jasper era fácil de adivinar. Fácil incluso en los menores detalles. Me recreé pensando en su porvenir, imaginándole colérico, pellizcándose el cuello con la camisa almidonada del día de la boda, estrujando la pechera dura como un cartón. Alexander y yo nos romperíamos las uñas abrochándosela para evitar que se presentara en la iglesia con la camisa cotidiana. Imaginé el altar lleno de cirios y de flores... un olor de cera y de azahar haría temblar las aletas de la nariz del gigantón... La nave llena de gente, una muchedumbre aristócrata compuesta de *lores* y *ladies* y todos los retoños de los Bonaparte... Alexander y yo, elegantes hasta el lazo de la corbata, con la chistera y los guantes de cabritilla, erguidos, guapos, serios, carcomidos por el recelo de que Jasper nos olvidara...

Y los resultados terapéuticos en el tratamiento de la difteria expuestos en el Congreso internacional de Medicina de Londres. Expectación. Revolución en todas las sociedades científicas. Jasper impugnado y discutido. Jasper vencedor. Triunfa en el Congreso de Higiene de Budapest. Obtiene premios. Miles de francos concedidos por las Academias de Medicina y de Ciencias de París... No había que mirar la cara de su suegro.

Mis pensamientos me hacían sonreír. Me incliné más sobre el brocal y rocé con los labios el agua resbaladiza.

¿Me equivocaba respecto al porvenir de Jasper? Los años me han contestado que no. La vida fluyó recta, ascendente, delante de él. Si alguna vez se torcía, Jasper le asestaba un puñetazo y la vida se enderezaba rápidamente. Sólo le falló un propósito: quería muchos hijos y no vino más que Randal, el cual tampoco hubiera llegado sin mi intervención. El paquetito de carne inanimada era estrujado por mis manos desesperadamente. «Déjale —me dijo Jasper—, no intentes nada más, ¿no ves que está muerto?» Y en aquel momento sonó un chillido de protesta y Randal agitó piernas y bracitos dándome la razón a mí. Por poco se me cae. Desde entonces también me siento autor de él. Por eso le he querido tanto.

Pero esto es un avance que te he hecho en un exceso de confianza, lector; no cuenta en mi narración, que ha de terminar con el regreso a mi casa. Después de este día se acaban mis memorias penosas, que escribo para dejarlas olvidadas en el papel; las largas horas de cinco semanas que me tuvieron en capilla... y que siempre en capilla me habían de dejar. Tú lo verás.

Pero puesto que he empezado, puesto que para ti quedaría un interrogante ante muchas cosas que a mí ya me ha descifrado el tiempo, lee:

Alexander también halló su camino. Tardó algunos años: fue poco después de su merecido ingreso en el Instituto Huxley como colaborador de Jasper en sus observaciones acerca de la fagocitosis.

Ocurrió que una madrugada llamaron a la puerta. Fui a abrir y un cochero me preguntó si era yo el cirujano Leonard Barker: afirmé y me llevó con él a toda prisa. Apenas me di cuenta de adónde me conducía. Entré en una casa lúgubre que olía muy mal. La dueña me recibió casi hostilmente. Yo ya la conocía. Se trataba de una comadrona de clientela misteriosa, que exhibía unos pendientes de piedras auténticas, gentileza del caballero del landó verde por un sencillo servicio prestado a la linda Nettie de la calle de Malhaud, número siete. Sin embargo, aquella era la primera ocasión en que la cínica mujer recurría a mi habilidad de cirujano. Y sólo acudí pensando en la víctima que habría caído en sus garras... No me refiero a la futura madre, sino al futuro hijo. Vi en un jergón a una joven desvanecida. Tenía cubierta la cabeza con una toalla y sólo asomaba su lívido rostro de moribunda. Le puse una inyección de alcanfor y pestañeó débilmente. Los finos cepillos de sus párpados se entornaron y vi unos ojos verdes. Oprimido, alcé la toalla de la cabeza; el pelo era de un rubio gris. Ella no alcanzó a verme.

No pude hacer nada por Loretta. Sólo firmar el certificado de defunción.

—¿Y la niña que ha dejado? —pregunté con un nudo en la garganta, mirando el quieto rollo de pañales.

—No se apure, doctor —repuso la hosca comadrona—. Su madre se fugó dejando sitio en un asilo que la está reclamando.

Alexander lo supo todo en seguida. Su rostro se alteró como aquella mañana en Saint Constantine cuando oyó llorar a la muchacha. A partir de entonces reveló una constante preocupación que pareció ensombrecer la misma frente de San Roque. La pesadumbre duró meses y meses. Por fin un día cesó. Compareció sonriente llevando de la mano a una niñita rubia como el espliego seco. «Me quedo con ella, Len.» Había tenido que reconocerla como hija suya para lograrla. Le dio el apellido que a él también le habían dado, y quedó convertido en padre ante el mundo. Algunos, los que más le conocían, se admiraron. Muchos no lo entendieron. Los más, sonrieron socarronamente. El no se preocupó ni de unos ni de otros. Era puro delante de Dios. La niña creció pacíficamente, atareada con las ratas blancas y las palomas, sustituyendo a aquella diminuta Jennie que Alexander había perdido en los comienzos de la epidemia.

Fue el motivo de su vida. Su camino. Lo llenó todo.

En cuanto a mí, aún estoy aguardando. Es que no doy con mi meta por más que me afane. Sin esposa, sin hijos, sin una vocación tan firme como la del anciano doctor Garrett... Me he asomado a los vicios y a las virtudes con ese tiento del que no es perverso ni es santo. Ni tan escondido como la fuente de la hiedra, ni tan abierto como una cascada, he tenido temporadas de sosiego y temporadas de revolución. Hubiera llegado probablemente a ser cirujano del Hospital Real de Edimburgo si mi salud me hubiese permitido trabajar más. Así, famosas intervenciones quirúrgicas me han encumbrado y largas etapas de descanso obligado me han sumergido nuevamente en el olvido. Nunca he descuidado los suburbios, a pesar de que también he permanecido en cabeceras principescas. Por ejemplo: practiqué no hace muchos años una gastrectomía a la famosa y desordenada condesa de K., parienta del rey de Prusia. Ha sido curioso observar que a unos los mata la pobreza y a otros la riqueza. Ambos males son terribles y no hay remedio para combatirlos.

No sé hasta qué punto he dejado huella de mi paso... Tal vez exista una delicada y notable danzarina, ni virtuosa ni pervertida, como yo, que aún no me ha olvidado... Yo pienso alguna vez en ella, aunque sólo me hace sonreír. Se lastimó el tobillo bailando «Les Sylphides», el último ballet de la temporada. Fue una simple torcedura, pero necesité dieciocho visitas para curarla. Ni una más. Se fue a América del

Sur. La última vez que estuve en su camerín la hallé atareada amontonando trajes y llenando baúles. Me senté junto al tocador lleno de pelucas de plata, flores artificiales, botes de crema y barras de pintura. Alrededor del espejo había retratos de Nijinsky, de Massine, de la Karsavina y de otros muchos bailarines que yo no conocía. También aparecía, en el mismo montón, el rostro de un joven coreógrafo español que nada tenía que ver con los componentes del ballet ruso... pero sí en la vida de la delicada danzarina, aunque ella apenas lo admitía. Medité durante mucho tiempo. Una diminuta zapatilla fue a parar a mi alcance y la retuve. «¿Por qué no dices nada?», me preguntó de pronto la sílfide. Siguió mi mirada y vio al coreógrafo. Soltó el montón de vestidos que revolvía y se echó en mis brazos ardorosamente. Pero no pudo retenerme mucho tiempo. «Perderás el barco», le dije resuelto. Y se fue. Aún guardo su zapatilla. A veces, removiendo trastos en el desván, me viene a las manos; no parece la misma: la seda se ha requemado con los años. Así debe de estar también su dueña.

Y poco más he probado en amores. No he tenido paciencia para malgastar el tiempo.

Donde he dejado recuerdos verdaderamente bellos ha sido en un pueblecito de Francia, en la terrible guerra del 1914, operando en un hospital de campaña. Operando sin cesar durante horas y horas y días y días. Hice verdaderos milagros con el bisturí. Mis extraordinarias manos salvaron a infinidad de soldados. Algunos, a la fuerza se acordarán de mí.

Una enfermera menuda, morena y eficiente me ayudó a cubrir con una bandera internacional de neutralidad el improvisado quirófano de lona. Mientras tanto, a nuestro alrededor caía una lluvia de cascos de granada y metralla. Los hombres se derrumbaban como árboles cortados de raíz. Ella y yo nos mantuvimos en pie sólo porque Dios lo quiso. Fueron instantes largos como siglos, pero cuando cesaron sobrevino una paz infinita. Era como si el mundo entero hubiera dejado de palpitar y sólo la enfermera y yo quedáramos con vida. La fuerza de la tragedia nos acercó. Dividimos nuestros caminos cuando llegó el tren de socorro. Cargamos todos los heridos y ella se fue. Yo me quedé en el hospital de sangre hasta que llegó relevo. No volvimos a encontrarnos nunca, seguramente porque ni uno ni otro nos lo propusimos.

Estuve poquísimo tiempo en campaña, dado el estado precario de mi organismo. Obtuve una medalla y un rasguño en la rodilla. Me sirve mucho más esto último para recordar las jornadas del 1914. Me lo impuso una bala enemiga en premio a que curaba sus propios heridos.

Pero ni rebosando humanidad, ni en nada... En sesenta años no he hallado mi camino. Es posible, no obstante, que ahora lo tenga al alcance de la mano. Sesenta años no significan nada para Alexander y menos para Jasper, que los ha rebasado y cada vez se hace más fuerte y robusto, como si se tratara de un árbol. Para mí es una edad avanzada. Me siento infinitamente viejo. Mi pelo oscuro se ha vuelto cano. Algunos dicen que me asemeja al anciano doctor Garrett, y, en secreto, me enorgullece. Pero no alcanzaré los noventa y cinco como él. La lesión de mi corazón no curó nunca. He pasado temporadas tranquilas, incluso me he creído curado, pero al cabo ha vuelto la opresión y el dolor. Deborah, la señora Sidney, la esposa de Jasper, a la que en mi interior he seguido llamando «señorita Greene», me ha atendido bondadosa y solícita cada vez que he sido huésped en su hogar. A Alexander y a mí nos ha tomado un cariño entrañable. El día en que se nos adueñó por completo de Jasper, confieso que, despechados, dimos por disgregado el «trío milagroso». Pero sufrimos un error. Ella ha constituido un nuevo miembro, un nuevo amigo. Con Jasper discute y pelea a menudo; no ceden nunca ninguno de los dos. Alexander y yo siempre les damos la razón por partes iguales, sin favoritismos. Cuando la riña llega a su grado máximo, los dejamos solos. Sabemos de buena fuente que, luego, un abrazo pone fin a todo. Lo que no sabemos es cuál ha sido el que se ha acercado primero... Pero esto tampoco lo saben ellos.

Jasper ha luchado sin cesar para evitar mis terribles recaídas. Parece ignorar que cuanto más enfermo, más me acerco a la meta definitiva. Tampoco ha sabido nunca que los momentos más angustiosos son aquellos en que he vuelto a sentir su rojiza cabeza apretada sobre el corazón. Sólo Alexander lo ha adivinado siempre. Cuando me ve postrado, murmura: «Alguna vez no dolerá, Len; espera...»

Y espero.

Todo esto tan simple, tan normal, es lo que me intrigaba aquella mañana, mientras aguardaba a que Alexander y Jasper vinieran a buscarme para llevarme a casa. Pero no pude saberlo; no tuve a nadie que me lo anticipara como yo he hecho contigo. Fue mejor. Cabía la posibilidad de que me hubiera decepcionado como tal vez te ha ocurrido a ti. ¿O no?

Volvamos al brocal de la fuente.

Los nubarrones reventaron de pronto y soltaron el agua a cántaros. Por entre los colgajos de hiedra bajaron chorros continuos, más fríos que la misma nieve.

Eché a correr hacia los eucaliptos soltando una palabrota por primera vez en la vida.

El surtidor estaba turbio y agitado y el gordezuelo niño de piedra se había vuelto de un gris reluciente.

A través del velo de lluvia vi la vaga silueta de una hermana que corría por los claustros blandiendo un paraguas.

Alcancé la escalera resbalando. Subí como una exhalación. Llegué a la galería sin aliento. La hermana, que, naturalmente, era la «Cara de luna», me dio el paraguas cuando ya estaba a cubierto. Contemplamos mi facha. Estaba mojado como un pez.

—¡En un minuto! —exclamé amargado.

—¡Qué desgracia, doctor!

—Debería secarme en seguida; antes de que Jasper me vea así. Me va a castigar con otra semana de convento.

—Venga a la cocina, junto al horno.

Cruzamos corredores y estancias como dos estrellas fugaces. Por poco atropellamos a la monja esbelta, que nos salió al paso con su bandeja y sus tacitas de infusiones aromáticas. «Debemos de estar ya cerca de la cocina», me dije. Bajamos una escalera, traspusimos dos piezas, recorrimos un pasadizo, torcimos a la derecha. Otra monja, con una bandeja llena de platos con lechuga. «Debemos de estar ya cerca de la cocina», me dije. Un claustro, un corredor, una sala inmensa y vi la puerta de la calle. ¿Qué había pasado? Estábamos en el vestíbulo.

—Es que hemos tenido que dar la vuelta, doctor. Nos hallábamos al otro lado y no pudimos cruzar el patio.

Emprendimos la ruta nuevamente.

—Aquí —dijo la «Cara de luna» viendo que yo pasaba de largo.

Entré en la cocina y me quedé de una pieza. Jasper se secaba la ropa junto al horno. Estaba calado de pies a cabeza.

—¿De dónde vienes tú? —me dijo.

—Estaba en el patio.

—Es mejor que te acuestes.

—Tengo la cama desmontada, la ventana calafateada, la habitación llena de gas y la puerta sellada.

Dirigí una rápida mirada a la «Cara de luna» y, aun en contra de su voluntad, salió presurosa a avisar al mozo desinfectador para que hiciera lo que yo había dicho. Jasper me escudriñó de cabo a rabo. Escondí las manos, que se me habían puesto azuladas.

—Estás congelado, ¿eh? Ponte aquí donde estoy yo. Quítate la chaqueta. Escúrrete el cabello. Sécate la cara. Siéntate. Bébete este tazón de café. Pon los pies ahí encima. Acerca las manos al horno.

Se asaban patatas rellenas de carne que nadaban en un jugo muy oloroso.

—Cuando viste que amanecía sin sol, pudiste suponer que no nos iríamos. Duerme en el cuarto donde he dormido yo estos días.

Irrumpió Alexander en la cocina.

—¡Buenos días! ¿Estáis secos ya? El coche aguarda. Te traigo el abrigo, Len. Hace un día de...

Iba a decir de «perros», pero al ver la cara de perros que ponía Jasper se calló en seco.

Transcurrieron los segundos uno a uno, palpables. La tensión se intensificó. Las patatas del horno hervían nerviosamente. Jasper estaba a punto de estallar.

Entró la «Cara de luna». Vio el cuadro, se hizo cargo de la situación, y con voz mortificada, rota, me prestó el último servicio:

—Ahora no llueve... Si quieren aprovechar el momento... Creo que va a salir el sol.

Jasper se irguió en toda su altura, hinchó el pecho y tronó:

—¡Ponte el abrigo, Len!

El coche se puso en marcha.

No habíamos llegado a la esquina cuando se desencadenó una lluvia torrencial. El agua golpeaba fieramente el delgado techo. El ruido atronaba. Era algo como para inspirar pánico.

Jasper sonreía sardónicamente.

Alexander y yo, encogidos, recibíamos el chubasco en el alma.

Era imposible ver las calles a través de la ventanilla. Parecíamos encerrados en un cajón depositado debajo de las cataratas del Niágara. Alexander dijo algo, pero nadie le entendió. El coche dejó de moverse y supusimos que se había parado. Supusimos también que el cochero quería decirnos algo, puesto que sus nudillos se volvían amarillos repicando una y otra vez contra el vidrio. Debió de convencerse de que era inútil toda comunicación y desistió. El coche volvió a cobrar movimiento. Por las junturas de las portezuelas rezumaba el agua empapando el almohadillado. Daba la sensación de que se estaba reblandeciendo la carrocería como si fuera de cartón.

Jasper seguía sonriendo.

El temporal nos ensordeció durante quince minutos. Luego cesó de pronto, inesperadamente, dejándonos el vacío en los oídos. Los vidrios se hicieron transparentes y vimos las remojadas calles.

Entrábamos ya en Spick.

No me había sido posible recrear la vista en nada céntrico y espacioso. Acerqué la nariz al cristal para ver cómo iba de agua el arroyo, pero un bache por poco me hace dejar los dientes sobre el marco de la ventanilla.

Paredes oscuras llenas de regajos de verdete; ventanucas con persianas despedazadas; alcantarillas taponadas por montones de inmundicia; canalones que arrojaban seroja y ratas ahogadas... De una reja que había a ras de tierra emergía el agua espumosa y llena de paja; en ella nadaban infinidad de tapones de corcho y pedazos de barril. En Spick la lluvia lo vertía todo al arroyo, desde la suciedad de las azoteas hasta la porquería de los sótanos inundados.

Las ruedas de nuestro coche se hundían en las inmensas charcas de barro. Bruscamente quedamos atascados. El caballo relinchó enojado. Los tres sacamos la cabeza para ver el desastre: un simple hoyo. Algunas cáscaras de huevo flotaban tranquilamente.

Frente a nosotros había un bar cerrado. Era el que había pertenecido a Edna Basehart, la vieja asesinada por Martino. Resurgió en mi mente de modo repentino aquella terrible noche en que descubrí su cadáver. En vivos colores vi el mantel a cuadros azules colgado por un lado de la mesa, la cabeza desgreñada teñida de rubio, la sangre empapando el delantal, el mango del cuchillo, vertical, firme...

Ahuyenté el pensamiento con la mano como si fuera un tábano.

Se oyó el silbido de la fusta de correa y el restallar sobre las ancas del caballo. Alexander apretó los dientes y cerró los ojos como si hubiera sentido el dolor.

Un tirón, un traqueteo, un chapuceo de cascos y el arranque impetuoso del coche.

Atravesamos el solar de las latas de conserva, por donde yo había corrido como un loco perseguido por un fantasma que resultó ser Jasper. La basura mojada había adquirido gran peso y quedaba aplastada contra el suelo. Nacían gatuñas aquí y allá. Asomó el sol débilmente y arrancó destellos a todas las ramitas cargadas de gotas. Fue la única visión atrayente.

Cruzamos el puente de Cragget. El agua fangosa había subido de nivel hasta dejar tendidas en el suelo las plantas de la orilla y descubiertas las raíces de los chopos. El puente, que algún día se iría abajo sin previo aviso, crujió bajo los cascos del caballo y las ruedas del coche. Instintivamente nos erguimos todos como si con ello aliviáramos el peso.

Una vez en terreno firme, divisamos ya nuestra

calle recta y limpia. «La calle de los médicos», la llamaban los vecinos.

Y nos paramos ante nuestra casa gris, húmeda, como un panteón de dos pisos.

Junto a la placa de la puerta estaba colocado el siguiente rótulo:

El consultorio del Dr. Leonard Barker será atendido provisionalmente por el Dr. Alexander O'Donnell, bajo el mismo horario

Cuando subí los peldaños del zaguán me di cuenta de lo débil que estaba todavía. O tal vez era el viaje que me había relajado. Las piernas no me aguantaban.

—¿Estás mareado? —me preguntó Jasper.

Negué con la cabeza, pero vomité allí mismo. Honora abrió la puerta en aquel instante y no supo si darme la bienvenida.

—¡Si me encuentro bien! —me defendí cuando me entraban cogiéndome por los brazos como si estuviera inválido.

Me llevaron al comedor y me sentaron junto a la chimenea encendida, en un sillón previamente preparado con almohadones para la cabeza y para los pies. No había tenido tiempo de reponerme de tantos cuidados, cuando ya me ofrecían una copa de «Noyau». El olor agridulzón me recordó poderosamente a Martino agazapado en la despensa, con la ropa empapada en licor; con los pantalones que se le caían, desnudo de cuerpo, blasfemando y agitándose... Vi su cabeza bamboleándose por la escalera cuando Jasper lo llevaba...

Ahuyenté el pensamiento con la mano como si fuera un tábano.

Honora ponía la mesa, y de la cocina llegaban efluvios de pava asada.

De pronto entró *Penique* balanceándose, con su andar estudiado. Le llamé. Se detuvo, aplanó las orejas y me enfocó sus ojos color de aceite. No quiso darme importancia, pero se acercó para que le cogiera. Lo alcé en vilo por la piel del cuello y lo abracé. Su corpachón blando y caliente pesaba como el de un niño pequeño. No sé hasta dónde llega la memoria de los gatos, pero *Penique* me recordaba y se alegraba de volverme a ver. A pesar de su carácter grave, me frotó la barbilla festivamente con su enorme cabeza.

—Me echabas de menos, ¿eh?

No pudo contestar; estaba emocionado y empezó un ronroneo vehemente, poderoso, que resonó en los ámbitos del comedor.

—¿Podrás comer pava, Len? ¿Pasó el mareo del viaje?

—Del todo. Quisiera saber cómo le fue a Martino, que en mis mismas condiciones tuvo que cruzar el mar del Norte.

Jasper se sentó frente a mí y me puso una mano sobre la rodilla.

—Len —cuchicheó—, te pido por favor que no lo nombres nunca más.

¡Si no quería nombrarlo! ¡Si desde que salí de Saint Constantine trataba de apartármelo de la mente! ¡Si su recuerdo me daba escalofríos! Nunca supuse que al enfrentarme de nuevo con el escenario de unos hechos enterrados, resucitaran con aquel vigor.

Nos sentamos alrededor de la mesa con tres expresiones distintas: Jasper abrumado, Alexander apacible, yo asombrado. Asombrado por causa de ellos. Nunca había sucedido que al hablar de Martino fuera Alexander el sereno y Jasper el conturbado. Este cambio de papeles ponía de relieve la fe que paulatinamente adquiría el primero en el futuro de Martino y el recelo que, por el contrario, iba invadiendo al segundo. Interiormente, sentí una profunda satisfacción. Para Alexander, la paz de la conciencia; para Jasper, un poco de inquietud le venía muy merecida. ¿Y para mí...? ¿Y para ti, lector? Imaginemos a Martino en Dinamarca, vestido con mi traje, buscando trabajo de curtidor, deseando ser honrado, ambicionando poseer aquella fortaleza de Alexander y de Benjamín Moore, el condenado inocente. ¿Olvidaremos la palabra «asesino»? ¿Lo recuerdas en su lecho de agonía? Nueve horas. Nueve horas gimiendo, sangrando por la nariz, con los ojos en blanco, bañado en sudor. ¿Había sido aquello realmente una expiación? ¿Había nacido de aquel dolor un ser depurado, nuevo? ¿Había rozado tanto el extremo de la vida que ya había vislumbrado la luz del Misericordioso? Sí. Sí. Tenía que ser así.

Honora puso una flamante botella de champán sobre la mesa. Rara vez ocurría esto. Era para celebrar mi vuelta al hogar. Salió el corcho disparado como un cohete. *Penique* bufó, valentón, y, de paso, se escondió. Se llenaron las copas y se manchó el mantel. Alexander se acercó la espumosa bebida, la miró detenidamente, olió, sorbió, arrugó la nariz.

—Acido tártrico y bicarbonato de sosa; vino blanco y azúcar.

Acabé con la pava. Vinieron buñuelos de crema.

Acabé con los buñuelos de crema. Coñac. El coñac acabó conmigo.

Jasper y Alexander me sugirieron una siesta y se ofrecieron para llevarme a la cama en una hamaca improvisada mediante una manta. Tuve la prudencia de no aceptar, en bien de mi digestión.

—Cerca del fuego —dije.

Cerca del fuego me pusieron, horrorosamente atentos. Quedé rodeado de periódicos, revistas, libros, barajas y dados.

Jasper se fue a Saint Constantine, y Alexander al laboratorio. Inmediatamente empecé a bostezar y a dar cabezadas. Pero *Penique* no me dejó tranquilo. Se frotaba contra mis piernas, me saltaba sobre las rodillas, volvía a bajar, subía a la mesilla, pasaba a mis hombros, me husmeaba los cabellos, se me deslizaba por el pecho cogiéndose con las uñas para no resbalar y pinchándome de lo lindo. ¡En fin!

Me levanté y fui al laboratorio.

—¿Qué haces, Alexander?

Apartó el ojo del microscopio.

—Sigo el proceso de los virus atenuados.

—Déjame ver.

Meneó la cabeza enérgicamente.

—De ninguna manera, Len. Está prohibido incluso que entres aquí. Si no te retiras tendré que denunciarte. ¿Es que te has cansado de hacer solitarios?

En mi pensamiento se desparramó una baraja. Cartas en el suelo y en el cubrecama. *«Vengo haciendo solitarios a diario desde hace cinco años. Podría hacerlos con los ojos cerrados.»*

Ahuyenté el pensamiento con la mano como si fuera un tábano.

—Vete arriba, Len; échate un rato; te has puesto pálido.

Arriba... la escalera... Me así a la barandilla y miré la escalera de arriba abajo. El tragaluz vertía una claridad amarillenta, irreal... ¿Cómo no oía los cantos?, ¿cómo no veía los cirios y la gente apiñada?, ¿cómo no bajaban el féretro...?

Empecé a subir lentamente, obsesionado. Mi manga rozó las flores de papel del macetero y me detuve como si me hubiera tocado un fantasma. Tragué saliva y proseguí. Miré la puerta cerrada del cuarto de Martino... Volvía el tábano... Agité la mano y me cubrí los ojos desesperadamente.

Sonó la campanilla de la calle. Sacudí la cabeza y miré a mi alrededor. Estaba despierto; realmente, estaba despierto. Abajo resonaron los tacones de Honora y se oyó abrir la puerta.

—Buenas tardes.

—Buenas tardes. Pase; es usted el primero. El doctor le atenderá en seguida.

Las tres. La consulta.

Acabé de subir y pasé ante aquella puerta cerrada. No era ya el cuarto de Martino. Volvía a ser el de Jasper.

Con paso firme me dirigí a mi dormitorio. La cama de Alexander ya estaba fuera y me habían devuelto la mesilla de noche, el lavabo y la percha. Me tendí pesadamente. Todo era igual que antes. Que antes de todo. Pero Alexander se había olvidado sus trastos de afeitar en mi lavabo, su toalla, sus zapatillas, su... Pero ¿es que hacía uso de mi cuarto todavía? Su ropa estaba colgada en mi percha, ¡y con qué desbarajuste, madre mía! Me levanté atónito; él jamás había sido desordenado. Salí, abrí su dormitorio y me asomé. El lecho, en su sitio, bajo la capillita de San Roque. Todo escrupulosamente ordenado. Las zapatillas, la ropa, los útiles de afeitar...

El que se había instalado en mi habitación era Jasper. ¿Por qué? ¿Le repugnaba ocupar el lecho de...? ¿O le imponía?

Miré la puerta que ponía en comunicación las dos alcobas: estaba cerrada y tenía una silla delante.

¿Qué les ocurría con aquel cuarto? Ni Alexander ni Jasper eran tan niños como para cogerle miedo a cuatro paredes vacías. Me acerqué, aparté la silla y moví el tirador. Estaba cerrado con llave. Salí al corredor. Probé en la otra puerta y obtuve el mismo resultado. Regresé al cuarto de Alexander y abrí su mesilla de noche. Lo revolví todo sin hallar llave alguna. Fui a mi habitación. Miré todos los cajones, busqué en los bolsillos de Jasper... Necesitaba abrir el cuarto de Martino. ¡Saber qué era lo que impresionaba a Jasper y a Alexander!

Sacudí toda la ropa que hallé para hacer saltar la llave. Pero fue imposible. No estaba allí. Por fin la vi sobre el antepecho de la ventana. La asi temblando; la miré temiendo que no fuera aquélla. No había duda, y aún dudaba cuando la introduje en la cerradura. Lo hice con gran trabajo porque el pulso me fallaba. Sentía las venas del cuello latir con fuerza. Me palpé el corazón y me apreté el pecho. Temía un colapso. Cualquier impresión me producía un colapso. Pero ¿qué es lo que me había de impresionar? ¿Qué esperaba hallar? Di vuelta a la llave y luego al tirador. Abrí de golpe.

Sufrí una decepción. Todo olía a formaldehído. El lecho, limpio y blanco; las paredes del cuarto, lavadas; los muebles, recién barnizados. Nada de particular.

El intenso olor del desinfectante perduraba porque todavía no se había establecido una ventilación activa. Nadie había ocupado el cuarto.

Me quedé en medio del recinto, inmóvil, aturdido.

Penique se escurrió entre mis piernas y saltó sobre la cama. Husmeó anonadado. No quedaba rastro alguno de su amigo, como si nunca hubiese estado allí... o como si hubiera muerto. De aquel modo quedaban los dormitorios cuando sus ocupantes habían dejado de existir.

Penique irguió mucho la cabeza, se estiró, lanzó un maullido escalofriante y raspó la sábana con las uñas como si astillara el féretro de mis pesadillas. Me estremecí de pies a cabeza y salí al corredor. Quedé agarrado a la barandilla de la escalera, atontado, aterrado. Veía ante mí la cara desfigurada de Martino, las sábanas manchadas de sangre, aquella mano crispada abriéndose espasmódicamente y dejando escapar la medalla del Sagrado Corazón de Jesús. ¡Yo acababa de matarle! ¡Yo le había abierto la tráquea con pulso inseguro y enfermo, y le había quitado la vida cuando el suero ya le curaba! ¡Por eso Jasper y Alexander evitaban hablarme de él! ¡Evitaban mis preguntas! ¡Evitaban incluso visitarme... hasta que decidieron el engaño! Alexander se turbaba porque le era difícil mentir; amaba demasiado la verdad. Jasper lo tramó todo; intentó mantener incluso que Martino se había salvado gracias a la operación, acusándose de haberme inoculado el suero a mí sin ninguna garantía.

Alexander no lo había soportado: *«¡Basta! ¡Eso, menos aun!»* Menos aun que la verdad... *«Prefieres decir la verdad... nada te importa que a Len le dé un colapso...»* Y entonces habían hecho el último intento en favor de mi corazón: *«Martino se fue con rumbo a Dinamarca»*, y no faltaba un solo detalle: *«El pasaporte le caducaba... cogió el tren para Yarmouth... le acompañamos a la estación... Le he dicho que no escriba...»* Pero todo lo había contado Jasper. Alexander callaba; sólo cuando pregunté si podríamos tener la certeza algún día de que el asesino había emprendido un camino limpio, él había dicho con firmeza: *«Sí, Leonard...»* El camino que le ofrecería la Misericordia infinita... *«En su rostro fue reflejándose una gran tranquilidad... Nunca había visto sus facciones tan apacibles... Parecía como si por primera vez en la vida alcanzara la fortuna... Pasé catorce horas velándole... notaba el cambio de temperatura de su mano...»* Honora le había sorprendido en el velorio: *«El doctor Alexander le susurraba cosas al oído...»* Rezaba, le asistía en la muerte a través de sus oraciones...

De pronto chocó en mi mente el rostro de Alexander bajo los sombrajos de los eucaliptos: *«No tienes ni chaqueta, ni pantalones, ni calcetines, ni zapatos, ni capa, ni sombrero... Yo le di unos puños y Jasper una corbata.»* Si en realidad Martino había muerto, ¿cómo Alexander se había atrevido a llevar la farsa hasta ese punto? *«No pude darle lo mío porque sólo tengo lo que llevo puesto; en cuanto a lo de Jasper, le venía grande de un modo ridículo.»* ¿No era esto muy veraz, muy real? ¿Podía la ingenuidad de Alexander tramar estos astutos detalles? No, no podía. Martino vivía. Martino estaba en Dinamarca. «*Cuando, por fin, supimos a ciencia cierta que el* Amter *había zarpado llevándoselo a bordo, lanzamos un suspiro como el de los que acaban de nacer... Parecía un hombre distinto... su expresión recordaba a Alexander»;* Jasper jamás habría sabido inventar una expresión... «*No habla danés... no habla sueco.*» De ser todo una farsa, con decirme que conocía algún idioma de la rama escandinava me hubieran dejado más tranquilo. «*Sabe trabajar de curtidor.*» A mí me había dicho el inspector Wyatt que su padre era curtidor; ¿quién sino Martino se lo había dicho a ellos? «*Buscará empleo... está dispuesto a luchar.*» ¡Martino vivía! De no ser así, Alexander no hubiera podido decir: «*Se creía muerto y me tomaba por San Roque.*» El no sabía que se parecía a la figurilla de yeso. Sólo Martino pudo decírselo... o tal vez yo mismo en mis desvaríos... «*Tú también estuviste una noche entera rezándome el credo...*» ¡Podían haberlo falseado todo hasta ese extremo! Podían haberle enterrado con mis ropas; podían haber comprobado si el *Amter* verdaderamente zarpaba para Dinamarca; podían haber leído en los diarios que era curtidor... «*Olvídate de Martino, ¿oyes? Olvídate de Martino..., Len; te pido por favor que no le nombres nunca más...*»

Me apreté las sienes. El pecho se me encogía, me ahogaba. Bajé la escalera tambaleándome, asiéndome en todas partes. Llegué al gabinete. La clientela me miró asombrada. Me escurrí hacia el consultorio apoyándome en la pared. Abrí la puerta y me eché en el sillón más cercano. Alexander corrió a mi lado.

—¡Len!

En seguida se volvió hacia el paciente al que atendía.

—Aguarde ahí al lado, en el laboratorio, por favor.

Me alzó la cabeza.

—¿Qué ha sido, Leonard?

Sus ojos angustiados examinaban mis facciones. Le miré fijamente. Ahora sería incapaz de engañarme. En su rostro resplandecía la bondad y la nobleza. Me sacaría de la terrible incertidumbre, me aclararía la verdad... *«La verdad, siempre la verdad, ¿no es eso, Alexander?»* A Jasper no se lo preguntaría nunca; antes de contestarme tendría presente mi lesión cardíaca y mi hipersensibilidad.

—¿Qué te ha ocurrido, Len? ¿Ha vuelto una pesadilla?

Atontado, temblando, pestañeé. Luego afirmé con la cabeza.

—Una pesadilla... —repetí quedamente.

Mis párpados se cerraron. No dije nada más. Dejé que me pusiera la mano sobre los ojos. Aquella mano fresca que infundía calma. No pregunté. Ya no quería preguntar. De pronto había perdido el deseo de saber. Preferí ignorar lo que ya no podía remediarse.

Y sigo creyendo que Martino emprendió una vida nueva en Dinamarca. Tal vez sea verdad.

LA AUTORA Y SU OBRA

Luisa Forrellad constituye una revelación realmente sorprendente en las letras españolas. Nacida en Sabadell, y dedicada a una modesta labor artesana, emplea sus horas libres en escribir para el teatro, en el que destaca como brillante actriz, hasta que planea y da fin a una novela. Presentada al Premio Eugenio Nadal de 1953, obtiene tan codiciado galardón, asombrando al Jurado por significar un caso extraordinario de intuición novelística. Siempre en capilla *nos relata la lucha de tres médicos jóvenes durante una durísima epidemia de difteria en Inglaterra. La trama se complica y apasiona inmediatamente al lector sin recurrir al tremendismo. Su realismo es crudo y agresivo sin atenuantes. La caracterización de los personajes no rechaza la ironía anglosajona. El ambiente exótico donde se desarrolla la acción se conjuga admirablemente con el cultivo de lo insólito y lo extraordinario. Llena de ternura y emoción, de fe en la bondad y en la capacidad humana de sacrificio, esta novela se distingue por su luminosa belleza entre la oleada de invenciones truculentas.*